# 海城保警

## 捕蠍

### HAICHENG FILM POLICE

於公是為維護群眾打擊罪犯，
於私是為祭奠徒弟在天之靈！

王文杰 著

「我希望來生還能當警察，你也還能當我師父。」

因為自己的急躁與判斷失誤，
導致徒弟在行動中犧牲，
最終喪生在他懷中。

之後他便發誓：就算是死，也要把他們繩之以法！

# 目錄

# 目錄

# 目錄

## 番外篇

# 作品簡介

　　2015 年 6 月 28 日，海城市長灣碼頭發生了一宗雨夜槍擊襲警案。原本任職於刑偵大隊的古董與其徒弟郭凱茂負責布控突擊毒蠍集團，結果卻是郭凱茂遭到槍殺死在古董懷中，凶手當場逃脫，成為一宗未破的懸案。古董的心中也因此懊悔不已。為了查出殺害愛徒的凶手，他主動找上級打報告，申請調任到毒蠍最早活動的青山區派出所當所長。

　　可後來古董一直都沒查出與毒蠍相關的線索，彷彿該犯罪集團徹底消失了一樣，這讓他心中非常鬱悶。同時，上級還安排了三個從警校畢業的活寶菜鳥小警給他。這三名新成員會成為他的得力助手，還是會變成讓他頭痛不已的惹事人王？

　　隨著時間的推移跟磨合，三位菜鳥小警在古董的專業帶領下，也誤打誤撞破獲了不少啼笑皆非的奇葩案件，空巢老人的鞋子在河岸邊人卻為何無故失蹤？深陷網貸危機的無助少女該怎麼解救？遭受電話騷擾的少婦能否透過網路追緝揪出幕後主謀？

　　可當眾人不斷深入調查這些奇葩案件之後，古董卻意外發現案件背後都與毒蠍集團有關。他能順著這條線將毒蠍一網打盡，完成為愛徒緝凶的夙願嗎？暗中蟄伏的毒蠍又會如何反擊？這一次所有人全被牽扯到三年前的雨夜槍擊案中，性格各異的派出所警員該如何面對未知的危險與挑戰？

# 作品簡介

# 楔子
## 雨夜槍聲

　　現在是 2015 年 6 月 28 日晚上 9 點 30 分，曾經被譽為整個海城市西城區最繁華的長灣碼頭，也因都市計畫改革而淪為了等待拆遷的舊廠房。在它的旁邊有一大片荒草叢生的空地，而此時裡頭正停著一臺熄了火的黑色小汽車，車中潛伏著兩個人 —— 海城市警局刑偵大隊一隊大隊長古董與他的小徒弟郭凱茂。

　　師徒二人經過長期的暗中調查，一年前的「8·23」文物造假走私案終於有了眉目，而此案最大的犯罪集團毒蠍也慢慢浮出水面。兩天前，古董根據可靠線人提供的情報，說是在 28 日晚的長灣碼頭舊廠房內，毒蠍集團將再次與外地某犯罪集團進行交易。

　　此時，坐在車中的師徒二人也很煩躁，因為老天爺居然開始下雨了。郭凱茂撓了撓頭上的短髮，邊問邊盯著途經碼頭的必經之路：「師父，今晚他們會來這裡交易嗎？眼看著這都快半夜了，怎麼還沒啥動靜？莫非因為下雨取消了？」

　　古董沒有回答徒弟的問題，而是用對講機開始連繫埋伏在另一邊的兩位隊友。他拿著對講機低聲說道：「這裡是二號路口，一隊未發現嫌疑人。」說完之後，他立刻就扭頭訓斥郭凱茂：「臭小子，入隊兩年多了，居然還這麼毛躁。犯罪分子能跟火車一樣準點抵達嗎？給我盯緊了，別誤了大事！」

　　郭凱茂吐了吐舌頭，嘴角向下撇了撇，不敢繼續追問。

　　三十分鐘後，一個小時後，兩個小時後，時間就這樣匆匆流逝，雨自然也越下越大，犯罪分子還是沒有現身。不僅郭凱茂等得不耐煩了，就連古董自己也開始懷疑，線人提供的情報莫非有誤？或者說是個假消息？

　　正當古董遲疑之際，他手裡那臺黑色對講機突然響了起來，另一邊蹲

守的隊伍傳來了好消息：「三號路口二隊發現可疑人員出沒，一臺黑色的桑塔納轎車，駛向二號路口方向，情況彙報完畢。」

古董回了一句「收到」，整個人在瞬間便興奮了起來。他與自己的徒弟相視一眼，二人的睡意頓時煙消雲散。果不其然，片刻之後，一輛黑色的桑塔納轎車行駛到了廠房附近，車上下來三個身上穿著黑色雨衣的人。雖然他們都戴了黑色的口罩，但脖頸處依稀可見紋有一個蠍子的圖案。很明顯，這三個傢伙多半是毒蠍集團的成員。他們謹慎地四處張望之後，才冒著雨快速走進了廠房裡。

雖然此刻是大雨滂沱，但古董難掩激動之情，招呼著同樣興奮的郭凱茂：「準備行動！」

一年多的調查與蹲守，早讓古董對這起案件失去了耐心。此刻，他只想立刻抓住這群傢伙，讓這起案子畫上一個完美的句號。古董推開車門後，由於他之前並沒料到會下雨，自然沒準備雨衣，只能悄悄地冒著雨緊跟著嫌疑人，指示自己的徒弟蹲守在廠房出口，隨時準備攔截抓捕。

但古董冒雨悄悄跟隨嫌疑人進入之後，他就發覺了不對勁的地方：剛進入廠房的嫌疑人已不知所蹤。廠房背後就是長灣河，難道說嫌疑人已經察覺了什麼，從長灣河後邊搭船溜走了？三個人之前是空手走進廠房，並沒有接頭的對象，也沒見交易物品，反而像是在故意演戲。

電光火石間，古董突然想到了自己的徒弟。他心想，多半是中計了。

可惜為時已晚，「砰砰」兩聲槍響從不遠處傳來。古董整個人心中大亂，他跌跌撞撞一路折返，只見倒在廠房不遠處的郭凱茂，還有地上不遠處的那把警槍，他的胸口綻放著一簇鮮紅，已被雨水沖刷氳開了一大片。

古董小跑過去，直接癱倒在郭凱茂身邊，手足無措地抱起對方，用那

雙顫抖著的手，輕輕地搖了搖他的腦袋：「凱茂，你怎麼了？你醒醒啊！」

郭凱茂半睜開眼看著已經雙目泛紅的師父，正在用手裡的對講機大聲請求支援。他深吸一口氣邊說嘴裡邊嘔血：「師父，我快不行了……我希望來生……還能當警察，你還能當我師父？」

古董抬手抹掉徒弟嘴角的血液，身上的衣服早已被雨水給淋溼了。他帶著哭腔罵道：「你別他媽瞎說，我命令你給老子挺住，支援馬上就到了，我們不光這輩子是師徒，下輩子依然還是師徒！」

郭凱茂還是頭一次見師父這個鐵血硬漢在自己面前流淚。他用盡全身的力氣慢慢抬起右手，朝自己的師父敬了個不太正規的禮，嘴裡開始輕輕哼唱著〈警察之歌〉。古董瞬間明悟了一些東西，也朝自己的徒弟回了個禮，跟著輕聲合唱了起來。他知道，這是最好的送別儀式。伴隨著古董的歌聲，郭凱茂漸漸閉上了雙眼，右手也垂了下來，最終面帶微笑死在了自己師父的懷裡。

十分鐘之後，碼頭的安寧被徹底打破了，雨水夾雜著閃電，警車和救護車鳴著笛相繼趕到。只見古董獨自抱著自己徒弟的遺體在嚎啕大哭，這哭聲盤旋在碼頭的上空，久久無法消散。

# 第一案
# 空巢老人

不孝的人是世界最可惡的人。

—— 魯迅

# ─ 引子

　　眼看著李老太又要和自己開吐槽大會，唐海城趕緊打住了話題，追問道：「大媽，我大爺平時轉悠的範圍就在這附近一塊嗎？他平時跟附近的人來往嗎？說不定是去誰家吃飯去了？」

　　李老太遲疑了一會，搖了搖頭：「沒有，我們是從舊城區搬過來的人，熟人都在舊城區。」

　　唐海城思索了一會，又返回了李老太剛發現鞋子和狗鏈的地方。這河邊紅磚鋪地，建設得也算不錯，平時人們在這裡下下棋喝喝茶的也可以。不過，周老爺子出來時剛好是中午的飯點，根本沒什麼人在外面乘涼，沒有目擊者。這樣一來，就比較難辦了。

　　「怎麼還能丟下一隻鞋呢？」唐海城撓了撓後腦勺，小聲嘀咕著，「這老頭子，該不會是被狗拖著跑了吧？」他想到這，忍不住笑出聲來，腦袋裡浮現出一條發狂的狗拖著一個老頭兒到處出溜的畫面。

　　不過想到此處，唐海城腦袋裡突然閃現出一個念頭。他自言自語道：「狗拉不動人，但是人追得動狗啊！」

　　唐海城恍然大悟，說不定這鞋是老爺子追狗時跑丟了的。說罷，他決定模擬一下當時的情況，開始脫下自己的一隻鞋，套上了周老爺子的鞋，居然還挺合適。於是，唐海城想像前面有一隻逃竄的狗，大喊一聲：「站住，別跑啊！」

　　不遠處的協勤和李老太聽到唐海城來了這麼一聲，雙雙驚得站了起來，卻只看見唐海城衝著前面空氣追了過去，沒跑幾步，鞋子都飛了出

去。協勤有些尷尬，攙著李老太重新坐下解釋道：「大媽，這小夥子是我們所裡的新人，可能辦案時有自己的癖好，您老別見怪。」

# 奇葩警員

時間的巨輪轉動到 2018 年 6 月 28 日，古董此刻正揚起腦袋，努力平復自己的情緒，調整著痠脹的眼眶。三年前的今天，因為自己的急躁與判斷失誤，導致徒弟在行動中犧牲，而前來支援的警車與救護車又因為天降大雨的關係在路上延誤了，徒弟錯過了最佳的搶救時間，最終喪生在他懷中。

三年來，每年的 6 月 28 日，古董都會來烈士陵園看自己的徒弟。來時，他都會帶上一瓶紅星牌的二鍋頭跟一包中華香菸，到郭凱茂的墓前談談心。自當年的事情發生之後，古董主動找上司打了個申請，自行請調到了海城市的青山區派出所。局裡很多人不明白，他這麼做是為什麼呢？因為局裡並沒處分他，他卻選擇了自降身分，放棄了一片光明的大好前程，甘願變成一名普通的派出所民警。

這一舉動注定沒人知道原因，也沒人能懂，只有古董他自己最清楚，他無法面對心中的那一道檻。他先扭開二鍋頭本想喝一小口，但轉念一想自己還要值班，根據警務條例值班期間不許喝酒，就直接往地上倒了一大半，又從懷裡掏出打火機，點燃一根菸放在郭凱茂的墓碑前。

「凱茂，今天所裡分來幾個剛從警校畢業的小傢伙，他們和你那時候一樣，一樣的歲數，一樣的朝氣蓬勃。說心裡話，其實師父不想讓他

們來。要是換到當初，我也不希望你來。」古董說著，又往地上倒了一點酒。他伸手摸著墓碑上那張笑容燦爛的照片，這是他心中最後的一絲慰藉。

「凱茂，師父現在又要走了，明年今天再來看你，你在下面就放心吧。這些年，我一直沒閒著，肯定能給你討回一個公道。毒蠍那群人，我就算是死，也要把他們給繩之以法！」說話間，古董將剩下的酒都給倒在了地上，「凱茂，師父對不起你，這麼多年過去了，要是你還在……」他把酒瓶放在墓旁，再也無法繼續說下去了。眼看朝陽逐漸升起，陽光照射在烈士陵園所有的墓碑上，這個瞬間每塊碑的墓誌銘都顯得熠熠生輝。古董抬手抹了一把淚水，轉身離開了安葬著無數人民英雄的烈士陵園。

古董攔下一輛計程車，順便看了看手錶，早已經八點半了，也就是正式的上班時間了。他所管轄的青山區是一個老城區，相比於新城而言，硬體設施與都市計畫自然差了一些，加之老城之中人員混雜，管理這塊更是增加了一定的難度。

當初古董請調到海城市的青山區，在同行們看來，無異於自討苦吃。但他這樣做也有原因，起因是毒蠍一夥人最初的老巢就蝸居在老城區。時至今日，他都懷疑毒蠍集團仍有可能暗中活躍在老城之中。調至老城之後，古董曾千方百計追尋過毒蠍一夥人的行蹤，可惜並沒有什麼收穫。

十五分鐘之後，古董付了叫車的費用。下車走入派出所時，他還跟幾個同事打了招呼。他直接推開自己辦公室的門，拉開那把黑色的皮椅子，慢慢地坐在辦公桌前，再次翻開「6‧28」郭凱茂案的卷宗影印件。

古董盯著卷宗中的一張照片愣神許久，照片上面是一把警槍。他不禁又想起了那個讓自己終身難忘的雨夜，心愛的徒弟郭凱茂被歹徒用警槍殺

了，等他趕到時那把警槍正靜靜躺在徒弟的腳邊。

每逢古董想到此處，雙手都會忍不住開始顫抖。放下了卷宗之後，他緊閉著自己的雙眼，用手臂撐著腦袋靠在了辦公桌上。桌上還放有厚厚的幾疊檔案，都是與當年案件相關的重要資料。這些年來，他每天都在翻閱，裡面每一個字、每一張照片早已爛熟於心。對於毒蠍集團的一切，他都瞭如指掌，只為了有朝一日，能親手將那夥人逮捕歸案。

平復片刻，古董才翻開桌上老主管提供的三份新警員檔案，結果邊看邊搖頭。顯然，他對即將入職的三個新人不太滿意。因為古董最初知道上級要分幾個新人到所裡時，他就和自己的老主管拍了桌了。其實，他也不明白為什麼很火大，可就是按捺不住心中的激憤，或者說是驚慌與恐懼。他又翻看了一陣子幾個人的檔案，抬手看了看手錶，已經八點四十了。這些年輕人，真是一點時間觀念都沒有，第一天就集體遲到。

古董心中越想越失望，又是一聲長嘆。可沒一會兒，他突然發現派出所門前變鬧騰了，像是有人在罵街。他放下手裡的檔案，尋著聲來到了門口。推開門，發現果然正聚著幾個人在吵架，旁邊還站著晨練回來拎著菜駐足觀望的大媽們。好傢伙，他從警多年，還沒見過誰敢在派出所門口掐架鬧事的。他心裡一時間彆扭至極，難不成這青山區派出所是個擺設？群眾有了糾紛不找自己解決，就站在門口罵街擺平？

一念至此，古董大步上前，扒拉開圍在前面的人，成功進到了裡圈。不看不要緊，這一看之下，可把他氣了個七竅生煙。站在最中間罵得最厲害的傢伙，居然是剛剛和他在檔案上打了個照面的派出所新成員之一唐海城。他旁邊停著一輛價值不菲的紅色小跑車，從車門的劃痕來看，明顯是旁邊的黑色重型機車所致。

唐海城沒注意到一旁黑著臉的古董，還在火力全開與人爭吵。

「姑娘，雖然妳是個小美女，但說話做事怎麼這樣呢？妳那重型機車刮著人家車了，是妳不對吧？妳就這麼個態度？我哥們都說這車不值幾個錢，蹭了就蹭了，不用妳賠。我也是路見不平，可妳這態度我可真忍不了。什麼叫我假冒警察，就是要訛妳？」唐海城雙手托著腰，大聲嚷嚷道。

古董打量著眼前這個小夥子，忍不住皺起了眉。對方身穿黑色襯衫的領口中露出一截哥德風極重的項鍊，背著一個騷氣的大紅色 Nike 單肩揹包，右邊耳朵上還彆著一根小熊貓，怎麼看都像流氓。雖說人長得倒是挺俊朗，也是人高馬大挺結實，濃眉大眼挺鼻子，可配上眼眶裡那雙滴溜溜溜轉著的眼睛，怎麼看都不像個警察。

沒等古董緩過神來，對面的女孩開口了：「怎麼了，我說錯了？警察有你這樣的嗎？這事不是我一個人的責任吧？我沒讓你們賠我精神損失費就夠好了，你們還倒打一耙說我碰瓷？」女孩個子差了唐海城一截，但氣勢上一點不輸他，說話擲地有聲且面不改色。

女孩白皙的肌膚和勻稱的身材說明她經常鍛鍊，她一身黑色小西裝看起來特別精神，一頭整齊的短髮突顯五官更加英氣逼人，眼睛雖大卻不失神，堅韌有力的眼神彷彿要看穿對方一般。

古董仔細看了幾眼，才想起這個女孩叫白煙煙，也是今天剛分配過來的新人之一，在最初看檔案之中唯一一個讓自己感到滿意的人。不過此時，古董對她也已經有些失望了。兩個人都來了，還有一個人呢？古董轉頭在人群中來回搜索，看到唐海城身後站著一個一臉無奈之色的年輕男孩，正看著爭吵的二人，想插話卻插不上。對比印象中照片上的模樣，古董判定他應該是李墨白。

李墨白倒是一副正經打扮，手裡拎著一件外套，白色休閒褲下有一雙限量的白色 Adidas 三葉草休閒鞋，白襯衫領口處還掛著一副價值不菲的銀白色墨鏡，全然是帥氣公子哥的打扮。看來，這紅色小跑車是他的沒錯了。

古董輕聲咳了咳，示意幾個人停下來。沒想到聲音太低，反被那唐海城的嗓音給蓋了過去。只見唐海城反擊道：「我怎麼了，我有損警察形象？大爺大媽們可瞧好了，現在都有人來派出所碰瓷警察了。嘿呦，我說小姐，妳是受了什麼刺激不成？」

對面的白煙煙也瞬間炸了鍋，惡狠狠地罵道：「你嘴巴給我放乾淨點，說誰是小姐呢？我看你才是想碰瓷，就你這樣還當警察？我看你就　市井無賴！」說罷，白煙煙就要從褲袋裡往外掏東西。

唐海城無賴的脾性又發作起來，他笑著說道：「嘿，小姐，怎麼著？妳要抄傢伙和我動手？大爺大媽們，您可得給我們作證，不是我們先動手的哈。」

白煙煙被氣得不輕，再顧不上掏東西證明自己，而是抬起手指著唐海城不知怎麼回擊，反被唐海城又懟了回來：「指什麼指，小姐，妳家裡人沒教妳這樣指著別人不禮貌？」

本來就心情不佳的古董對這些瑣事心煩不已，沒想到分來的幾個主更不省心，來所裡頭一天就鬧出這種事。

想到這裡，古董衝著三人吼了一句：「胡鬧！你們身為警察，居然在派出所前吵架？簡直是丟人現眼，我看你們全都各回各家吧！」說完，古董獨自一人甩門進了辦公室，留下身後三個不知所措的愣頭青和一群面面相覷的群眾。

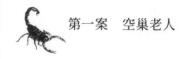 

　　坐在辦公桌前的古董越想越氣，端起茶杯咕嘟咕嘟大喝了幾口，隨後起身在辦公室來回走動，額頭上的青筋都快爆起。不一會兒，只聽外面傳來幾聲叩門聲。古董並不搭腔，他直接走到門前，伸手拉開了門。原本在門口的唐海城正貼著耳朵偷聽呢，被出現在門口的古董嚇了一跳，後退了好幾步。在唐海城後面，站著剛剛吵架事件的另外兩名當事人，也看著古董，不知所措。

　　古董瞪著唐海城不出聲，身後兩個人也明顯感覺到氣氛不對，低下了頭等挨訓。偏偏唐海城神經比較大條，還衝古董咧著嘴笑。

　　古董見狀，氣不打一處來，一把拎住唐海城的衣領直接揪進了辦公室，看得白煙煙和李墨白都下意識打了個哆嗦，不自覺往後挪了幾步。沒想到，幅度並不大的動作被古董眼角的餘光瞧見了。

　　古董自然不會放過二人，冷聲命令道：「你們走了以後，就再別進我辦公室的門！」

　　聽到古董下了死命令，白煙煙硬著頭皮走進辦公室。李墨白也連忙跟上，還順手關了門。

　　古董看著站在辦公室中的三人，他一時間語塞，又見唐海城耳朵上彆著的菸和脖子上的項鍊，一邊伸手去奪，一邊粗聲訓斥：「你看看你這個熊樣？你配得起『警察』兩個字嗎？給我背《警察著裝管理規定》第七條第五款！」

　　唐海城支支吾吾半天也背不出來，一邊的白煙煙接過話，順著背了下去：「不得繫紮圍巾，不得染指甲，不得染頭髮、戴首飾……」

　　古董聽了，面色稍緩。唐海城一邊心中暗罵白煙煙多嘴，一邊低下頭乖乖任古董拿捏。唐海城個子很高，古董的個子較矮，兩人此時的畫面莫

名滑稽，看得旁邊兩人忍俊不禁，白煙煙更是「噗呲」一下笑了出來。

古董狠狠瞪了白煙煙一眼，繼續冷著臉訓斥三人：「早上怎麼回事我不管，身為警察，不起好的帶頭作用，反而當著群眾罵街，就是你們的錯誤。一會給我一人寫一份檢查，中午之前交上來！」

唐海城和李墨白長出一口氣，聽這意思，古董是要放過他們了。正準備溜之大吉時，古董張口叫停了唐海城，背著手走到他面前問道：「你唐海城吧？我看你剛才嘴皮子挺厲害，別人寫一份檢查，你給我寫三份，一樣中午之前交上來，交不上來你就走人吧！」

唐海城頓時面如土色，古董臨了又加了一句：「對，我順便說一句，從今天起，你每天抄一遍《警察著裝管理規定》，白煙煙負責檢查，我隨時抽查。啥時候完全記牢了，啥時候停。」

唐海城目瞪口呆，旁邊的白煙煙卻一副幸災樂禍的模樣，抿著嘴偷笑。唐海城正要反駁，被李墨白扯了扯衣服。眼角一瞟，李墨白正苦著臉一副央求的表情。李墨白也佩服自己的死黨，活生生就是刺兒頭一個，竟然想和上司明著搞事情，不稍微控制一下，等會上司發怒罰得更厲害，殃及自己怎麼辦？

古董見三個人悶不做聲，臉色也稍微變了變，又囑咐了幾句之後，把三人趕了出去。他大清早差點被氣暈，胸口都直發悶，拿起手邊的大茶杯，卻發現水早已被喝了個光，飲水機又在門外大廳中。無奈之下，他只能端起茶杯，走到大廳去接水。

另一邊，唐海城出了古董辦公室，整個人像霜打的茄子。白煙煙面帶微笑，走到桌前瞟了唐海城一眼，敲了敲桌子調侃道：「唐警官，別忘了今天交給我《著裝管理規定》。」說罷，轉身再不去理會他。

　　唐海城心中暗暗罵了一句：「哼，小丫頭片子，妳就是小人得志。」

　　唐海城和李墨白自警校開始就是舍友兼死黨，坐在一旁邊寫檢查邊聊了起來。

　　唐海城左右看了看，才偷笑著吐槽道：「小白，你說這叫什麼事，入職第一天就碰釘子。你看上司那樣兒，醬油色的臉，倒三角的眼，滿臉褶子，跟個萎縮了的苦瓜一樣，看著就讓人頭痛，肯定不是什麼善荏。」

　　李墨白回想著剛剛上司的模樣，便說道：「嗨，海城，誰讓咱惹上司生氣了。你這事也提醒了我，我那車猜想下回不能開來上班了。老話說得好，做人要低調，低調一點好。」

　　唐海城頭也沒抬，繼續低著頭寫檢查：「切，不是我說，上司就是跟不上潮流的一個老古董，難怪名字也叫古董。」頓了頓，又加了一句，「呵呵，等有朝一日，我成了他的上級，頭一個把他逮過來，好好問問這些條例。要是一條答不上來，我就讓他抄十遍。」

　　這句話，恰好被接水經過的古董聽了個正著。李墨白看著駐足在不遠處的古董，心中暗叫不好。看來，又有苦頭要唐海城這小子吃了。他連忙又推了推唐海城，沒想到古董並沒啥反應，轉身回了自己的辦公室。李墨白和唐海城被驚得一頭冷汗，互相對視了一眼，不敢再多說話，開始埋頭猛寫。

　　辦公室裡，聽到唐海城那一句熟悉的「老古董」，此時的古董心中百感交集。曾幾何時，凱茂也偷偷這樣給自己取過外號。那時候，他還和凱茂大發雷霆。但此時再聽到這個外號時，古董心中反而無比懷念，沒有半點不悅。他又翻閱起桌上郭凱茂案件的卷宗，開始思索當年碼頭案的來龍去脈。

# ▬ 投河自盡

　　時間匆匆如流水，唐海城從屁股一挨椅子到中午，他絞盡腦汁也沒能寫完三份檢查。

　　相反，另外兩個人早就把檢查交了上去。回頭一看唐海城這邊還在奮筆疾書，白煙煙明顯還對早上的事耿耿於懷，走過去又是一番擠兌：「唐警官，眼看就到飯點了，您這檢查還沒寫完呐，用我幫您寫一份嗎？」

　　唐海城的心裡早就翻江倒海了，心裡暗自嘀咕著：「小丫頭片子，要不是妳落井下石，在老古董面前出風頭，我這《著裝管理規定》用不用抄還不一定，現在又來裝大尾巴狼？我真是謝謝妳全家。」

　　唐海城抬頭給了白煙煙一個假笑：「不用，我這也馬上寫完了，幾篇檢查就是小 case。」

　　雖然這麼說，但唐海城自己明白，這三篇檢查真是要了他的老命。他東拉西扯，才憋出來不到兩篇而已。從上學起，他就怕寫作文和日記，更別說長篇大論還要真情實感的檢查。

　　唐龍成這會正撐著下巴發愁，只見李墨白悄悄遞過來幾頁紙：「海城，給你。」

　　唐海城一看，瞬間眉開眼笑，果然是好兄弟，檢查都替自己寫好了一份。

　　不多言說，唐海城抱了個拳，埋頭繼續苦幹收尾工作，及至飯點才將就著全部收工。

　　白煙煙和李墨白早就出去吃飯了，餓得前胸貼後背的唐海城趕緊抓起三份檢查奔古董辦公室。敲門之後，他沒等回應就迫不及待地闖了進去。

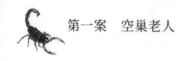

古董在坐在桌前翻閱前兩人的檢查，看到唐海城冒冒失失地闖進來，臉色瞬間又黑了不少。唐海城也感覺氣氛有些尷尬，一時不知道怎麼辦，乾脆立正行了個禮，粗聲向古董喊道：「報告，我的檢查已經全部完成，請所長過目。」

古董瞄了唐海城一眼，接過檢查放在辦公桌上。唐海城在心裡暗自高興，畢竟他又機智解決一次緊急情況。轉身就要出辦公室，他卻聽到古董的聲音從背後傳來：「聽說，你想當我的上司？還想讓我抄《規定》？」

唐海城背對著古董的身體瞬間僵硬起來，他先是緊閉眼睛，在心裡暗罵自己不該嘴賤，然後腦子開始高速運轉，想著對應的方法，剛剛有所緩和的氣氛又尷尬不少，唐海城覺得頭上的冷汗都要順著脖子流下來了。

幸好天無絕人之路，古董辦公室裡的電話突然響了。唐海城如獲大赦，打算趁著古董接電話的空隙悄悄溜走。一旁的古董接起電話，應了一聲，臉上的擔憂卻越聽越重。唐海城剛挪步到辦公室門口，就聽到古董叫自己。他抬手捂著臉轉過身，打算任古董宰割。

「所長，我錯了。我再去寫檢查，您消消氣。」唐海城低著頭，像個做錯事的學生等待老師懲罰。可惜古董並不吃他那一套，一記腦瓜崩敲得唐海城忍不住「哎呦」了一聲。

「你小子想當老大我沒意見，但要看你有沒有那個本事。剛剛接到報警，飲馬橋附近有人報案家屬失蹤，你和所裡的其他人趕過去看看。」

唐海城苦不堪言，他耷拉著一張臉說道：「所長，可我還沒吃飯呢。」話沒說完，又迎來古董一記腦瓜崩。古董恨鐵不成鋼地罵道：「吃飯？人民群眾需要你的時候，你要先去吃飯？我看你小子還是捲鋪蓋回家吧，還做夢想當我的上司？！」

　　唐海城也意識到自己說的話不太合適，抱頭鼠竄著出了辦公室。李墨白也正巧吃過飯回來，手裡拎著買給唐海城的包子。唐海城抓起一個包子就啃，邊啃邊和李墨白說了一下情況，立刻和協勤根據古董給的報案人電話跟案發地址，分別跨上警用電動車，準備前往現場。

　　六月分的天氣讓人熱到無法呼吸，更何況海城是一個入夏就會變成蒸籠的城市。

　　案發現場位於青山區與新城區連線處，距離所裡還有一段距離。而唐海城這個倒楣孩子出門沒多留意，他騎了一臺只剩一半電量的車。騎了四分之三的路程後，電動車就直接熄火。可憐唐海城揮汗如雨，他連蹬帶推，終於滿頭大汗地趕到現場。

　　然而，現場恰好在城鄉結合部的範疇，平時的人流量也不大，住在附近的住戶大多是老城區拆遷後分配的新城區人員。唐海城和協勤剛到飲馬橋，就看到河邊圍著一圈人。兩人見狀，趕緊停好車，帶上執法記錄儀，就衝進了人堆。

　　人堆中央的地上，坐著一個老太太，正捶胸頓足哭天喊地。唐海城怎見過這場面，竟然回頭呆住，瞅著協勤不知所措。協勤尷尬無比，對著面前不太熟絡業務的上級不知怎麼開口，只能邊打開記錄儀邊示意唐海城上前問話。

　　老太太一看協勤身上的警服，便抓著協勤手不放，哭喊道：「警察同志，你救救我家老頭子，他掉河裡了，求你快救救他！」

　　唐海城本來就是個急性子，老太太這話剛出口，頓時心中大驚，顧不上三七二十一，跑到河邊就跳了下去。可一跳下去，唐海城就愣住了——這水深剛到自己的肚臍眼而已，怎麼可能淹死人？但就算如此，

他還是仔細巡查了一下河道裡的情況。這飲馬河就是條觀賞性的引流死水河，水不深也不急，要說淹死或沖走個人還真不太可能。

唐海城划了一圈水，並沒有發現什麼東西，於是爬上岸蹲在老太太面前想攙她起來。結果，力氣不太夠，衝著周邊人喊了一句「大夥過來搭把手」。怎料周圍的人均是面面相覷，無一人行動。唐海城盯著週遭的人，翻了一個大白眼，最後跟協勤合力把老太太扶到了樹下的陰涼處。

唐海城瞧見這老太太手裡正緊緊攬著一隻鞋和一條黑色的狗鏈子，坐在地上抬頭嚎啕大哭道：「我苦命的老伴，我和你吵了這麼多年，你還不明白我是啥人嗎？現在你走了，我可怎麼活？」

老太太邊哭邊捶胸捶地，以頭搶地，大有自殘的嫌疑。唐海城和協勤趕緊攔著，出言安慰道：「大媽，您先冷靜一下，我剛也下河去看了，我大爺他不在河裡邊，猜想根本就沒投河自盡。」

聽了唐海城的話，老太太看著全身溼透了的小夥，抬手抹了把淚追問道：「啥？我老頭子沒掉水裡？可他鞋都掉河邊了，狗鏈也在河岸上啊！」

唐海城頓時哭笑不得，便把河裡的情況解釋一遍。老太太聽後，情緒也穩定不少，她就開始和兩人絮叨了起來。唐海城在老太太的話中，弄清了事件緣由。原來，老太太名為李翠蓮，丈夫叫周國柱，就住在飲馬河對面的小區，家裡一共三口人。女兒常年遠在外地工作，平時家裡就他們這對老夫妻。

說起來，也是因為李老太平時脾氣古怪，跟老頭經常因為些瑣事吵架拌嘴。不過，大多是床頭吵架床尾和。要說這次的事，還要從兩天前說起。那天，李老太下午買菜回家，周老爺子剛好不在家，正拉著狗出去遛彎了。

　　這要說一句題外話，這狗是老兩口女兒怕父母在家孤單特意送的禮物，不大一隻。周老爺子寶貝得很，自狗一進家門起就百般疼愛。李老太和唐海城抱怨道：「這狗在家裡的地位比我還高，我在我家老頭子面前，連這條狗都不如。更氣人的是，老頭子竟然給狗取了個名，和我女兒小名兒一樣。你說，他這是什麼意思？罵我養了條狗還是怎麼著？」

　　唐海城這下頓時明悟了，心中不禁暗想道：「哎喲，看來李老太對這狗不太感冒。」

　　果不其然，李老太接下來的話驗證了他的看法。李老太買完菜回家開門一看，周老爺子人不在，心裡又有些不高興。自從養了狗，老頭了天什麼事都不管了，張口閉口三句話不離狗，家裡的所有事也都拋給她。那天其實是老兩口的結婚紀念日，李老太買了一堆菜，想晚上弄一頓飯順便慶祝一番，沒想到這事就自己惦記著，周老爺子早就給忘了。

　　結果不用猜，老兩口因為結婚紀念日的事大吵一架，連帶著陳芝麻爛穀子的事全翻了出來，最後還連累了那條無辜的狗——李老太威脅周老爺子遲早有一天會把狗送走，還是送到狗肉館的那種。周老爺子勃然大怒，緊接著就打開了長達兩天的冷戰，每天都是互不干擾，到點了就回家吃飯，該出門遛狗就出門。

　　直到今天中午，周老爺子到了飯點沒回家，打電話也不接。李老太心裡有些不安，出來沿著周老爺子遛狗常走的道找人，走了一半就看到地上一隻熟悉的鞋和那條狗鏈。又驚又怕的李老太腦子裡瞬間聯想到了這幾天的事，以為自家老伴想不開跳河了，於是就趕緊報了案。

　　唐海城和協勤聽了李老太的講述，二人均是哭笑不得。唐海城心想，這老兩口，一把歲數了，還注重浪漫，整什麼結婚紀念日，最後整出么蛾子

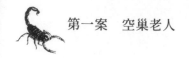

了。他扶著李老太站起來，面帶微笑，輕聲安慰道：「大媽，您可真是關心則亂了。我大爺一把歲數了，什麼風浪沒見過，怎麼可能因為吵架就尋短見？您先在這裡歇息，我們在附近給您找找我大爺。說不定，我大爺正躲在啥地方乘涼呢。」說罷，唐海城接過李老太手裡的鞋，又指著鞋幫子給李老太看，「您瞧，這鞋幫子都開膠了，我大爺一準是看鞋壞了才扔了的吧。」

李老太將信將疑。兩人又是好一頓勸，她才安定下來。協勤留下來，看著李老太。

唐海城則舉著手機裡周老爺子的照片開始四處走訪問路人。他從河裡上來半天，被泡溼了的衣服也被晒乾了一半，半乾不溼的衣服貼在身上極其難受，加上河水散發出一股子魚腥味兒，聞著都讓人反胃。唐海城在心中暗暗叫苦，想到自己上午還在豪言壯語要當老古董的上司，忍不住苦笑道：「看來，真如那老古董所說，沒有兩把刷子還真當不成他的上司。」


# ■ 愛犬歸家

午後一點，烈日炎炎。沿河道走了一圈下來，唐海城的衣服又被汗水給浸溼了。不少路過的行人看著狼狽至極的他，露出了嫌棄之色。畢竟，他現在是雞窩一般紛亂的頭髮，加上一股子的魚腥氣，逢人便攔下尋問是否見過周大爺，難免不讓人懷疑他有毛病。

唐海城本人完全沒當回事，畢竟他打小看電影和電視劇裡的警察，都是這樣全心全意為人民服務，能當警察是他自幼的夢想，而現在已經成真了。想到此處，唐海城的疲憊一掃而光，更加有幹勁了。

　　據李老太回憶，周老爺子出來的時間大約是在上午十點，自己出門找到狗鏈和鞋子時是在十一點四十分左右。唐海城算了算時間差，也不過是一個半小時左右。普通人一個小時左右勻速行走的路程不過是四公里左右，而周老爺子歲數已經大了，不可能走這麼遠。唐海城又回到協勤和李老太休息的樹下，詢問李老太周老爺子的身體狀況。李老太和丈夫已經一起生活幾十年了，自然對他的身體瞭如指掌。

　　「我家老頭子身體還行，不過近幾年經常氣喘。醫生一直告訴他要注意身體，不能劇烈運動，不能抽菸喝酒。可是，他偏不聽，整天拉著狗四處晃。」李老太又繼續吐槽著自己的老伴。

　　「大媽，適量運動也不是沒好處，我大爺腿腳怎麼樣？走路什麼的靈活嗎？」

　　「老寒腿了也是，你想吧，一到變天氣就疼。女兒從外地給他買了好多膏藥護膝，他也老壓箱底子不用。上次過期，扔了好大一包。我真是越想越氣，你說還有這種人。」李老太嘆息道。

　　眼看著李老太又要和自己開吐槽大會，唐海城趕緊打住了話題，追問道：「大媽，我大爺平時轉悠的範圍就在這附近一塊嗎？他平時跟附近的人來往嗎？說不定是去誰家吃飯去了？」

　　李老太遲疑了一會，搖了搖頭：「沒有，我們是從舊城區搬過來的人，熟人都在舊城區。」

　　唐海城思索了一會，又返回了李老太剛發現鞋子和狗鏈的地方。這河邊紅磚鋪地，建設得也算不錯，平時人們在這裡下下棋喝喝茶的也可以。不過，周老爺子出來時剛好是中午的飯點，根本沒什麼人在外面乘涼，沒有目擊者。這樣一來，就比較難辦了。

「怎麼還能丟下一隻鞋呢？」唐海城撓了撓後腦勺，小聲嘀咕著，「這老頭子，該不會是被狗拖著跑了吧？」他想到這，忍不住笑出聲來，腦袋裡浮現出一條發狂的狗拖著一個老頭兒到處出溜的畫面。

不過，想到此處，唐海城腦袋裡突然閃現出一個念頭。他自言自語道：「狗拉不動人，但是人追的動狗啊！」

唐海城恍然大悟，說不定這鞋是老爺子追狗時跑丟了的。說罷，他決定模擬一下當時的情況，開始脫下自己的一隻鞋，套上了周老爺子的鞋，居然還挺合適。於是，唐海城想像前面有一隻逃竄的狗，大喊一聲：「站住，別跑啊！」

不遠處的協勤和李老太聽到唐海城來了這麼一聲，雙雙驚得站了起來，卻只看見唐海城衝著前面空氣追了過去，沒跑幾步，鞋子都飛了出去。協勤有些尷尬，攙著李老太重新坐下解釋道：「大媽，這小夥子是我們所裡的新人，可能辦案時有自己的癖好，您老別見怪。」

李老太似懂非懂地點了點頭，滿腹狐疑地看著前面那個返回來撿鞋的小夥子愣神。

唐海城一跑就發現了問題——這鞋子鬆緊帶不給力，用來走路還行，只要一跑就掉。

如果說狗鏈子開了是狗掙扎著強行弄開，那鞋子就很好解釋了——難道真是腿腳不怎麼靈活的老爺子追狗途中甩掉了一隻？可追狗歸追狗，怎麼還把人給追丟了呢？可這狗也居然一起丟了？唐海城扶了扶額頭，心道這老爺子真不省心，難怪李老太一天天的就知道發火。

唐海城重新穿好鞋，舉著周老爺子的鞋來到老太與協勤面前，把剛剛的發現說給了兩人聽。兩人恍然大悟，李老太終於相信了自家老頭沒有跳

河自盡。

正說著，李老太的電話突然響了。她頓時激動不已，邊掏手機邊說：「一準是我家那死老頭子回家看到我不在，給我打電話問我在啥地兒呢。」唐海城和協勤也長出了一口氣，抹了一把額頭上的汗。

李老太接通電話，連著「喂」了好幾句，片刻之後結束通話了電話，情緒又低落了不少。

「怎麼樣？大媽，我大爺人在哪？」

「不是我家老頭子，是物業打的電話，說我家的狗在樓道裡亂叫，打擾了人家休息，讓我趕緊回去牽走。」李老太也看不出是高興還是生氣，光盯著手機不說話。

唐海城啞然失笑，人還沒回家，狗他媽的倒是先回去了，看來是小狗識途。不過，看來自己推測的也八九不離十了。和協勤商量了一番，兩人決定先把老太太送回家，然後再出來繼續問周邊的人，看能不能獲取些有用的訊息。

李老太家離飲馬橋不遠，協勤騎著電動車帶著老太太，唐海城蹬著沒電的電動車費力地跟在後面。不到十分鐘，就來到了李老太所在的小區裡。李老太家住在二樓，唐海城和協勤攙扶著李老太一進樓道，就聽到狗還在狂叫。物業的人也等在樓道裡，一見李老太，便開始抱怨：「哎呦，李大媽，您可總算回來了。周大爺哪去了？平時不是大爺一直帶著狗嗎？這狗都叫了快半小時了，擾得樓裡面人都出來了。三樓家張大姐的兒子可是馬上要期末考了，剛剛為了這事和我嚷了半天。」

李老太一邊和物業解釋，一邊打開家門，招呼唐海城跟協勤進屋喝水。

　　唐海城原本不渴，突然閒了下來，感覺唇乾舌燥，於是進屋準備喝口水再繼續行動。

　　李老太安頓兩人坐在沙發上，自己去廚房倒水。唐海城打量著這個並不大的家，心中生出一股暖流來。屋子裡擺設雖然平淡無奇，組合在一起卻極為舒適。乾淨樸實的屋子裡，充滿了尋常人家的生活氣息，用布子遮蓋的電視，自己做的沙發套，桌子上的搪瓷杯，牆上一家三口溫馨的照片，一切都讓他感覺幸福而溫馨。

　　不一會兒，李老太已經端過來兩杯水，一邊感謝著兩人，一邊問接下來該怎麼辦。唐海城也沒有好辦法，端起水杯大喝一口，對李老太說：「大媽，我們一會繼續去河道附近問問，希望有人今天見到過我大爺。另外，我們也連繫另外幾個區域的民警協助進行巡查。您放心，我們一定盡快幫您找到人。」

　　說到這裡，唐海城突然瞄到茶几上有藥，拿起來便問：「大媽，這藥是您吃的嗎？」

　　李老太看了一眼，回覆唐海城：「不是，這是醫生開給我老頭子用來預防冠心病的藥。不過，我家老頭子一直沒服用，買回來還沒拆封。」說罷，李老太接過藥瓶，擰開給兩人看。果然，裡面的錫紙包裝還沒拆開。

　　唐海城想了想，還是告訴了李老太：「大媽，您要有點心理準備，我尋思著……」

　　李老太激動地問道：「你啥意思？你可別嚇大媽，莫非是你大爺怎麼了？」

　　唐海城反過來被李老太嚇了一跳，就這老太太的性格，別說是周老爺子了，自己都扛不住。別說是有心臟病的人了，沒心臟病的都能被嚇出病

來。唐海城眼看李老太雙目圓睜，站起身，彷彿馬上要和自己拚命，不禁打了個哆嗦：「大媽妳別激動，我是說可能而已。」

李老太仍然激動不已。一旁的協勤也被突然站起身來的李老太嚇了一跳，回過神後趕緊安撫她的情緒，順便指示唐海城說下去。協勤也可憐，大中午跟著唐海城出警受累不說，還要兩頭應付。一方是情緒急躁一驚一乍的年邁老人，一方是啥也不懂但腦回路清奇的新上級。此時的協勤心中只有一個念頭，這兩人太可怕了，請求上天保佑，趕緊解決問題讓自己打道回府。

唐海城也不藏著掖著了，直接說出自己的猜想：「大媽，大爺不是今天早上出去溜狗了？您看現場那鞋和狗鏈，說明大爺一定去了河邊。可我們沒在河邊找到大爺，我懷疑大爺是狗脫了韁……不，脫了繩了，不對，應該是大爺拉著的狗脫了繩，大爺去追結果落下一隻鞋在河邊。」

李老太心急如焚，乾脆不客氣了：「這些我都知道，你大爺到底怎麼了？」

「我猜大爺追狗追得可能心臟病發，被人送到醫院去了。」

李老太聽到此處，先是愣了一下，幾秒之後眼睛一翻，就要暈過去了。協勤和唐海城大驚失色，二人趕忙扶住，又是搧風餵水，又是掐人中拍臉，還給老太太舌頭下面壓了一粒速效救心丸，好不容易才讓對方緩過勁來。

李老太緩緩睜開眼，看著面前唐海城的臉，嘴唇顫顫巍巍想要張開說話，卻一時沒有多餘的力氣。唐海城趕緊把耳朵貼到李老太嘴邊，李老太閉著眼歇息了片刻，在唐海城耳邊幾乎是吼出來一句話：「趕緊找你大爺去啊！」

　　唐海城被李老太一句話震得耳朵發麻，誰能想到剛剛昏倒醒來的老太太中氣這麼足，耳鼓膜都快被震破了。於是，唐海城留下協勤在家照顧李老太，自己則準備對周邊醫院巡查。下樓之後，跨上電動車，唐海城一邊揉著還在發麻的耳朵，一邊摸著空空如也的肚子，不住地安慰自己：唐海城你要撐住，你肯定能找到人！

　　說罷，一把扭動了電動車鑰匙 —— 什麼鬼？這輛電車也快沒電了？真是天要亡我啊！

　　唐海城欲哭無淚，長出一口氣後，鼓足了勁開始蹬車。拖著又笨又沉的電動車行駛在烈日之下，他感覺自己馬上就要晒成人乾了。他把這一切都歸咎到了老古董身上，自顧自地說著：「真是開局不利，第一天就遇到這種倒楣事。老古董，你別小看我，總有一天我讓你對我刮目相看！」

## ▬ 空巢老人

　　飲馬橋雖然地處城鄉結合部，但公共硬體設施配備還算齊全。學校、醫院等自然也一應俱全，光是公立醫院附近就有四所。既然周老爺子發病之後沒有在現場被發現，那麼一定是被好心人發現及時送到了醫院裡，而且鐵定是就近就醫。唐海城心中暗自推斷，他甚至對自己還有些佩服，果然警校的刑偵推理課沒白上。於是，他從附近的醫院一所所逐漸開始排查。

　　果然不出他所料，等排查到第二家醫院時，院方表示確實在中午時接收了一名突發心臟病的老人，病人被發現時就躺在距離飲馬橋不遠的一處

街心公園中。當醫生看了唐海城提供的周老爺子的照片後，立刻確認送診病人就是周國柱，並且表示經過及時搶救，周老爺子已經脫離了生命危險，但仍然處於昏迷狀態，需要留院觀察一段時間。

唐海城抬手抹掉額頭上的汗珠，然後又長出了一口氣，問題終於解決了。

醫生看唐海城如釋重負的表情，立刻對他進行了批評：「你這裡子太不像話了，老爺子那麼大歲數了，你也放心讓他自己出來轉悠？今天算你運氣好，碰到了好心人把你爸送到醫院。要某一天再發生類似情況，沒人發現後果會怎樣，你想過嗎？你們現在的年輕人，一天就知道工作和事業，家裡的老人你關心過嗎？別等到人沒了才知道後悔！」

唐海城連連擺手，急忙解釋道：「醫生，你誤會了，我是警察啊！」

醫生聽了之後，臉色稍微緩和了些：「雖然說你是警察，經常忙於一線工作，但是為人民服務的同時你也應該對家人多注意一點。心繫群眾是好事，可也不能忘了自己的父母。畢竟，空巢老人也需要後輩的關心。」

唐海城是有口難辯，他現在又累又餓，也不想辯解，只一個勁地點頭承認，對醫生千恩萬謝。待醫生離開後，唐海城趕緊通知了李老太和協勤，自己則在醫院裡等待。

不一會兒，協勤帶著李老太來到了醫院，李老太情緒還是有些激動。唐海城眼看李老太又要打開吐槽模式，趕緊一把攔住老太太，做了一個要保持安靜的動作：「大媽，這裡是醫院，您可不能大聲，病人需要靜養。萬一打擾了我大爺，恢復不好可就問題大了。」

李老太被唐海城先發制人，怯生生地點了點頭。三人隨即跟著醫生來到了病房中，看到了一直沒有現身的周老爺子。像醫生說的那樣，老爺子

並無大礙，只是劇烈運動之後心臟超負荷，加上之前就有冠心病的前兆，突然病發而已。此時，老爺子躺在病床上，臉色蒼白如紙，還沒有從昏迷中醒來。李老太看著病床上病殃殃的丈夫，忍不住流下了兩行淚水，剛要扯著嗓子嚎出來，又想到唐海城剛剛叮囑自己的事，硬生生憋了回去。

　　病房中，眾人的眼睛都死死盯著老爺子，完全沒注意身後趕來的一名行色匆匆的女子。

　　女子一進病房，看到李老太和病床上的老爺子，就忍不住叫出聲來：「媽，這是怎麼了？我爸怎麼了？」聞聲轉頭的眾人看到病房中陌生的女子，自然是表情各異。李老太再也把持不住，撲向女兒，埋頭在她懷中痛哭。

　　唐海城觀察著這個一臉疲憊、神色憔悴的女子，很難將她和李老太家中牆上那個充滿靈氣的女子連繫在一起。但看到這一家人團聚的場面，唐海城心中又有些觸動。從小在孤兒院長大的他，從來沒見過自己的父母，現在的情形只在他的夢裡出現過。夢裡，他的父母來找他了，一家人相認後過著開心的日子。

　　在一陣子喧嚷之後，女子和李老太一起來到病床前。女子望著床上連線著心電監測儀的父親，也忍不住潸然淚下，握起父親的手默默流淚。也許是病房裡太多人吵醒了周老爺子，老爺子緩緩睜開雙眼，看著就在眼前的妻子和女兒，臉上顯露出了欣喜的神色。

　　李老太看到丈夫醒來，也喜不自勝，對著病床上的人連連發問：「老頭子，你現在感覺怎麼樣？身體還難受嗎？心口還疼不？」然後，扭過頭，一溜小跑著去辦公室叫醫生去了。

　　周老爺子看著病床前哭花了妝的女兒，他不禁有些心疼，抬起手摸了

摸女兒的臉，聲音虛弱地問女兒：「小雨，妳怎麼回來了……公司裡的事都忙完了嗎？」

名叫小雨的女子點了點頭，擦乾眼淚對著父親擠出來一個笑容：「忙完了，爸，我都忙完了。這次回來，我能多陪你幾天。」

周老爺子臉上浮現出開心的神色，突然間，彷彿又想到了什麼，抓住女兒的手問道：「對了，小雨找到了沒？」

小雨有些疑惑，不知道父親是什麼意思。身後李老太帶著醫生已經來到了病房，聽到周老爺子一醒來就問那條叫小雨的狗怎麼樣了，她的臉瞬間變了。唐海城看著晴轉陰霾的李老人，心裡暗自替周老爺子捏了把汗。他暗想，要不是老爺子在病床上躺著，現在李老太早就上去扯他的耳朵責問了。

果然，李老太也沒忍住，對女兒抱怨：「你趕緊把狗送走，你爸這次病發是因為追牠！」

病床上的周老爺子一聽李老太告訴女兒送走狗，竟然忍不住流下了幾滴淚水。李老太看丈夫有些激動，有些手足無措，只能上去給老頭子擦了擦淚，給自己找個了臺階下：「不送走，你只要給我好好的就行，我也是怕你因為狗再傷了身體。」

周老爺子這才止住哭，伸手拉著女兒小雨的手像個孩子，斷斷續續地說了些詞段：「小狗是女兒送的……牠能陪陪我這個空巢老人……」

小雨聽到父親說的話，淚水瞬間決堤。她轉身跑出了病房。這時，醫生也提議，讓眾人先出病房，只留下一名家屬照看。李老太向唐海城和協勤表示感謝。隨後，兩人與老太太老爺子告別後，也走出了病房。

唐海城看著靠在牆邊還在哭泣的小雨，不知道如何去安慰她。於是，

學著醫生的模樣把醫生對他說的一段話原樣轉述給她。小雨也對唐海城表達了感謝。客套一番之後，唐海城與協勤才走出醫院。

二人走在路上，唐海城心裡百感交集，這是他真正意義上接手的第一個案子。雖然途中有不少曲折困難，最後還算成功解決了。唐海城抬手看了看手錶，居然都下午四點多了。一天幾乎沒有吃飯的他早已飢腸轆轆，而且還臭汗滿身。現在的他只想趕緊下班，回家洗個冷水澡，然後飽餐一頓，直接睡到明天早上。

想到此處，唐海城又開始犯愁了。他的電動車沒電了，怎麼回所裡去呢？難道還要自己用腳蹬？一旁的協勤攤了攤手，表示沒啥法子。唐海城已經崩潰了，朝著協勤說道：「就不能給咱也配個警車嗎？非要騎電動車？到頭來，還不是掉咱自己的面子。」

協勤也是個實在人，一點不給唐海城面子：「哥們，你以為我們是出警來兜風？這警用電動車還是前面剛分配下來的東西，在這之前，我們出警近的都步行或者跑著去，遠的自行解決。」

唐海城不放過任何一個吹牛皮的機會：「這樣，你等著，等回頭我當了主管，我就配給每個人一輛跑車出警，專門選底盤較低，只有兩個座位的那種。」

協勤不想跟唐海城瞎胡扯，狠蹬了幾下車蹬，把唐海城甩了好大一截。

唐海城在後面邊喊邊追：「嘿，大兄弟，你等等我啊！」

等唐海城再次回到所裡，已經快下午五點。他人才剛進去，就成了眾人矚目的對象。

只見唐海城黑紅相間的臉龐，爆炸頭一般的奇特髮型，近距離聞聞身

上還有一股臊味。

李墨白看著唐海城目瞪口呆：「海城，你這是出警去了還是要飯去了？怎麼這麼狼狽？」

唐海城將頭一昂，用衣領扇搧風：「嗨，別提了，今天解決了個大案子，把我給累壞了。」

白煙煙在一旁一臉不屑，給了唐海城一記白眼，嘴動了動，最後也還是沒擠兌他。反而李墨白聽到這，眼睛放光，讚揚道：「不錯嘛，海城你可以啊，第一天就辦了個大案子，我真是對你另眼相看了。趕緊跟哥們講講，到底是怎麼回事？」

李墨白的話讓唐海城越發得意，正想著怎麼把今天下午的事添油加醋一番講給眾人聽。

結果，古董從辦公室裡背著手出來了，看著唐海城的熊樣也有些不解，不過很快就明白了。

「唐海城，讓你去給老太太解決個事，你怎麼用了一天？我聽說就是狗丟了？」

唐海城瞬間啞然失聲，身後的白煙煙「噗呲」一聲笑了出來，連帶所裡別的同事也鬨笑起來。李墨白瞬間失望至極，他搖搖頭說道：「鬧了半天就是找狗去了，我還以為是什麼大案子。」

人群也逐漸散開，留下唐海城一個人站在原地，不知怎麼解釋。他撓了撓頭髮：「哎，不是狗丟了，是狗丟人了，狗把人弄丟了，你們聽我說……」

古董目的也達成了，轉身回了辦公室。協勤走到唐海城身邊，讓唐海城補一下今天出警的工作紀錄。唐海城瞬間又蔫了，他忍不住吐槽道：「寫

什麼事嘛，我一天寫的東西比我在警校一個月寫的東西都多。工作紀錄怎麼寫？大兄弟，你教教我。」唐海城跟在協勤屁股後面，開始糾纏對方。

皇天不負有心人，唐海城終於趕在下班前補完了工作紀錄。這一天的經歷，真是讓他身心俱疲。不過，唐海城總感覺自己好像還忘了點什麼東西。正愣神著回想，古董從辦公室裡邁著慢悠悠地步伐出來了。

「唐海城，你進來一下。」古董突然開口命令道。

主管單獨叫你，一準沒好事。唐海城垂頭喪氣，走進了古董辦公室。他就發現桌上攤開的三份檢查，他知道是李墨白代寫的檢查被發現了，腦袋開始高速運轉想著對策。

古董直接說道：「你還敢找人代寫檢查？拿回去重寫一份，你把另外兩份唸給我聽。」

唐海城硬著頭皮拿起自己的檢查，無奈字跡太醜，他壓根看不明白寫了些啥。

唐海城只能老老實實回答：「報告，我唸不了，因為字太醜了。」

古董也不客氣：「哦，那這兩份也拿回去重寫，明天上班時交給我。」

唐海城聽得雙腿發軟。古董看出來他有苦難言，又補了一刀：「怎麼？是寫不來嗎？我還以為想當主管的人做啥都行，搞了半天連檢查都不會寫？」

原本打算服軟的唐海城，瞬間又剛了起來：「明天一早，保準放在您桌上。」說完，又敬了個禮，轉身出了辦公室。

一出辦公室，唐海城秒慫了，衝著李墨白就開始嘮叨抱怨。可半句話還沒說完，古董又從辦公室裡探出頭來：「對了，唐海城，今天的《著裝管理規定》抄完別忘了交給白煙煙。」坐在一旁的白煙煙立刻比了一個 OK 的

手勢。唐海城聽了這話，差點噴出一口老血。他趴在桌上，一蹶不振。

　　許久之後，唐海城強撐著坐起身來，握著筆雙手顫抖開始抄寫。

　　「老古董，總有一天，我會證明自己比你強！」唐海城心中默默哀嚎，他入職派出所的第一天，就在各種啼笑皆非中過去了。

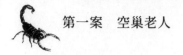 第一案　空巣老人

# 第二案
# 網路追緝

人們為善的道路只有一條，作惡的道路可以有許多條。

—— 亞里斯多德

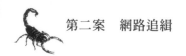

# 引子

「那個老闆的店鋪或者家是住在白泉區嗎？」不知道啥時候起，李墨白已經站在了兩人的身後。陳大姐有些驚訝，不住地點頭：「他的店就開在白泉區，叫什麼同心閣酒樓。平時，他就住在店鋪樓上。警官你是怎麼知道的？」

唐海城這下子可得意了，昂著頭幫李墨白吹噓：「嗨，小菜一碟，這位警官可是電腦高手，別說發帖人的家了，就是發帖人姓什麼叫什麼現在在幹嘛他都能知道。」

李墨白被唐海城捧得有些受不住，暗中推了推唐海城，臉上堆著笑解釋道：「其實也沒什麼，我只是透過發帖人的 IP 地址定位到了他所在的區域，根據網路登入時間顯示，發帖人是昨天晚上七點左右重新登入發帖的，登入地址就在白泉區。我剛剛聽陳大姐妳說這個老闆開了個餐廳，飯菜品質還有問題？」

陳大姐點了點頭，對著李墨白把剛剛的話重複了一遍。李墨白也是個熱血憤青，當機立斷便與陳大姐站到了統一戰線上：「現在的餐飲外賣業就是被這種行業蛀蟲搞壞了，民以食為天，他就非要捅塌了天才算！陳大姐，妳別急，咱一件一件來解決。我們肯定還給妳一個公道，對待黑心商家，我們絕不姑息！」

# ▬ 特殊服務

時間匆匆如流水，不知不覺，三位菜鳥警察入職派出所已經超過三天了。可這短時間給古董的感覺就是一言難盡。尤其是唐海城這個小刺頭，讓他最為鬧心。他透過看警校檔案的記載，這小子在警校成績平平，還時不時有幾門掛科的不良記錄。說到工作表現，結果來入職的第一天就跟白煙煙在派出所門口互相開罵。

古董心中的火實在按捺不住，直接給自己的老熟人兼頂頭上司，海城市警局現任局長齊大軍打了個電話，問他分配警員的用意。齊大軍在電話裡聽了古董半天的抱怨與牢騷，他沒正面回答，而是故意各種岔開話題，一會間間古董近況如何，最後還談到了古董一直在暗中跟進的「6‧28」雨夜槍擊襲警案。

因為齊大軍和古董為多年摯友，也是共事許久的老搭檔，他比誰都了解古董心裡的執念。

果然，只要齊大軍一提起當年的案子，古董就陷入了沉默。齊大軍趁機又安慰他一番。

至於齊大軍說了些啥，古董壓根沒聽進去，他的腦子裡只記住了最後一段話：「當初凱茂到你手裡時，你個老小子心裡也是一萬個不太樂意。現在輪到唐海城了，你仔細看看他的檔案吧，我認為他是一個潛力股。在他身上，我看到了凱茂的影子。我想，也許是凱茂派他來陪你了。」

齊大軍說完後，就掛了電話。古董重新拿起桌上唐海城的檔案仔細翻看。

「射擊課成績滿分，警校連續三屆射擊比賽銀牌獲獎者，犯罪行為分

析與犯罪心理學都被警校教官評為優秀。」看著檔案上唐海城的特長介紹，古董微微抖了抖眉，臉上露出了少有的笑容，喃喃自語道：「我還真沒看出來，這臭小子猜想分析案情和射擊都很不錯。」

古董又繼續往後翻了兩頁，看著唐海城的檔案上家庭成員一欄居然空空如也，頓時明白了齊大軍的話外之音，頓時就感覺百味雜陳，唐海城和郭凱茂竟有著相同的身世。他輕輕合上手中的檔案，站起身子走到窗前，看著窗外燈火闌珊的萬家，暗想著何處才會是唐海城的港灣呢？他一時間如鯁在喉，心口就像被人用刀劃了那樣難受。

今夜同樣難受的人還有唐海城，因為他要連夜趕三份檢查，一份《著裝管理規定》抄寫，就算他有三頭六臂都寫不完。他覺得自己有點委屈，和想像中的警察不太一樣。他眼中的警察都是身穿警服英姿颯爽，腰間配槍威震四方，昂首挺胸血氣方剛，目光如炬正氣昂揚。唐海城不禁萌發了破罐子破摔的念頭，可古董那張比鍋底還黑的臭臉又同時浮現。他為了不打瞌睡，就一邊暗罵古董，一邊開始奮筆疾書。

第二天一大早，所裡同時多了三個頂著熊貓眼的人。第一個自然是經常熬夜分析毒蠍集團何時會有新動向的古董，第二個是熬夜寫檢查的唐海城，最後一位則是入職後異常激動的李墨白。

白煙煙望著眼前的三人，腹黑地嘀咕道：「怎麼三個人都是熊貓眼？莫非昨晚全在寫檢查？」

唐海城走到李墨白身邊，拍拍他的肩，打趣道：「小白，你昨天替我寫檢查也被古董罰了？」

李墨白直接白了唐海城一眼，忿忿地說：「你小子真是豬隊友，我好心幫你寫個檢查結果還被罰，趕緊想法子補償我，不然小爺讓你好看。」

唐海城一臉壞笑道：「你要啥補償？反正我是要錢沒有，實在不行我陪你睡一晚？」

李墨白抬手指著唐海城罵道：「死開，你這個斷背山，反正你後邊要請我吃飯。」

唐海城自然不會輕易妥協，他開始耍無賴了，面帶笑意反問道：「飯債肉償可否？」

話音剛落，唐海城則直接無視白煙煙異樣的目光，直接拿著報告走進了古董的辦公室。

李墨白缺感覺身後有道炎熱的目光緊盯著自己，非常尷尬地回頭解釋道：「煙煙，妳千萬別誤會，我們從警校就開始這樣開玩笑。」

白煙煙聽了，臉上浮現出似笑非笑的表情，故意搞怪說道：「你放心，我絕對會保守這個祕密，也相當理解你們。」說完，也轉身開始忙自己的事，只留下欲哭無淚的李墨白站在原地惡狠狠地發誓，回頭絕對要讓姓唐那傢伙大出血。

這邊唐海城毫無察覺，他鼓起勇氣敲敲古董辦公室的門。半晌之後，古董沉悶的聲音從門後傳來：「請進。」

唐海城這次學乖了不少，推門正經且嚴肅地走到古董桌前，畢恭畢敬地遞上連夜寫的那些檢查：「所長，這是我的檢查請您過目。昨天是我不懂事，給您添麻煩了。」話雖如此，唐海城心中早就翻了無數次白眼，暗想等他變成古董的上司後，天天讓老傢伙寫檢查。

古董放下手中原本正在翻閱的資料，看了一眼面前獨自傻笑的唐海城，真是讓他哭笑不得。古董從警多年，太明白這小傢伙此刻心中所想了。剛打算訓一訓他，可仔細轉念一想，又故意說道：「行，我知道了，

你先拿回去吧。」

唐海城心中大喜，老占董果然吃軟不吃硬。於是，千恩萬謝，一步步倒退著就要出辦公室。

沒想到，腳還沒挨著門框，古董又面帶微笑道：「一會所裡要開例會，你在會上唸唸自己寫的東西吧，讓大家都了解一下你的覺悟。」唐海城正想開口推脫，結果古董補了一句，「小子，唸檢查是你走向主管的必經之路。好好準備準備，千萬別讓我失望。」

唐海城關上辦公室的門後，才明白啥叫老狐狸。不過，很快他的嘴角掛起了壞笑。老話常說，上有政策，下有對策。很快，十五分鐘過去了。唐海城站在全所人的面前，開始要聲情並茂地唸檢查。所裡協勤輔警，連同幾個老警跟新人都聚精會神盯著他。剛開始時，一切還算正常，古董還滿意地點了點頭。可很快，畫風開始急轉直下。

「針對不久前派出所門口的吵架鬧劇，我們全所的人都應該重視起來！正所謂，沒有規矩，不成方圓。想當一名合格的警察，就要有警察的樣子！」唐海城站在會議桌前義憤填膺地說，那行為舉止像極了古董之前訓斥他的模樣。他還故意時不時抬手敲敲桌子，看得眾人紛紛低頭憋笑。

坐在一旁的古董看見唐海城在學自己，差點沒被當場活活氣死，這都是什麼操蛋手下？

唐海城見古董臉色不悅，他似乎更起勁了，學著古董的樣子皺了下眉，然後故意盯著白煙煙說：「不管是新入職的同事還是老同事，一定要團結友愛互幫互助。組織內部出了矛盾，就是最嚴重的問題。」

白煙煙聽到這指桑罵槐的話，就睜大眼睛死瞪著唐海城，小拳頭更是捏得啪啪作響。

李墨白見狀，卻暗自發笑。唐海城還是沒改了警校的臭毛病，依然是——有仇必報，人賤嘴欠。古董越聽越不對味兒，他站起身猛拍了一下桌子，大聲喝斥道：「小兔崽子，我看你是要上天了？這就是你檢討的態度？」

唐海城知道要適可而止了，便故意裝出一臉無辜的表情說：「所長，您之前不是講過，唸檢查是當主管的必經之路嗎？我這會是依葫蘆畫瓢，猜想學您學得不太像，您大人有大量，千萬別跟我一般計較。」

古董怒不可遏，快步走到唐海城面前，拿起報告就要敲他的腦袋。唐海城也被古董的氣勢震到了，縮著脖了閉上了眼準備挨敲。千鈞一髮之際，結果門被人給推開了，眾人的目光齊齊轉向門口。

唐海城轉頭一看來人，內心狂喜：真是天助我也，果然人多做好事還是會有回報的。

這推門的人正是李老太和她的女兒。此時，小雨正攙扶著李老太，李老太手中顫顫巍巍地捧著一面錦旗。二人看到唐海城後，就朝他衝了過去，緊緊握著唐海城的手開始感謝。這陣勢把古董和所裡的人都驚住了。

唐海城從李老太手裡接過錦旗，早就暗自樂開了花，整個一小人得志的模樣。二人謝過唐海城，自然又開始感謝古董教導手下有方。很快，古董也弄清了之前的案情經過。自然，送錦旗的事恰好把唐海城剛剛的洋相壓了下去。古董本想狠狠治治這個刺頭兒，不料卻被李老太一番話給噎得差點沒喘上氣來。

只見李老太超古董豎起大拇指誇讚道：「所長，這孩子可真是個好警察，為人老實善良不說，還是個熱心腸，全靠所長您教導有方。」尷尬至極的古董接不知如何接話，只能無奈地點點頭和乾笑幾聲。

李老太走了之後，古董啞巴吃黃連，獎也不合適，罰也不合適，最後只放了句狠話：「你小子以後別讓我逮著你！」

唐海城成功逃過了檢討大會，自然喜不自勝，心裡又有些飄了。

白煙煙可沒忘了被指桑罵槐，走到唐海城身邊：「唐警官，你今天要抄的還沒交給我。」

唐海城看著哼著小曲轉身的白煙煙，咬著牙咒了一句：「小魔女，以後肯定嫁不出去！」

結果，恰好被白煙煙聽到，丟下一句莫名其妙的話：「我嫁不出去，也比你不正常的好。」

唐海城聽了個一頭霧水，結果他的背後就被李墨白用力錘了一拳。

「小白，你他媽瘋了吧？無緣無故幹啥打我？」

「因為你毀了我的清白，打死你都不可惜！」

所裡瞬間熱鬧起來，就連一邊值班桌上的電話響了都沒人注意到。直到古董出來用手裡的檔案大力敲了幾下，眾人才齊齊安靜下來。他大聲罵道：「你們是來幹什麼的到底？報警電話響個不停，上班時間居然沒人接？」

李墨白嚇得趕緊竄到了電話旁，清了清嗓子拿起電話。唐海城看著古董，怕又被找麻煩，也溜到辦公桌前乖巧地坐了下來。片刻之後，電話結束。李墨白掛了電話，向古董說：「所長，萬豪佳苑有人報案說是被惡意騷擾了，您看這事怎麼辦？」

古董環視了一圈辦公室，看著心懷鬼胎的唐海城，指了指他：「你和李墨白出警去。」

　　唐海城巴不得能馬上出警，他有一種預感，只要待在所裡，尤其是老古董和白煙煙都在的情況下，鐵定要倒血楣。相反之下，出警自在得很，不用面對老古董那張黑臉，也不用和白煙煙吵鬧，說不定還能偵破個案子讓人送送錦旗。沒讓古董多費口舌，唐海城早已經扛起執法記錄儀跑了出去，邊跑邊催身後的李墨白快點。

　　其實，李墨白比唐海城還激動，畢竟這是他第一次出警。昨晚，他就有點鬱悶，為什麼入職第一天古董不讓自己出警？今天總算輪到自己了，希望也能迎來個好的開始，成功替群眾解決困難。

　　說話間，二人就跑到了派出所的後院。唐海城有過蹬車的慘痛經歷後，直接挑選了兩輛電量充足的警用電驢。二人各自坐上車後，就準備發車上路。唐海城坐在車上，忍不住對李墨白打趣道：「小白，你今天出警會不會激動到暈過去？或者拉著報案人拍照留念啥的？」

　　李墨白對著車上的後視鏡埋了理髮型，對唐海城擺擺手反擊道：「你以為誰都跟你一個德行？在警校時，沒事就喜歡拉著人家給人家籤『警校神槍手唐海城』。雖然你確實連續拿了幾次獎，但也犯不著專門拿出來顯擺吧？」

　　唐海城相當得意地笑道：「小樣兒，你就是嫉妒我。你不是被大家公認為駭客小王子？」

　　李墨白沒搭理唐海城這號自戀鬼，半晌之後才囑咐道：「海城，我先給你打個預防針，報案的那一家子情緒很不穩定，一會到了現場，我們要多安撫當事人。」

　　「因為什麼事報警？」

　　「有人老給這家女主人打電話，說是要找特殊服務。」

　　唐海城頓時就樂了，咧嘴笑道：「啥玩意？找特殊服務？莫非這大姐以前還當過技師？」

　　李墨白的額頭冒出幾道黑線，立刻回懟道：「我就知道你小子思想齷齪，報案人都說了是被故意騷擾，而且女當事人已經因為這事和她老公打起來了，因為打電話的人實在太多，她老公也開始懷疑她真幹過這事。女當事人知曉後，當場就和自己的老公開罵了。」

　　唐海城聽後，直接破口大罵道：「這種事我見多了，我猜是她與人交惡後，電話遭到惡意洩漏。能想出這等陰招的人絕不是啥好鳥，咱要立刻趕過去，爭取早點抓到幕後黑手！」說罷，二人相視一眼，同時發火車子，朝著報案人所在的小區駛去。

# ■ 午夜騷擾

　　半個小時後，二人抵達了報案人住的萬豪佳苑，小區裡住的都是一些有錢人。

　　唐海城看見小區內的景觀，他就直接跟李墨白吐槽：「要不是來辦案，這小區猜想我都不進來一次。這些萬惡的資本家，開的是寶馬賓士，住著超級豪宅，對我這種工人階級百姓造成了巨大傷害！」他說完，突然想起旁邊還站著一位「資本家」的後代。唐海城一時略顯尷尬，看著臉色不怎麼好的李墨白解釋道：「不過，小白你這種富三代例外，畢竟你是歷史遺留問題。」

　　李墨白早就習慣了唐海城嘴賤仇富的心理，掐著他的脖頸把人拎到了

小區警衛亭，向門口保全出示了自己的證件，同時也連繫了報案人。不一會，他們倆就根據報案人說的別墅幢號找到了報案人家。李墨白和唐海城上前隱約聽到屋子裡傳出激烈的爭吵聲，前者趕緊按響了門鈴，生怕一會屋裡頭的人打起來。

幾秒之後，一個目露凶光的婦女給他打開了門。李墨白和唐海城看著眼前這個三十歲左右的潑辣少婦，怎麼也無法把她和那些外圍女子聯想在一起。此時此刻，唐海城更相信，眼前的少婦是被人惡搞了。

少婦看著二人的服裝，沒多說客氣的話，直接丟下一句：「你們趕緊進來。」然後，她就頭也不回地轉身進屋。門口的二人面面相覷，一時被這強大的氣場給震住了，小心翼翼地跨進了這片沒有硝煙的戰場。

結果才進門，唐海城看到滿地摔得稀爛的東西，頗為心疼地說：「哎呦喂，我說這位大姐，你們兩口子吵架歸吵架，可犯不著砸家裡的東西吧？您瞧這一套子青花瓷茶具，還有一把紫砂壺、紅木茶几都給刮花了。」

與此同時，沙發兩頭坐著的兩口子也不出聲，繼續紅著眼像看仇人那般盯著對方。

李墨白和唐海城針對眼前的情況，兩人暗中互相使眼色，決定一人接手一個人，分頭調解和勸告。結果，唐海城很榮幸地負責本次案件中的受害者——氣場強大的潑辣少婦。這可把唐海城鬱悶壞人，讓他面對個社會人都還好，可唯獨面對女人就是無從下手，只好硬著頭皮上了。

「大姐，您先消消火。案情我們已經初步了解了，接下來麻煩您配合一下，早日抓到罪魁禍首，也好早點還您清白。」

結果，少婦的老公突然發飆了，咬牙切齒地說：「還她清白？我才是受害人好不？真是人在家裡坐，綠帽天上來。這事，我接受不了！」唐海

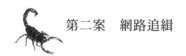

城開始暗暗叫苦，這大哥還真是點火小能手，猜想他老婆又要發飆。

果不其然，少婦直接抓起沙發上的紙巾盒就扔了過去：「你個沒良心的臭男人！我被別人欺負了，你不說幫找到是誰使壞就算了，你居然也來跟著潑一盆水？我告訴你，等這事查清楚了，我後邊跟你沒完！」

可惜紙巾盒直接砸到了李墨白的身上。他看情況不對，怕遲一會兩人就戰火重燃，便索性佯裝大怒：「住手！你們繼續瞎鬧，我就不管這案子了。如果還亂丟東西砸到我，我猜想會告你們襲警！」

二人聽到「襲警」和「不管」後，就雙雙安靜了下來，開始配合唐海城和李墨白進行筆錄。

原來，這脾氣潑辣的少婦叫陳慧芳，她老公叫王占國，是本地一家中型規模建築公司的老闆。要說這煩心事的起因，還要從昨天晚上講起。昨晚深夜的時候，夫妻二人在客廳裡看電視，陳慧芳的手機響了起來。她拿起來一看，居然是個陌生號碼。因為平時公司裡有些事自己的老公忙不過來，也會交給她去管，所以兩人一致以為這個陌生號碼可能是有業務上門。

沒想到剛接通電話，陳慧芳聽了兩句臉色就相當難看，掛了電話什麼話也沒說，只是罵了幾句。王占國很好奇，就追問了一下。她隨口說打電話的是個酒鬼，喝醉打錯電話了。王占國聽了也沒放心上，嘀咕了幾句之後就沒當回事。隨後，陳慧芳就去洗澡了。

沒想到，這通午夜電話僅僅是個開始。在陳慧芳洗澡期間，電話開始響個不停。王占國偶爾接了一兩個電話，結果電話裡的內容讓他險些氣暈，這些打電話的人居然都是為了找特殊服務。

王占國立刻就罵了回去，接著直接關了機，並想著如何解決兩個人之

間的問題。

陳慧芳洗完澡出來，對此事完全不知。而她老公恰好在氣頭上，以為自己的老婆真和電話裡說的事有關聯。結果，夫妻二人因為這事鬧騰了一晚上沒睡。陳慧芳又哭又鬧，氣頭上來還把家裡的東西砸了個稀巴爛。

二人鬧歸鬧，班還是要準時上，只是陷入了冷戰期，各自駕車來到了公司。王占國早一步先抵達公司。結果，他壓根沒想到公司的工人竟然都知道陳慧芳「提供特殊服務」的事，還專門聚成一團聊天。這下子，王占國徹底爆發，在公司停車場攔下陳慧芳，將人帶回家中，又是一頓大吵。

陳慧芳自己也不知道這是怎麼一回事，昨晚本來就夠憋屈了，沒想到今天這事還變本加厲了。打開手機，雪片一般的簡訊立刻映入眼簾，各種汙言碎語，無理要求，甚至還有些不堪入目的圖片。這下子，不王占國受不了，她自己也直接奔潰了。委屈至極的她這才撥打了報警電話尋求幫助。

聽了這對夫妻你一言我一語的描述，唐海城和李墨白心裡早就有了底，這不就是一起很尋常的電信騷擾案嗎？李墨白揉了揉還略感疼痛的後背，耐心地疏導兩個人：「大哥大姐，你們都冷靜一下。大哥，你想啊，我大姐可能幹出這種事嗎？這年頭，別說電話了，就連身分證訊息一不小心都可能被洩漏。我大姐這明顯是被心懷歹念的小人給算計陷害了。我大姐也是，啥事不能用溝通來解決，非想著動武。你看這家裡讓你們給造的。」

沙發上那兩位依然誰都不理誰，相互看了一眼又背對了過去。

李墨白看了看陳慧芳繼續詢問：「大姐，妳最近是不是和啥人起了爭執，或者有啥過節？」

陳慧珊雙手抱胸，一副嗤之以鼻的表情，衝著自己老公「哼」了一聲：「那可不，我最近惹上大事了，餵了這麼多年的白眼狼反過來把我給咬了。」

王占國一聽，怒目圓睜，又站起身來要吵：「你說誰白眼狼，啊？你再說一個試試？」

陳慧珊完全忽視了身邊的唐海城和李墨白，嘴巴一撇，嚎啕大哭了起來：「怎麼著，你還要打我啊？來啊，你打啊！我跟著你這麼多年，和你一起打拚，一起建立公司，把你照顧得妥妥帖帖的，你到頭來就這麼對我……」說罷，一頭向王占國撞了過去，「我不活了！你個沒良心的……」

唐海城看著兩個又糾纏在一起的人，幾乎頭痛欲裂。一個簡單的電信騷擾案，至於搞得這麼複雜嗎？突然，唐海城想起來身邊站著的這位技術型男 —— 李墨白。李墨白電腦黑科技玩得好可不是吹的，當年班裡誰的電腦出問題了都來找小白，各種遊戲，各種資源，各種種子……咳咳，小白那都是信手拈來。這都不算什麼，更神的是小白還會駭客技術，手指一動，幾行程式碼下去，就連修改期末考試的成績也不在話下，眼前這事，給小白一臺電腦，問題不就都迎刃而解了嗎？

唐海城趕緊把自己這想法和小白一說，小白一合計，成！自己剛剛被這兩位搞得暈頭轉向，竟然都忘了自己的老本行了。說做就做，李墨白告訴兩人自己有辦法證明大姐的清白，又和當事人大體解釋了一下具體操作，順便借用了下他們家的電腦。兩人將信將疑，連同唐海城一起圍在了李墨白身後。準備工作就緒，於是乎，小白開始了他神乎其神的表演。

熟練地打開電腦，一頓劈哩啪啦，讓人眼花撩亂的操作之後，小白調出來一大堆和陳慧芳電話關聯在一起的東西。果不其然，檢索結果中混雜

了一大堆莫名其妙的訊息。「嗯？重金求子？紅唇夜話？上門服務？」唐海城看著螢幕上極其刺激的字眼目瞪口呆，「這不是電線桿上常看到的小廣告嘛⋯⋯」

身後的陳慧芳和王占國看到這裡，也驚訝得合不攏嘴。只見李墨白手指仍然靈活地在鍵盤上敲擊著，不一會，更多的訊息被調了出來。李墨白停下了忙碌的手，扭過頭指著螢幕上的程式碼解釋道：「這些是網路上檢索出來和陳大姐電話相匹配的訊息，這些訊息大多釋出在一些同城論壇中。釋出者一共使用了三到四個馬甲號釋出，我剛剛調取了這些發帖人的IP 地址，發現他們登入端主要有兩個地址，且均與你們家電腦的IP 地址不同。」

唐海城怕身邊兩個人聽不懂，趕緊幫忙解釋到：「有人在網上暗中使壞，把我人姐的電話配上一些亂七八糟的玩意給發網上了。」

王占國一聽，腦袋上的青筋都繃起來了。陳慧芳這邊沉冤得雪，委屈巴巴地恢復了小女人的狀態，坐在一旁開始抹眼淚。李墨白和唐海城這才舒了一口氣，開始了新的一番詢問。

「大哥大姐，我現在只能初步得到發帖人的IP 地址。至於再詳細的訊息，暫時我們還調取不出來。所以，還要兩位好好想想，最近和什麼人有過不愉快跟糾紛？我們有了調查方向，也能更快還給您公道。」李墨白繼續循循善誘。

陳慧芳依舊哭哭啼啼，完全沒有了剛剛一進門時候的霸道樣。王占國又氣又惱，憋了半天也沒想到是誰。無奈之下，李墨白和唐海城只能先幫忙連繫網警，請求協助刪除掉這些汙穢的帖子。又好一頓安撫加安頓，告訴兩人所裡會繼續跟進調查案件，也讓他們有線索及時提供，同時有突發

事件要向警察求助，不要再動不動就暴力解決了。這對夫妻也略有些不好意思，答應下來之後，客客氣氣一直把兩人送出了小區。

返程路上，李墨白一直在沉思剛剛的案子。唐海城和李墨白是多年的搭檔，當然知道他在想什麼：「小白，你有辦法揪出來發帖的人，對吧？」

李墨白點了點頭：「嗯，不過……」

唐海城接下去：「不過，你怕用你那些方法回頭被老古董知道了處罰你吧？」

李墨白挑了挑眉，表示無可置疑。

唐海城一副嫌棄的表情：「你現在怎麼這麼慫了呢兄弟，當初幫宿舍大夥黑網咖充網費時候的勁呢？哪去了？」

「你可滾遠吧，要不是你攛掇我，我能幹出這事來？我堂堂一名駭客結果就被你使喚著當了網管了？」

「嗨，我的大佬，您還記著那事呢？我知道這樣不好，可話雖如此，但這次你要是辦成了，可就是為民除害，幹了件好事。你想想，能為群眾排憂解難，這不就是我們剛入警校時候的信仰嗎？」

李墨白聽著油嘴滑舌的唐海城像隻鸚鵡一樣嘰嘰喳喳，忍不住笑了。不過，讓唐海城這麼一說，他還真有些心動了。回到所裡一整天，李墨白腦子裡幾乎全是這一個念頭：做，還是不做？這是個問題。

# ■ 網路追緝

　　第二天清早，李墨白一到所裡，唐海城二話沒說就拉起他就往外走。李墨白正尋思這小子大清早發什麼瘋，唐海城開口了：「小白，昨天去的那家，今天又報案了，說是騷擾電話還是沒停，昨天又響了大半宿。」

　　李墨白怔住了：「昨天不是通知網警協助刪帖了嗎？這混球，看來還是沒給他點教訓。」

　　唐海城錘了下李墨白的胸口，恨鐵不成鋼般地說：「你要是昨天就把人給揪出來逮住，陳大姐還至於再被騷擾嗎？走吧，昨天我們兩個負責的案子，今天算是跟進了。陳大姐那邊說是想到了些線索，我們過去看看有沒有什麼幫助。」

　　兩人多餘的話也不說，一路風馳電掣，來到了陳大姐家。兩天的折騰，陳大姐和王大哥早就堅持不住了，一見到李墨白和唐海城，幾乎是衝上來抓住了兩人。

　　「警官，你們終於來了，昨天騷擾電話還是不斷。我想了一晚上，大概想到是誰幹的了！」陳慧芳頂著巨大的黑眼圈，眼袋都快耷拉到臉上了。唐海城看著可憐兮兮的陳大姐，又想笑，又覺得同情，便強裝鎮定，拉著陳大姐坐在沙發上開始了解具體情況。李墨白自然也沒閒著，跟著王大哥來到他家電腦旁，熟練地開始操作。

　　「最近我確實和人起過爭執，那人叫劉金柱，是個飯店老闆。你也知道，我們公司養活了一群人，每天上上下下二十多張嘴都得吃飯。大家每天在工地幹活本來就辛苦，夥食上就更得好一些了。要是在夥食上還打折扣，大家絕對不願意好好幹。」

　　唐海城點了頭，心想這家子看來還算是正氣人，良心十足，順便示意她繼續說下去。

　　「所以，我們公司一直很注意這方面的問題，在公餐選擇上一直很費心，隔一段時間就根據大夥伙的回饋換訂餐地點或者餐食搭配。前幾天又討論起公餐的問題嘛，大家都說新換的這家飯店菜品質一般，分量少，肉菜幾乎沒有，甚至有幾次吃得都鬧肚子。聽工人們反映，經常從飯菜裡吃出來亂七八糟的髒東西，鋼絲球啥的還算是洗鍋刷碗的證據，衛生紙 OK 繃都吃出來過。」

　　唐海城聽到這裡，插了一句：「可不是嘛，現在的食品安全問題可真得注意起來了。遇到這種飯館，大姐妳完全可以檢舉啊！」

　　陳大姐搖了搖頭：「大家都是出來賺錢，不容易，而且這家飯店還是我們公司裡一個工友推薦來的。我那時候也沒多想，想著就當是照顧他生意了。沒想到，後來工友辭職了，這家飯店也不怎麼地。我想著乾脆和他們取消訂單，以後不合作了，順便把預付還剩下兩個月的飯錢要回來。」

　　唐海城表示十分贊同，心中默默為這家負責的公司點了個讚。

　　「可是那老闆不同意，我們還大吵了一架。最後，他知道自己理虧，乖乖把錢退了出來。你不知道，當時可把我氣壞了，他那話說得賊難聽。」陳大姐回想起來，明顯憤怒至極，臉都憋紅了，「那個王八蛋罵我是站街的女人，還說我一看就不是什麼正經女人，錢都不知道是哪騙來的，氣得我當時和他差點打起來，一堆人攔了半天。」

　　唐海城打心眼裡看不起這種欺負女人的男人，能說出這種話，猜想真不是啥好鳥。

　　唐海城繼續追問道：「大姐，那最後呢？他還說什麼了？」

「然後他威脅我，說讓我等著。」

「那個老闆的店鋪或者家是住在白泉區嗎？」不知道啥時候起，李墨白已經站在了兩人的身後。陳大姐有些驚訝，不住地點頭：「他的店就開在白泉區，叫什麼同心閣酒樓。平時，他就住在店鋪樓上。警官你是怎麼知道的？」

唐海城這下子可得意了，昂著頭幫李墨白吹噓：「嗨，小菜一碟，這位警官可是電腦高手，別說發帖人的家了，就是發帖人姓什麼叫什麼現在在幹嘛他都能知道。」

李墨白被唐海城捧得有些受不住，暗中推了推唐海城，臉上堆著笑解釋道：「其實也沒什麼，我只是透過發帖人的 IP 地址定位到了他所在的區域，根據網路登入時間顯示，發帖人是昨天晚上七點左右重新登入發帖的，登入地址就在白泉區。我剛剛聽陳大姐你說這個老闆開了個餐廳，飯菜品質還有問題？」

陳大姐點了點頭，對著李墨白把剛剛的話重複了一遍。李墨白也是個熱血憤青，當機立斷便與陳大姐站到了統一戰線上：「現在的餐飲外賣業就是被這種行業蛀蟲搞壞了，民以食為天，他就非要捅塌了天才算！陳大姐，妳別急，咱一件一件來解決。我們肯定還給你一個公道，對待黑心商家，我們絕不姑息！」

陳慧芳跟王占國聽了李墨白這樣一番話，心裡那叫一個感動，拉著小夥兒的手拚命道謝，讚美警察的話語也是連篇不斷，說得李墨白都有點不好意思了。唐海城被冷在一旁，自然有些黯然失色，不過還是隨即見縫插針：「哎呦，大哥大姐，瞧瞧您這，客氣什麼，為人民服務不是我們應該做的嘛。來，小李，我們先具體商討一下作戰流程。」

　　李墨白聽著唐海城叫自己小李，回過頭狠狠瞪了唐海城一眼，正了正神色，和幾個人把自己的想法全盤托出：「很簡單，放個魚餌釣他上鉤。既然他唯利是圖，黑心到家，那我們就讓他聰明反被聰明誤不就得了。」

　　唐海城最先反應過來：「噢，你是說……我懂了，李老闆看來要親自出馬了。」

　　結果回頭一看，陳慧芳和王占國還是一臉懵懂。於是，又把李墨白的身分和家世背景解釋了一番，兩人這才明白了李墨白要怎麼釣魚。唐海城和李墨白都是行動派，說做就做，從陳大姐家一出來，就騎著警用電驢風馳電掣來到了李墨白的豪車停放處 —— 裝大老闆，怎麼能騎著電動車談生意。不僅如此，墨鏡，金鍊，坤包，跟班，也是一應俱全。不過，鑑於剛剛唐海城一句「小李」，這跟班的活自然就落在了唐海城頭上。

　　唐海城顯然對自己「祕書」的身分很不滿意，喪著臉求李墨白讓自己當回老闆。李墨白輕「嗤」一聲：「呦，剛剛不是主管當得挺像樣嘛，小李叫得挺親切的啊，可不敢讓您身兼數職，開車吧小唐。」隨即扔過車鑰匙，自己坐到了後排。

　　這是典型的自作自受，唐海城只能聽從安排，根據李墨白調出來的地址，小心翼翼開著小跑車來到了目的地。

　　下車之前，唐海城還特意多按了幾下車喇叭，生怕別人注意不到這輛已經極其扎眼的跑車。李墨白坐在車後座，幽幽地開了口：「小唐，幫我開車門吧。」

　　唐海城一時竟無言以對，咬牙切齒一番，還是來到了車門旁，畢恭畢敬地開了車門，請出來了李墨白。李墨白從衣釦上拿下墨鏡戴上，大步走進了同心閣酒樓中。

這酒樓裡雖然叫酒樓，不過也就是一間門臉房的大小，放了六七張桌子。接近飯點，卻還是門可羅雀，連櫃檯上的收銀員姑娘都昏昏欲睡。李墨白心中暗罵了一句：「活該，讓你坑騙老百姓，都快沒生意做了吧。」作罷給了唐海城一個眼色，唐海城心領神會，張開嘴就開始嚷嚷：「劉金柱呢？來生意了啊，大單子，開張吃三年的那種，沒人我們就走了，去找別人了哈。」

話音還沒落下，一個大腹便便油頭粉面的中年男子就從後廚裡屁顛兒屁顛兒地跑了出來：「哎哎哎，別走啊，大老闆您來吃飯還是團體訂餐？我們這裡保準您滿意。」說完看了一眼李墨白，瞬間眼冒青光，彷彿餓狼看見了肥羊，半晌強行壓制住了自己貪婪的嘴臉，從身邊拉過一把油膩膩的椅子，用幾近油光發亮的袖子連擦幾下，殷勤地示意李墨白坐下。李墨白早就和唐海城兩人商量好了分工，李墨白充場面，唐海城敲打老闆。

「這位是我們李老闆，新開了家公司，最近忙活著給職員們訂工作餐，幾百號人吧，你看你這裡做得了嗎？不行我們換另一家。」唐海城故意虛張聲勢，吹牛吹到李墨白都感覺有些飄了。

這劉胖頭一聽，好傢伙，高興得就差跳起來了，滿臉的橫肉藏不住猥瑣的笑意：「能啊能啊，老闆您可算是找對人了，我們這裡別說幾百個，幾千個人的飯都做得出來。」

「價錢呢？別家的價錢高得離譜，你要也是這麼個情況，那咱就甭談了。」

胖頭聽到這裡，明顯有些肉疼，片刻之後咬了咬牙，伸出個手邊比劃邊說：「這樣，別人家我不知道，我這裡就給您這個數，一份八塊，您瞧怎麼樣？」

唐海城裝模作樣反過頭一番請示，片刻之後看著老闆擠了擠眼，抬頭示意老闆上樓。

這劉胖頭一看樂了，看來還是有的談，兩人隨即上了樓。

一上樓，唐海城乾脆開門見山了：「老闆，我也幹過一段時間廚師，說實話啊，八塊還是貴。你看這樣成？咱再便宜點，至於飯菜種類我們也不做過分要求，畢竟不是自己吃，工人們的工餐，糊弄糊弄過去就行了，你明白不？」

劉胖頭一聽唐海城這口氣，樂得渾身的肥肉都開始一顫一顫，湊過頭和唐海城套近乎似的悄聲說：「兄弟，我就喜歡你這種爽快人，正如你所說，工餐而已不用那麼較真，你說是不是？」

唐海城裝作驚訝：「啥玩意？還有人在這事上較真？大家都有錢賺不就行了嘛。」

劉胖頭像是被戳中了痛處，一臉便祕的表情，半天擠出來一句：「那可不，這種當了婊子還想立牌坊的人可多了去了，好像她自己不賺錢一樣。」

唐海城要不是有「任務」在身，猜想現在早就跳起來打爆了面前這顆胖頭。他暗罵了好多句，仍然裝出一副面不改色的模樣：「對，這種人，我看是欠人收拾，咱別搭理就成。」

劉胖頭嘿嘿一笑：「那倒是，反正她遭報應了。不說她了，大兄弟，來談談我們這樁生意吧。這樣，六塊一份，再少可就真不成了，我也給你放到最低價了。兄弟爽快點，給個話吧。」

唐海城表現得有些為難，欲言又止，吊著劉金柱的胃口，就是不回答。眼看劉金柱抓耳撓腮快急得竄房頂上去了，唐海城才開口：「行吧，

不過我得看看你這六塊的飯是啥，到底值不值，別讓我虧了才成。後廚呢？咱去後廚看看？」

劉金柱這下子有些為難了。唐海城一看，也不囉嗦，擺了擺手，轉身就要走。胖頭一看，到嘴的肥肉沒了，煮熟的鴨子飛了，這還了得？捨不得孩子套不著狼，乾脆一跺腳道：「走！咱去後廚聊！」

唐海城暗笑，這胖頭魚終於上鉤了。他悄悄地打開口袋裡的手機錄影功能，跟著老闆來到了同心閣酒樓的廚房。

# ▬ 極品黑店

唐海城這邊在樓上和胖頭魚周旋時，樓下的李墨白也沒閒著，頂著一副誇張的墨鏡在屋子裡走了好幾個來回，差不多把飯店的情況也看了個遍。幾張不知道有多少年頭的餐桌，上面遍布著油漬水痕以及各種不知名的汙跡，可以媲美公共廁所臺階的地面，時不時還爬過幾隻叫不上名的昆蟲。環顧一下四周的牆上，最重要的營業許可證卻不見蹤跡。李墨白心裡大概猜了個七八分，這明顯就是個沒有在工商局備案的黑心小飯館。

可能是李墨白的動作太過明顯，引起了收銀臺後面小姑娘的注意。小姑娘化著時髦的妝，不過乍一看卻妖豔得嚇人，加上一身俗氣的衣服，讓人看著渾身都不舒服。李墨白不自覺地把眼前的姑娘和陰暗的小巷子口結合在了一起。

「大老闆，您有錢沒處花燒吧，來這種黑店訂餐，您到底是哪裡想不開？自殺慢性毒藥都比這來得痛快。」李墨白原以為這姑娘會警覺的盤問

自己一番，沒想到她一開口卻好不犀利，李墨白覺得她饒有趣味。

「我過照顧你們生意不行嗎？」

「別捎帶我，和我有什麼關係。你們大老闆們賺錢，怎麼想過我們這些賣力氣的。哦，對，您是定工餐，怪不得來這種店，合計著自己根本不進嘴。」

李墨白被說得有些尷尬了，慌張找了個藉口：「是之前陳大姐給我介紹的，要不然我也不知道這裡。」

「陳大姐？開建築公司的那個？你快別瞎扯了吧，人家可不是黑心老闆，早就和樓上那死胖子因為飯菜品質撕破臉了，還會介紹你來訂餐？」

李墨白沒想到歪打正著扯到了點子上了，趕緊裝出一副驚訝的表情：「啥？陳大姐和你們老闆撕破臉了？不能吧，不久前陳大姐才介紹給我的，我還不知道怎麼回事，美女妳和我講講唄。」

這姑娘伸了個懶腰，眼睛朝上瞟了一下，表情極為不屑：「這還用說，還不是樓上那死胖子，偷工減料，飯菜也不乾淨，把人家吃出問題來了。」

「哦？這麼嚴重，那我看我還是不在他這訂餐了。」

「這算什麼嚴重的，到時候你和他撕破臉了，你就知道什麼叫嚴重了，不給你也捅到網上去才怪……」

李墨白聽到這，更加確定了自己和陳大姐一家的判斷，繼續緊追不捨：「捅網上？啥意思？他還惡人先告狀？把這事發網上讓大家評理？」

「嗨，這我就不說了，你回頭找陳大姐了解去吧，反正樓上那胖子可不是好東西，一天天就想著占人的便宜。我這已經兩個月沒拿到薪資了，要不是為了和這孫子耗著拿錢，我也早走了。」

正說著，唐海城和劉金柱已經下了樓。收銀姑娘瞥了一眼劉胖頭，也不緊張老闆在自己面前，掏出手機悠哉悠哉看起了最新的網劇。那劉胖頭也明顯顧不上管自己的店員，像請祖宗一樣把唐海城請進了後廚。

唐海城早就準備好了暗中取證的裝置，也做好了面對後廚的準備。但一走進去，還是沒憋得住，乾嘔了一聲。其實也不怪唐海城，後廚裡不知道什麼壞了，瀰漫著一股腐臭的氣味，油膩膩的地方上還有些菜葉子豬皮之類的東西，不少用過的碗筷就堆在一個洗衣大盆裡，也不知道浸泡了多久。灶臺啥的更不用說了，簡直慘不忍睹。唐海城一臉嫌棄，這到底是做飯的地，還是餵豬的地？他自己鄰院王大伯當初養豬都比這乾淨衛生，就這不吃出毛病來才怪。

劉金柱還沉浸在接下大單子的喜悅中，不住地給唐海城介紹著菜品，喋喋不休說得唐海城頭痛不已，半天沒聽進去多少。也不知道是被嘮叨得還是被燻得，唐海城捱了半天，強忍著悄悄取證完成，趕緊就逃出了後廚，和李墨白使了個眼色，兩人躲在一邊嘀咕了一陣子。

這老闆也沒反應過來，追在唐海城後面，一個勁問成不成，能不能合作。

李墨白摘了墨鏡，掛在襯衣上，搖了搖頭：「不行，我看你還是找別家吧。」

劉金柱一聽著急了，上手拉住李墨白：「哎，我說兄弟，有什麼不合適我們再商量嘛，你怎麼就直接拍板了！」

唐海城趕緊上前拉開劉胖頭：「嗨嗨嗨，幹嘛呢，說話就說話，別瞎拉扯，陳總那邊和我們剛打了招呼，說你家飯菜不行。」

劉胖頭一聽「陳總」，瞬間腦袋上青筋都爆了出來：「陳慧芳這個王八

犢子，看來還是沒給夠她教訓！」

唐海城一聽到這裡就來氣了：「怎麼著？你還想教訓我們？」

劉金柱連連陪笑：「嗨，這……老闆您別誤會，別聽她陳慧芳瞎說，我們之間有矛盾。前一段時間，她還在網上詆毀了我好一陣子，說我東西不行，人品不行啥的。這現在又在我們的生意裡打破頭楔，我這也是氣不過啊！」

「那你應該找她去，和我發什麼火。你剛說教訓沒給夠她？看來網上那些烏七八糟的東西是你發的了？」

劉金柱聽著唐海城語氣不善，索性頭一梗，耍起賴來：「你無憑無據，憑啥這麼說？再說了，我們之間的事，和你有什麼關係？」

唐海城生來天不怕地不怕，尤其不怕這種開水燙不熟的死豬，乾脆就要亮出執法證說明身分。還沒等動手，就聽身後一直沒發話的櫃姐卻義憤填膺地開了口：「他沒證據我可有，你前幾天幹那些醜事的時候，我在你旁邊都看著。警察同志，你們要是差證據，我手裡頭有，手機裡都給他拍照存著呢。」

唐海城和李墨白聽到這裡都怔住了，這姑娘看著其貌不揚，偵查能力倒是可以，連他們兩個警察的身分都看出來了，實在不簡單。不過，既然如此，更好辦了，人證物證都有，辦案也方便了不少。唐海城也脖子一梗，準備從口袋裡掏出執法證 —— 咦？怎麼不見了？本來想好好耍一頓威風，這下子可尷尬了，抓耳撓腮半天也沒找到。但是，收銀臺後面那姑娘默不作聲遞給了他：「剛剛你進廚房時，掉在我櫃檯旁邊了。」

「咳咳，我看你是上鍋的鴨子，死到臨頭還嘴硬。你在網上惡意詆毀侮辱陳慧芳，已經觸犯了法律，根據《治安管理處罰法》第四十二條的誹

謗行為，可以處五日以下拘留或者五百元以下罰款。再看看你這飯店，營業執照呢？衛生許可證呢？我剛剛已經取證了，你同時觸犯《食品安全法》跟《治安管理處罰法》，我看你就準備接受法律的制裁吧！」唐海城拿到執法證，腰桿也硬了起來，說話擲地有聲。剛剛還態度強硬的劉胖頭一下子神氣不起來了，但是還在垂死掙扎。

「那陳慧芳呢，她在網上說那些東西也傷害了我的人格，你們怎麼不去抓她？」

「陳慧芳那邊我們自然會繼續調查，現在你先管好自己吧。」李墨白雙手抱胸，冷言相對。

「警察同志，網上那些罵劉金柱的話你們不用去查了，發帖的人就是我。」櫃檯後的姑娘這時站了出來。幾個人都驚住了，劉金柱更是激動到要上前揍人：「好你個王八蛋，餵不熟的白眼狼，找一天給你發薪資還發出問題了！」

「我呸！你是什麼貨色，也來老娘面前抖擻！我網上發的東西有一點假的嗎？哪一點不是你幹的破事？幾個月沒發薪資了，你自己心裡沒點數嗎？我做兩個人的工，拿一個人的錢，還要被你這個老流氓占便宜，我早想好好收拾你一頓了！」姑娘一聽頓時大火，開始好一陣罵街，甚至引得隔壁店鋪的人也來圍觀，對著劉胖頭議論紛紛。

唐海城和李墨白一看這情形，啞然失笑。看來真是多行不義必自斃，群眾的眼睛依然無比雪亮。控制住現場情況後，唐海城和李墨白立刻帶著劉金柱回了所裡，通知了陳大姐，等待著最後的協商解決。當事人到場，協商又是一整個下午。最終，陳大姐選擇了私下解決，留給了劉金柱幾分迴旋的餘地。唐海城驚訝，他本以為陳大姐會因此讓劉金柱吃些苦頭，沒

想到就簡單了結了。和陳大姐再三確認，也只得到一句話：「得饒人處且饒人，冤冤相報何時了。」

不過，陳大姐那一關過了，不代表劉金柱就萬事大吉了 —— 唐海城和李墨白早就向食品藥品監督管理部門反映了情況，飲食安全大過天，這等大事的問題，絕對不能姑且了事！按照李墨白的判斷，劉金柱的店將會直接被工商部門停業，並依法進行罰款。

陳大姐這個案子算是告一段落了。唐海城李墨白兩人坐在辦公室裡，相互對視，不自覺地笑了起來，感覺彷彿又回到了在警校兩個人「狼狽為奸」的時候。只不過現在，他們肩負的責任更重了。而路過的白煙煙看著兩個含情脈脈相互對視傻笑的大男人，瞬間雞皮疙瘩起了一身，搖著頭趕緊離開了這個氣氛古怪的現場。

「工作都做完了嗎？坐在那裡傻笑什麼！唐海城，李墨白，你們一整天去哪了？」古董不知道啥時站在了自己的辦公室門口，臉色不善地再次盯上了唐海城這個猴崽子。

唐海城聽到古董的聲音，身體瞬間僵硬了起來。他突然想起今天的《著裝管理規定》還沒有抄，冷汗順著後背逐漸流了下來，彷彿有一隻無形冰涼的手在不懷好意地撫摸著自己。如果沒有猜錯，古董下一句該叫自己進辦公室了。

「唐海城，李墨白，你們給我進來！」果不其然，唐海城瞬間苦不堪言，不知道這老古董又要怎麼整自己。還好，這次有小白一起當墊背。這對難兄難弟不敢多言，低眉順眼，走進了辦公室。

又入虎穴，一頓雷電交加，一陣咆哮訓斥，唐海城和李墨白感覺幾乎搖搖欲墜，心裡只有一個想法：趕緊逃離老古董這個渣滓洞一樣的辦公

室。不過還好，不一會，古董端起了茶杯，看來是準備鳴金收兵了。兩個人大喜，就等著古董發話放自己走了。沒想到，古董的話卻讓他們更加絕望：「到那邊的櫃子去！」

唐海城要哭了，怎麼著，這上司還喜歡罰站了？小學都不興這一招了，真丟人。

不過，一到櫃子邊，唐海城又咧開了嘴：警服！這不是自己日思夜想，威風凜凜的警服？

「自己挑，穿什麼號就拿什麼號，一人兩套，拿了趕緊給老子出去！看著你們倆就心裡堵得慌！」古董終於發了話。可惜，現在兩人腦子裡只有警服，什麼都聽不到，左挑右選之後，才心滿意足地抱著警服走出了辦公室。臨走，唐海城像是忘了剛剛被訓的事，還不忘對著古董哈了幾下腰。

古董看著兩個人走出了辦公室，臉色逐漸緩了過來，甚至帶上了幾分笑意。年輕真好，強健的體魄，一天到頭用不完的精力，對職業發自內心的熱忱，在他們身上，古董彷彿看到了很多年前的自己，也又隱約想起了已經離開自己很久的郭凱茂。

古董低下頭，重新拿起了桌上「6‧28」案件的卷宗。門外，仍然充斥著幾個年輕的吵鬧聲，全然沒有聽到辦公室中古董那一聲沉重的嘆息。

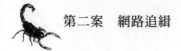 第二案　網路追緝

# 第三案
# 頭孢配酒

時間能緩解極度的悲痛。

—— 康米紐斯

# ▬ 引子

　　這兩人吵架，卻沒注意旁邊五歲的小孩。大公雞被叨擾了半天，正愁找不到發火處，看著細皮嫩肉站在一旁的劉家孫子，乾脆一口啄了過去，活生生把小孩手上磕下來一小片肉。這下子可好了，小孩哭，大人吵，原本沒理的劉燕兵也找著說的由頭了，瞬間逆轉了局面，開始和唐國富正式戰鬥。從開始的振振有詞，到之後的叉腰大罵，再到最後兩個人乾脆動起手來，老太太在旁邊拉都拉不開。你推我一把，我推你一把，推著推著就沒了分寸。

　　唐國富歲數就不小了，五十多快六十的人了。劉燕兵還要比唐國富大上個十歲。這上了年紀的人就算是劇烈運動，都心跳氣喘的。可是，一衝動起來，就什麼都忘了。唐國富比劉燕兵年輕些，顯然在戰鬥中占了上風，一把推過去，劉燕兵跟跟蹌蹌沒站住，就給後仰著摔倒了。

　　唐國富雖然在氣頭上，可是一看下手重了，也慌了，趕緊上前和老太太一起扶人。誰知道，兩人上前一看，唐國富已經是雙眼緊閉，昏死了過去。起初，唐國富還以為老頭是在裝著嚇自己。可是，過了一分鐘，老頭臉色越來越不對，嘴唇也顯現出不正常的青黑色。再去感覺，老頭已經徹底沒了呼吸，脈搏也停止了。兩人這下子徹底慌了，老太太一下子癱倒在地上哭成了淚人，而唐國富強壓住心裡的恐懼，打電話報了警。

# ▬ 主動自首

　　人逢喜事精神爽，雖然並沒有洞房花燭，也沒金榜題名。但穿上自己日思夜想的警服對於唐海城來說，就算得上是現下的人生第一樂事。穿上警服的唐海城，感覺自己就是整條街上最靚的仔，走路腳底生風，自帶背景音樂，彷彿眾人的目光都聚集在了自己身上。

　　大清早，唐海城一反常態，麻溜地從床上爬了起來，對著自己好一番搗騰，人搖大擺地出了門。平日裡，唐海城出門都是騎腳踏車，有時候還蹭個李墨白的「順風車」，招呼小白從城北趕到他這城東的拆遷區接自己，搞得李墨白苦不堪言。可是今天，唐海城選擇了最原始的交通方式 —— 十一路。要知道，騎車二十多分的路程，步走的話，可不止一兩倍時間。但是，為了顯擺自己穿上了警服，唐海城豁出去了，早起了不說，出門還到處張羅著和街坊四鄰小攤小販打招呼。最終，成功嚇得好幾個賣包子油條的小販遠遠看見唐海城就推著車子四處亂竄。

　　無獨有偶，李墨白這邊也和唐海城一樣，大早上就起來趕往所裡，一身警服筆挺，皮鞋擦得鋥亮，上班路上惹得好幾個小姑娘犯花痴追在背後偷偷拍照。唐海城在路上看到李墨白的時候，都差點沒認出來他。不過仔細一看，還真是不穿名牌開豪車的小白，還真有點不敢認。

　　「嘿，小白！這裡呢，這裡的！」唐海城梗著脖子隔著一個路口就開始吵吵了。

　　李墨白回頭看了半天，才從人堆裡看到那一身亮眼的警服，乾脆停下來等了等這小子。

　　「我說你小子穿上警服，氣質一下子就出來了，看著不像流氓了。」李

墨白不忘打趣唐海城，惹得唐海城伸出拳頭就要捶他。

「還說我，你不也是。對了，你的車怎麼不開了？」

「我們現在是警察，行事要低調，怎麼能開著跑車上班為群眾服務？」李墨白一臉嚴肅，看得唐海城差點沒忍住笑出來，轉念發覺不太合適，趕緊也正了正色：「嗯，小白你說得對！以後我們倆就每天約著走路上班吧，節能減排，還能舒緩交通壓力。」

李墨白點了點頭，抬起手看了一眼手錶，趕緊叮囑唐海城加快點步伐：「要是不想讓古董罰，你就要跑快點了！」唐海城湊過去看了一眼，如夢初醒，霎時也顧不上什麼形象，拔腿就跑，甩了李墨白一大截。

「小白你快點啊，我昨晚忘了抄《規定》了，一會交不上要被老古董罵了！」

李墨白站在原地，尷尬無比。看著周圍投來疑惑目光的眾人，他只想告訴大家他不認識前面那個癲狂的瘋子。直到最後，唐海城一屁股坐在辦公桌前，頭也顧不上抬，就開始奮筆疾書，全然沒有注意到所裡面眾人發出了一陣陣的驚嘆聲，等到李墨白推了他好幾下才明白過來。

「海城，你看看那人是誰，我們所裡怎麼多了個美女？」

唐海城甩了甩手：「別煩我，美女？我們所裡新來同事了？」

他停下筆，抬起頭尋覓半天，目光定格在了不遠處的一個身影上。

這個既熟悉又陌生的身影居然是白煙煙，唐海城驚訝得下巴都快合不住了，他沒想到白煙煙穿起警服來竟如此颯爽，短髮在警帽之下簡潔而又幹練，勻稱而又結實的身材被警服所襯托，頗具美感，就連樣貌也在警服的陪襯下順眼了不少。仔細看看，也確實可以說是一個小美女。

唐海城發覺自己走神了，甩了甩腦袋，趕緊又低下頭寫：「都是假象，

千萬別被她迷惑。」

　　古董可要比外面這幾個小傢伙來得早得多，自然對外面發生的事也一清二楚。看著幾個穿上警服的新人，他終於難得地露出了笑容。別人不說，只一個唐海城就讓他舒心不少。這小子，雖然是個刺兒頭，但披上這層皮真正工作起來，倒也像那麼回事。一下子對這小子的印象有了些改變。想到這裡，古董乾脆走出辦公室，順便巡視一番。

　　不過不到半晌，古董就又黑著臉走回了辦公室：唐海城那狗爬的醜字，東倒西歪趴在桌子上抄《規定》的樣子，真是看著就來氣，真是朽木不可雕，早就該預料到他怎麼可能大清早就在研究工作紀錄和卷宗。古董平復了片刻，拿起桌上的檔案，開始新的工作。

　　辦公室外，眾人也正忙得熱火朝天，絲毫感覺不到時間的流逝。轉眼間，一上午的時間就快過去了。臨近飯點，所裡的又接到了一起報警。不過，這一起案件並不是單純的民事調解，而是和一起命案有關。青山區雖然屬於老城，人員混雜，案件比較多發，不過最嚴重的也就是搶劫，打架鬥毆，命案確實很少見。接到這一起報警後，古董極為重視，立刻安排人員出警。

　　外面的眾人聽到青山區發生命案後，也極為驚訝。唐海城和李墨白剛進所裡，沒見過什麼大世面，自然更為震驚，半晌沒回過神，腦子裡一直迴旋著「命案」兩字，直到古董喊了好幾聲才回過神來。

　　「有案子了，你們不立刻趕往現場，還在這發什麼愣！就說你倆呢，唐海城，李墨白！」

　　白煙煙倒是比他倆顯得平靜很多，主動請纓：「所長，這次出警就由我來吧。我到所裡還沒有出警過，時間不等人，我們不能再耽擱辦案

了。」

　　古董扭頭看了眼身後兩個被嚇蒙的大男人，投下鄙夷的眼神，點了點頭。不過，隨即又搖了搖頭：「不行，這次案件比較特殊，而且據報案人稱凶手還在現場，當事人都比較激動。我們出警協助市刑警隊辦案，但是刑警隊到場猜想還需要一些時間。妳一個女孩子自己去，我不放心。」

　　白煙煙聽到古董這樣說，有些著急：「所長，我可以的，我擒拿格鬥很厲害。」

　　古董見白煙煙不願意放棄，想了想於是勉強點了頭，但同時扭過頭指著唐海城：「這樣吧，這次由你和白煙煙一起出警同行，一定要注意保護白煙煙和你自己的安全。如果辦案過程中遇到什麼危險，我拿你是問！」

　　唐海城看著指著自己的古董，心中一時發慌，倒退了兩步：「所……所長，這次我也要出警嗎？」

　　白煙煙更為鄙夷地看了唐海城一眼：「算了，所長，我自己就可以。唐警官和我一起出警的話，我怕會耽誤正事。遇到危險，我怕來不及保護唐警官。」

　　唐海城前一刻還犯怵，聽到白煙煙如此的羞辱，脖子一梗，立刻回擊了過去：「妳看不起誰呢？我用得著妳保護嗎？上司都說了，是派我過去保護妳！要是光為了保護妳我就不去了，不過為了人民群眾的安全，我義無反顧！」

　　「哦？那好吧，那麻煩唐警官了，沒問題的話我們就走吧，案件緊急不能再耽擱了。」

　　「走就走！」唐海城一番豪言壯語後，反而有些後悔了。走回到辦公桌前準備的他，此刻腦子裡不斷浮現著影視劇裡鮮血淋漓的場面，彷彿自

己已經置身凶案現場，暗處埋伏著一名凶手，正在伺機攻擊自己。正想著，突然有人拍了一下他的肩膀。唐海城「哇」的一聲帶著哭腔竄出去好一截，回頭一看，是一臉無辜的李墨白。

「李墨白，你幹啥！人嚇人，嚇死人，你不知道嗎？」

李墨白和辦公室裡其他人看著快哭出來的唐海城，忍不住哄堂大笑。李墨白憋著笑，斷斷續續地和唐海城說：「都好一陣子了，你就站在這裡不動。人家白煙煙等你好久了，我正說你要是不行就換我去了，誰知道拍了你一下你就成這樣了。」

唐海城狠狠地瞪了李墨白一眼：「你才不行！你全家都不行！你給我等著，等我出警回來再和你算帳！」說完，捂著臉狠狠地跑到了所後面，和白煙煙會合前往現場。

白煙煙並不知道剛剛屋裡面發生了什麼，也不和唐海城多囉嗦，把執法記錄儀和其他東西丟給唐海城，瀟灑地跨上小電車就上了路。唐海城咬了咬牙，下定了決心，緊跟上了白煙煙。

報案人住在青山區的老城，老城幾乎都是些平房大院，住的人又多又雜，案件比較多發。其實，案件並不像唐海城想像的那樣嚴重、那樣可怕，只不過白煙煙不屑於告訴他。這次命案據報案人稱，是因為鄰居之間發生了口角爭鬥，對方過激殺人。都說衝動是魔鬼，就普通的一次爭吵，最後竟然演變成了殺人事件，真的讓人感覺無比遺憾。不知道因為這件事，又有兩個怎樣的家庭面臨破解。騎在警用電車上，白煙煙想著這一切，心裡嘆惋不已。

十分鐘之後，兩個人到達了案發現場。報案人住在一處院子裡，此時門口圍滿了看熱鬧的群眾。還沒進院子裡，兩個人就聽到院子中間傳來一

陣陣悲慘的哭聲。唐海城縮了縮脖子，躲在門口悄悄向裡面看去，可惜什麼都沒看見。白煙煙看著鬼鬼祟祟反而像犯罪嫌疑人的唐海城，也不客氣，抬腿就是一腳，愣是把唐海城踹了進去。

「哎呦。」唐海城脫開了門框，跌跌撞撞衝進院子裡。回頭一看，只見神情輕蔑的白煙煙雙手抱胸，忍不住想要開口罵人，卻一把被身後的報案人拉住了。

「警察來了！嫂子，警察來了！」

唐海城扭頭一看，拉著自己的是一個五十左右的男子。男子滿臉通紅，不由分說拉著唐海城就往院裡走。白煙煙緊跟在後面，也進了院裡。

院子裡深一些，地上躺著一個雙眼緊閉臉色發青，六十歲上下的老頭子。男子旁邊，一名同等年齡上下的老太太正癱臥在地上不住地哭泣。老太太身旁還有一個四五歲的小男孩，此時也正看著院子裡一片狼藉嚎啕大哭。但是，出乎唐海城所料，現場異常乾淨，沒有想像中的血跡斑斑，也沒有凶神惡煞的凶手埋伏。

「什麼嘛，要知道是這樣子，我自己都敢來了，還用得著在全所裡出醜，鐵定又是那個老古董故意玩我，我靠！」唐海城嘟嘟囔囔的，還用腳狠踹了下地。

白煙煙看唐海城一副吊兒郎當的樣子，連話都不想和他搭，索性自己上前與報案人交流案發經過。坐在地上哭泣的老太太還是無法控制自己的情緒，一個勁兒地捶地。白煙煙到底是個女孩子，遇到這種事也會手足無措，只能先蹲在地上安慰老太太。老太太旁邊站著的小男孩看到警察來了，似乎很害怕，一個勁地往遠處躲。白煙煙手忙腳亂，又要安慰當事人，抽空還要照看小男孩，根本脫不開身去了解案發經過。唐海城看白煙

煙滿頭大汗，心裡也有些過意不去，於是轉頭尋找剛剛拉著自己的中年男子了解情況。

這中年男子像是霜打了的茄子，正耷拉著頭蹲在牆邊嘆氣。唐海城心裡一陣觸動，走到男子面前也蹲了下來。

「大哥，你別太難過了。出這種事，我們誰都沒想到。您放心，我們一定把凶手繩之以法，還給您和大媽一個公道。」

誰知道，男子不聽這話還好，聽了唐海城這麼說，反而頭低得更低，臉上沮喪的神情更嚴重了。半晌之後，男子站起身，跺了跺腳，伸出雙手道：「警察同志，你抓俺吧，俺就是凶手。」

# ▅ 離奇死亡

唐海城怎麼也沒想到，自己拉著安慰了半天的人，竟然就是這起案件的凶手。

此刻的唐海城，怎一個目瞪口呆可以形容。他站在男子身邊，手足無措。

「怎麼辦？這就是凶手？他剛剛殺了人，會不會還沒冷靜下來？我要不要先離他遠一點？」唐海城這隻紙老虎在凶手面前徹底現了原形，剛剛和白煙煙嘴炮時的勁早已完全消失。白煙煙低著頭顧著安撫老太太的情緒，一直沒工夫抬頭。要是這時候她抽空抬頭看一眼，就會發現唐海城雙腿顫巍巍地站在牆邊大氣不敢出的模樣。

這中年男子倒是比唐海城要主動，看唐海城站在牆邊愣怔，主動報了

家門：「警察同志，俺叫唐國富，就住在他家旁邊。劉燕兵是俺殺的，你把我帶走吧。」說完，還主動伸出了雙手，一副準備要讓唐海城給自己銬手銬的模樣。

再說這唐海城，堂堂一個大男人，一名警察，本應該鎮定自若地指揮現場，現在卻變成了被動的一方。過了好一陣子，唐海城腦子才轉過來，終於接受了現場的情況，結結巴巴地開始對著面前的凶手詢問。

「你……你老實點，靠著牆手抱頭蹲下，我問什麼你答什麼。」

中年男子很順從地重新貼回到了牆下，手抱著頭，等待唐海城發落。

「姓名，唐國強？」

「警察同志，俺叫唐國富。」

「……」

唐海城猜想一時半會還沒徹底清醒，婆婆媽媽地問了一大堆廢話。蹲在地上抱著頭的唐國富也是可憐，一邊忍受著雙腿發麻，一邊還要接受著唐海城的囉嗦，實在是受不了雙腿的痠麻了，略微動了動腿，卻把唐海城又嚇得不輕，一個大步跳了老遠，就差尖叫出來。

「你你你……幹什麼！別動！別動！」

唐國富也被嚇得不輕，抱著頭一聲不敢出。唐海城這一嗓子倒是把在一旁的白煙煙引了過來，看著蹲在地上的唐國富和炸了毛的唐海城萬分驚詫，強忍著想要一拳砸在唐海城臉上的想法，扭過頭問唐海城：「唐警官，你這是幹嘛呢？」

唐海城看到白煙煙來，就差跪倒抱住白煙煙的腿嚎出來。和凶手待在一起，可真是要把魂兒嚇掉了。現在，白煙煙在他眼裡看來，比誰都親切，比誰會都順眼，簡直就是救命稻草般的存在。唐海城一個箭步衝到白

煙煙背後，不由分說拉住白煙煙不肯鬆手。

「我……我剛剛審嫌疑人呢。白煙煙，我和妳說，妳得小心點，這就是凶手，就是他殺的人……」

白煙煙徹底爆發了，一把拎住唐海城的耳朵，幾乎吼了出來：「你長腦子了嗎？！了解案情了嗎？！」這一嗓子可比唐海城剛剛那一嗓子要來勁兒，引得不僅院子裡的當事人扭頭看過來，就連院子外看熱鬧的人都想湊進來。白煙煙臉上實在掛不住，按捺住性子，把唐海城推到院門口：「你，出去維持現場，順便接應刑警隊的人，他們一會就到。」說完，上前去扶起了蹲在牆邊可憐巴巴的唐國富。

唐海城雖然被罵了，不過脫離了危險地，心裡無比樂意，逃似的跑到了院子外面。白煙煙現在終於明白為什麼當初古董對唐海城發那麼大火了，要是換白己，猜想殺了他的心都有，真是佩服古董那種處事不驚的態度。

靜下心來，白煙煙轉過頭又和唐國富開始了解案情。其實，案件的大致經過，白煙煙剛剛已經和那邊的老太太了解過了。現在，主要的目的就是為了確認老太太所說是不是事實，順便從雙方當事人口中把案件的經過完整拼合起來。

唐國富這邊還在詫異自己犯了事不用戴手銬，眼看著剛剛那個凶巴巴的女警察對著自己開了口，心裡不禁有些犯怵。剛剛白煙煙教訓唐海城那一幕，可謂對唐國富也造成了不小的陰影。雙重打擊之下，唐國富反而沒有剛剛面對唐海城那麼坦然了，畏畏縮縮，讓白煙煙哭笑不得。

「大爺，您放心，我們不會亂下定論。我和您是來了解案發經過，畢竟凡事都要講證據，您說是不？您就把事情的來龍去脈仔細和我說一遍。

我聽了，一方面方便辦案，另一方面也對您定責有幫助。」

唐國富聽了白煙煙的話，雖然放鬆了些，但心裡還是不自在，語無倫次地把案件的經過給白煙煙說了個七七八八。白煙煙結合剛剛從老太太那裡了解到的一些情況，逐漸對整個案子明瞭起來。

剛剛坐在地上的老太太叫郭翠香，死者是她的丈夫劉燕兵。這對老人家就住在這個院兒裡，而唐國富是他們的鄰居。這劉家和唐家一直不怎麼來往，倒也沒什麼苦大仇深，只不過是因為一些陳年舊事積下了怨，大致不過是因為蓋房的時候，劉家和唐家因為地基的問題有過一些爭執。劉家說唐家多占了自己三寸的地方，而唐家不承認。最終居委會調解也沒成功，就這樣結下了梁子。

唐國富蓋起來房也不過七八年，劉家晚了唐家一兩年。兩家人自住進新房後，就一直時不時因為小事吵幾嘴，要不就是劉家的狗吵著唐家人休息了，要不就是唐家的雞飛過矮牆拉屎拉到唐家院子裡了。要說今天這事，還真稀罕，起因竟然就是因為一隻雞。

這唐國富家院子裡養了些雞，打算年底自己殺了吃。本來獨門獨戶，小院子一關，誰也不擾誰。可是，要怪就怪這兩家人蓋房時偷懶，牆只壘了多半人高。這些個公雞母雞的，整天有事沒事就喜歡飛到牆頭上臥著。

劉燕兵這老爺子也是個倔脾氣，你家的雞你不管好，亂飛別人家牆，有時候還亂拉屎，那我就替你管管。就這樣，唐國富好幾隻飛到劉燕兵院子裡的雞就不見了，還大多是些下蛋的母雞。唐國富因為這事和劉燕兵吵了好幾架，連帶著和郭翠香也吵了不少。

後來，唐國富想了個辦法，把自己下蛋的母雞關在了籠子裡，外面專留了些凶叨叨的大公雞。要說這些大公雞，在農村待過的人都知道，簡直

和大黃狗、大白鵝統稱是鄉下三大路霸，不止小孩子看了怕，就算是大人見了也畏懼三分。就這樣，公雞在劉燕兵和唐國富兩家的院子裡幾乎來去自如，老頭老太太這下子也逮不住，徹底沒轍了。

今天趕巧，劉燕兵的孫子來了。小孩不過五歲，平時也不常來爺爺家，偶爾來一次，看著院裡什麼東西都新鮮，尤其是牆上蹲著的那隻五彩斑斕的大公雞，一個勁兒地和爺爺要公雞玩。這劉燕兵寵孫子，當然是有求必應了，剛吃了兩口飯就放下碗筷出院裡給孫子抓雞玩兒。

這大公雞可不是那麼容易就被逮住的，在院子裡撲棱了好一陣子，都把屋子裡的唐國富給驚了出來。好嘛，平日裡說你偷我雞，苦於沒證據你一直不認，今天這可是讓我抓現行了吧。看著在院子裡上竄下跳的劉燕兵，唐國富毅然決然出來敲開了隔壁院的門。

劉燕兵一看雞的正主來了，自知心裡沒理兒，只不過就是和唐國富一個勁兒的犟，說是雞飛了自己院裡，要趕雞出去。唐國富哪吃這一套，好不容易逮住你的小辮兒了，還不得好好和你理論一下。於是，兩人越吵越厲害。

這兩人吵架，卻沒注意旁邊五歲的小孩。大公雞被叨擾了半天，正愁找不到發火處，看著細皮嫩肉站在一旁的劉家孫子，乾脆一口啄了過去，活生生把小孩手上磕下來一小片肉。這下子可好了，小孩哭，大人吵，原本沒理的劉燕兵也找著說的由頭了，瞬間逆轉了局面，開始和唐國富正式戰鬥。從開始的振振有詞，到之後的叉腰大罵，再到最後兩個人乾脆動起手來，老太太在旁邊拉都拉不開。你推我一把，我推你一把，推著推著就沒了分寸。

唐國富歲數就不小了，五十多快六十的人了。劉燕兵還要比唐國富大

上個十歲。這上了年紀的人就算是劇烈運動，都心跳氣喘的。可是，一衝動起來，就什麼都忘了。唐國富比劉燕兵年輕些，顯然在戰鬥中占了上風，一把推過去，劉燕兵跟跟蹌蹌沒站住，就給後仰著摔倒了。

唐國富雖然在氣頭上，可是一看下手重了，也慌了，趕緊上前和老太太一起扶人。誰知道，兩人上前一看，唐國富已經是雙眼緊閉，昏死了過去。起初，唐國富還以為老頭是在裝著嚇自己。可是，過了一分鐘，老頭臉色越來越不對，嘴唇也顯現出不正常的青黑色。再去感覺，老頭已經徹底沒了呼吸，脈搏也停止了。兩人這下子徹底慌了，老太太一下子癱倒在地上哭成了淚人，而唐國富強壓住心裡的恐懼，打電話報了警。

白煙煙聽完了唐國富的話，首先腦子裡浮現出了一個想法，會不會是心臟病發作？按照唐國富的說法，他並沒有對死者造成致命外傷，而看死者的情況，確實有些像心臟病突發導致的猝死。想到這，白煙煙走到了死者屍體旁，想仔細觀察一番。無奈自己並不是專業法醫，為避免破壞現場，不能接觸屍體，所以無法確認自己的想法正確與否。

無奈，白煙煙只能繼續看守現場，等待市刑警隊的人到來。沒過幾分鐘，市刑警隊的人馬也趕到了。警車停在院門外面，一下子引得更多的人駐足觀望了。市刑警隊直接派了幾名年輕警察出警。白煙煙和幾人交流了一下現場初步情況之後，就暫站在一旁等待協助工作。

刑警隊的工作人員同樣開始對當事人進行口供記錄，兩位當事人又把之前的東西重複了一遍。白煙煙看現場暫時沒有用得著自己的地方，回過神突然想起了唐海城。不是讓這傢伙在院子外面接應刑警隊的工作人員嗎？怎麼刑警隊的人來了，他反而沒進來？難不成是偷溜了？

白煙煙心裡生出一股火來，幾步走出院子，在周圍四處尋找唐海城的

蹤跡，卻沒有收穫。看來，唐海城確實是先溜回所裡了。白煙煙忍不住冷笑了一聲，一個大男人，出次警就嚇成這樣，一聽殺人案魂都丟了，看來以後回所裡了有的是機會笑話他，白煙煙心裡正想著，突然聽到側牆隱約有人聊天的聲音，似乎是唐海城。白煙煙放輕腳步，循聲走到了牆的另一側，果然正看見唐海城靠在牆上和人在閒聊。不過，聊天對象被唐海城堵了個嚴實，完全看不清模樣。

白煙煙氣不打一處來，她從未見過這種人，膽小如鼠卻喜歡逞能，裝模作樣，身為警察，卻不為民眾辦事，厚顏無恥至極。正當她想上前教訓教訓唐海城，卻好像聽到唐海城在和別人聊自己。白煙煙合計了下，反正帳總是要和他算的，不如聽聽他說了什麼，一會一起和他算。

「哎，別提了，我和你說，我真是倒了八輩子楣了，遇到了上司是個老古董，整天整我。遇到個同事還是個冤家，臉臭，脾氣更臭，不知道誰欠她似的。我和你說，我被上面收拾，和她脫不開關係。」

「唉，也是可憐你了。你好好努力，多幹幾年，找機會也調到市刑警隊吧。」

白煙煙有些詫異，看來和唐海城聊天這人也是個警察。

「嗯，我打從一開始就想當個刑警，沒想到把我分配到派出所了，唉，真是倒楣！」

白煙煙聽到這裡，又有些不快。有些人，總是眼高手低。為人民服務就是榮幸，還挑什麼好壞？白煙煙想得太出神，一時嗆了風，咳嗽了幾聲。

「誰？誰在那裡偷聽？」

# ■ 雙重殺機

白煙煙有些不好意思，畢竟偷聽別人說話不怎麼道德。

不過，想到唐海城在偷閒，白煙煙腰桿又直了起來，大大方方走到了唐海城和那人面前。

和唐海城聊天的這位，其實是唐海城的初中同學，姓李名大龍。這唐海城和李大龍中學是同桌，關係鐵得很。不過，後來李大龍在高中的時候轉學了，二人也因此斷了連繫，轉眼也有幾年沒見面了。今天機緣巧合，竟然在案發現場見到了。沒想到多時不見，這李大龍已經成為了一名刑警。

李大龍看著眼前突然蹦出來的美女，立刻雙眼放光，拉著唐海城急忙問道：「哎，海城，這美女是誰？看著也是同事，嘖嘖，我們這行裡美女警花可不多見。」

唐海城白了李大龍一眼，一把撒開他的手，沒好氣地湊在他耳朵邊悄悄說：「這老娘們就是我和你說的那個臭臉同事。自從遇到她以後，我就一直不順。我看她是命中剋我，簡直是我的災星。」

白煙煙不用聽都知道唐海城沒憋什麼好話，乾脆不客氣：「唐警官，您又躲清閒呢？我還以為您被凶手嚇得跑回所裡了，正要給所長打電話問你呢。」

李大龍聽著這姑娘話音不善，知道唐海城說的是真的，於是決定打個圓場：「嗨，美女，我是市刑警隊的，你叫我李大龍就行。我和唐警官是老相識了，今天沒想到在這裡碰上了。剛剛一激動，給忘了我們還得辦正事。裡面怎麼樣了，走，咱一起進去看看去。」

白煙煙也不理李大龍，頭一扭進了院子。

李大龍和唐海城兩個人面面相覷，最終撇了撇嘴，也跟上了白煙煙。

院子裡已經大體被保護了起來，刑警隊同行的法醫正在對死者屍體進行檢查。白煙煙對法醫似乎很感興趣，離得近了些，看得唐海城一陣發毛，低聲對李大龍說：「你看，哪個女的像她？見了死人不躲，還湊上去？我看她明顯就是人格扭曲，有嚴重的心理問題。」

唐海城話還沒說完，李大龍也走上前去觀察法醫操作，留下唐海城一個人站在原地略顯尷尬。想了想，他還是跟上了前面兩人，不過卻還是站得老遠，隔出了一段安全距離。在唐海城的印象中，法醫都是舉著刀四處亂劃拉，法醫勘察現場指定都是血肉飛橫的那種。一想到這畫面，唐海城就不由自主想打顫，平時殺雞都不敢的他，怎麼有膽量湊上去？

另一邊，白煙煙看得正入神，不時還和現場勘察的法醫交流幾句，好一副認真好學的模樣，連現場的法醫都開始對這個看似柔弱的小姑娘刮目相看了。白煙煙全神貫注，完全沒注意到旁邊站過來的李大龍，直到起身轉頭還撞到了他。

白煙煙打一開始還以為身後站著的是唐海城，正要開口不客氣譏諷幾句，定睛一看卻是李大龍，臉色不自覺緩了緩。但是轉念一想，和唐海城一起的人，也不過是一丘之貉罷了。於是，還是白了李大龍一眼，自顧自地走開了。

這李大龍倒也見怪不怪。上大學時，同班的女生自己又不是沒見識過，一個個比大老爺們還要彪。眼前這姑娘，算不上什麼。不出一會，法醫方面很快出了屍檢結果。李大龍招呼著唐海城一起過去，只見白煙煙已經和法醫在一旁聊了起來。

「您是說，死者死因並不是外傷？」

「是，根據當事人的描述，我最初懷疑是後腦著地撞擊導致的休克性死亡。但剛剛我觀察了一下死者的屍體，死者屍體上並沒有明顯的外傷傷痕，反而是觀察受害人的體表特徵時我發現有些不對勁。」法醫一邊摘下口罩，一邊皺著眉頭和白煙煙說。

「中毒？可是，當事人並沒有提到下毒。」白煙煙話一出口，發覺自己思維有些既定，搖了搖頭，「那您是說死者死亡和另一位當事人的過激行為並沒有直接連繫？」

「嗯，初步看來是這樣。至於死者的具體死亡原因，我想我們還需要回局裡進行進一步的解剖化驗才能知道。暫時先這樣吧，你們可以再去和死者家屬了解一下死者生前接觸過什麼物品，進食是否安全之類？我想，這些對我們後期法醫工作也有一定的幫助。」法醫朝著白煙煙說道。

白煙煙點了點頭，也同時陷入了沉思。

「中毒？殺害死者的可能另有其人？而且是用下毒的方法？」唐海城不合時宜地插了一句，引得李大龍和法醫齊齊看去。李大龍無奈地搖了搖頭，心中暗想，怪不得這小子畢業去了派出所，辦案不講證據，全靠猜。我要是他上司，猜想得被他氣死。

「唐海城，你去和死者家屬打一下招呼，順便了解一下情況，我再去和唐國富聊一下。」白煙煙沒多想，回頭對唐海城發號施令，自己就開始行動了，留下唐海城在原地發傻。

「什麼人，真是，難不成你是我上司？還指揮起我來了。」唐海城嘟嘟囔囔的，拉起身邊的李大龍，前去尋找死者家屬。老太太一把年紀，經不起這個折騰，一時間受打擊太大，正在院裡正屋門口休息。那小孫子年紀

還小，什麼都不懂，正在奶奶身邊逗地上的螞蟻玩。

唐海城一看這情形，莫名又傷感了起來，忍著鼻眼痠澀的感覺，蹲下身子安慰了一陣子老太太，卻又把老太太給說哭了起來。唐海城看自己反幫了倒忙，於是決定直奔主題，免得惹老太太再傷心。

「大媽，我大爺的遺體我們可能要帶回去解剖，好方便查明死因，也還您一個公道。」

唐海城沒想到這一句話剛出口，老太太竟然抬起頭目瞪口呆，抬手指著自己半晌沒說出一句話，兩眼一翻，就要昏過去，急忙喊了起來：「來人啊，來人啊，老太太也快不行了！」身邊的李大龍本來就著急，聽著唐海城這一嗓子，差點沒像老太太一樣背過氣去。老太太不過是受打擊太大了，怎麼就不行了。

白煙煙在另一邊和唐國富交流，剛剛得知自己已經初步洗脫了殺人嫌疑的唐國富正喜極而泣，拉著白煙煙一個勁兒道地謝。唐海城的喊叫聲，白煙煙、法醫和另外一名警務人員著實被驚著了，也顧不上手頭上的工作，從老遠跑過來一起圍住老太太，又是掐人中，又是服速效救心丸的，好不容易才讓老太太緩過來。

老太太一睜眼，看著眾人就開始哭，邊哭邊對眾人說：「你們行行好吧，我老頭子死得不明不白，已經夠可憐了，你們怎麼還要把他剁開，讓人不得好死後還要碎屍萬段嗎？」

法醫聽著老太太這麼說，趕緊講解法醫的工作和意義。但是，奈何老太太思想早已根深蒂固，怎麼都聽不進去，執意拒絕工作人員帶走自己老伴的屍體回去解剖。

一行人沒辦法，只能從其他方面下手 —— 調查老爺子生前是不是服

用了什麼有毒物質。但是，一番調查下來，都被一一排除了。就像李大龍說的如果是這一家子午飯裡有毒，那現在死的人就不只是劉燕兵了。既然老太太和小孩都沒問題，那就該從老爺子自己接觸過的東西上下手。

「老太太，您家老爺子平時喝什麼藥嗎？」李大龍首先想到的是藥物中毒，於是一下手就從這方面開始調查。

老太太搖了搖頭：「沒有，沒有，我老伴身體一點問題都沒有，他一點問題都沒有，怎麼就突然走了呢，怎麼就走了。」

白煙煙還是不放棄，提出了想要進老兩口屋裡看看。

老太太此時也沒閒心管別的事了，無力地點了點頭，任由幾個人進屋裡勘察。

屋子裡，炕桌上還放著沒扯下的飯菜碗筷。老一輩的人吃飯早，中午十一點不到就吃飯了。飯菜不怎麼豐盛，也很清淡。白煙煙上前觀察了半晌，也沒發覺什麼不對勁，皺著眉頭又去其他地方勘察。倒是李大龍指著地上一罐子藥酒，對唐海城悄悄說道：「海城，你看這罐子酒，真的可以說是大補，這老爺子確實身體不錯，這麼大的歲數了還喝這麼補的酒，身體還承受得住！」

唐海城根本不懂這些，在他眼裡不過就是一罐泡了些亂七八糟動物的酒，不存在啥補身體之說，光是看著就瘆人，白給自己都不見得敢喝。但是，轉念一想，唐海城又興奮起來，拉住了李大龍：「大龍，你說會不會是老頭喝這酒被毒死了？你看，那酒裡面有蛇，還有蠍子啊！」

話還沒說完，李大龍就一臉嫌棄道：「藥酒還能毒死人？長期喝還能延年益壽呢。」

一旁的法醫聽著兩個人瞎聊，忍不住笑了，搖了搖頭，笑著補充道：

「延年益壽也許不敢說，喝多了酒精中毒倒是有可能。你倆年紀輕輕，盡瞎說些啥。這應該是老人家用來治風溼的藥酒而已，到了你們嘴裡越傳越不對勁了。」

兩個人被法醫揭穿了，有些尷尬，埋頭幹活不再囉嗦。法醫見氣氛不對勁，又插了句話道：「不過，這喝酒還真有些說道。有些藥喝了酒就不能再喝，喝了藥就不能再喝酒。」

唐海城似乎對這個話題很感興趣，接著追問道：「一般是什麼藥啊？」

法醫有些意外，這小子難道一點常識都沒有？想了想，還是認真回答了：「比如感冒藥，還有些抗生素類的藥物，比如頭孢。」

話還沒說完，就聽唐海城「啪」的一下拍了下手：「那老頭兒會不會是因為喝了藥酒然後又吃了啥藥，結果就中毒身亡了？」

話音未落，白煙煙就回懟了過去：「唐警官，你今天腦子出門時忘帶了嗎？剛剛大媽都說了她老伴平時不吃藥，身體健康得很。你說說，人家吃藥幹嘛？」

唐海城有些委屈，嘟著個嘴和白煙煙反駁：「我這不就是一種設想？再說了，誰沒個小病小災，誰一輩子都不用吃藥？你就這麼確定？」兩個人針鋒相對，眼看著火藥味又要瀰漫開來，李大龍趕緊擋在了兩個人的中間。

「快快快，我們再看看現場有什麼啥有價值的證據，沒有的話總要想辦法，不然這案子成了懸案就丟人了，傳出去讓人笑話，你們說不是？」

唐海城瞅了一眼白煙煙，堵氣似的轉身在屋子裡轉悠了幾圈，一屁股坐在了沙發上。

唐海城沒想到自己坐在沙發上之後，總感覺屁股撐得慌，從下面一

掏，反而掏出來一小藥瓶兒。再仔細一看，沙發夾縫裡還掉著幾片五顏六色的藥片。

「甘草片不是治咳嗽的藥嗎？」唐海城撓著頭，想不通這藥怎麼扔在沙發上。扭頭仔細一看，原來是從外面院子裡小孩的書包裡掉出來的玩意。唐海城乾脆好人做到底，拉開書包幫小孩把藥扔了進去，順帶要拉住拉鎖，不經意一瞥，卻樂了。

「哎，我和你們說，現在小孩身體都不如個老頭兒。你看院子裡那小屁孩兒的書包裡，裝著的都是藥。」

聽到唐海城這話，一屋子人不約而同地扭過來頭，唐海城拿起書包扔在了沙發上。

# ━ 頭孢配酒

白煙煙第一個搶過書包，隨手一抖，把書包裡的東西盡數抖在了沙發上。書包裡其實也並不像唐海城說的那樣全都是藥，有幾本圖畫書，幾輛小汽車玩具，還有兩三袋兒零食，別的就是幾盒子藥。一旁的法醫也走了過來，拿起沙發上的藥大致掃了幾眼。

「這些藥也不是什麼特殊的藥，只不過是感冒藥，院裡那小孩這幾天是感冒了吧。」

「你看，這藥裡還真有頭孢！」唐海城一臉驚奇地指著沙發上一板藥。

法醫看了一眼，給了唐海城一個無奈的眼神：「感冒了呼吸道出現炎症，要依靠頭孢消炎，很奇怪嗎？」但隨後法醫又陷入了思索，片刻之後

對眾人嚴肅地說：「我想，我們得去再問問，我剛剛屍檢的時觀察到死者的中毒狀況很有可能是雙硫侖樣反應。」

法醫見眾人不明白，他又多解釋了一句：「說的簡單點吧，老爺子很可能是生前飲酒之後，又不止為什麼服用了頭孢，導致了藥物中毒。因為頭孢配酒，馬上就走，這句話難道你們沒聽過嗎？」

幾個人聽了法醫的話，如夢初醒，趕緊攙扶著老太太回了屋，又是好一番詢問。老太太看著幾個人手裡的藥，一頭霧水：「這不是我孫子的藥？他爸媽說他這幾天感冒了，不能去幼稚園，就送到我這讓我們看著。」

白煙煙上前，把剛剛幾個人討論的結果解釋給了老太太。老太太聽了之後嚇蒙了，半晌回過神來，又搖著頭，聲音顫抖地對著幾個人說：「不可能，我家老頭子是每天中午吃飯時習慣喝一杯酒。不過，酒喝了那麼久都沒事，不可能今天喝了一頓就出問題。而且這藥是我孫子喝的，我家老頭子沒感冒，又沒喝這藥。」

唐海城看著老太太被嚇得不輕，心裡有些心疼。他打小就是這毛病，只要看著歲數大的人，就潛移默化會把他們和自己從未見過面的家人連繫起來。不過，心疼老太太之餘，唐海城看著躲在門框後面老太太的孫子似乎有些不對勁，眼睛直勾勾盯著幾個人手中的藥，不知道在想啥事。以唐海城多年來犯渾的經驗來說，他判定這小子一定是幹了壞事不敢說。於是，唐海城悄悄挪到了小孩的身邊。

「嘿，你幹嘛呢，小朋友？」唐海城拍了下小孩的頭。不過，這孩子明顯有些認生，看著唐海城也不說話，還有種想跑的感覺。唐海城轉念想了想，於是決定換種方式循循善誘。小孩子，除了玩具有誘惑力，就是好吃的了。

「哥哥帶你去買好吃的東西，你覺得怎麼樣？」唐海城捏了捏小孩的臉。沒想到，小孩反而更害怕了，嘴一撇差點要哭出來。唐海城暗叫不好，趕緊扮了個鬼臉，順帶從兜裡掏出來自己的手機給小孩：「哥哥手機上有遊戲，你玩不玩？」

小孩一看手機，幾乎眼睛放光，遲疑了一下接過去手機，專心致志地開始擺弄。

唐海城感覺時機成熟了，和小孩開始套近乎。

「小朋友，你幾歲了？叫什麼名字？」

「小朋友，你也喜歡玩超級瑪麗，哥哥玩得可厲害了，你要不……」

唐海城在一旁喋喋不休，小孩絲毫沒有交流的意思，他轉念一想，又生出一計來。

「小朋友，你真是不乖，哥哥不給你玩手機了，還要把你不喝藥的事告訴你奶奶，讓你奶奶再告訴你爸媽。」唐海城佯裝生氣，從小孩手裡拿過手機，一臉正色道。

果不其然，小孩臉上顯出恐懼的神色。唐海城眼看著馬上場面就要失控了，趕緊挽回道：「不過，你要是認真回答哥哥幾個問題，哥哥不僅不會告狀，還給你買好多玩具，怎麼樣？」

小屁孩兒沒心沒肺，前一秒還在恐懼，聽到玩具就忘乎所以了，高興的點了點頭。

「你和哥哥說說，你為什麼不喝藥？」

「因為藥不甜，不好喝。」

唐海城有些尷尬，孩子說得沒錯。

「那你也不能把藥扔了，這樣子病沒法好啊！」

小孩盯著唐海城不做聲了，唐海城意識到自己語氣又重了，摸了摸小孩的頭：「那你和哥哥說說，你是不是悄悄把藥給爺爺吃了？」

小孩一聽唐海城這麼說，嚇得連連搖頭：「我沒給爺爺吃，是爺爺說他陪我吃。爺爺說，他吃一片，我吃一片，這樣我就不怕自己一個人吃藥了。」

唐海城聽到這，心裡突然「咯噔」一下。他明白事情的來龍去脈了，再問下去也沒必要了。唐海城拉起小孩的手，走到了裡屋。小孩看唐海城不遵守承諾，一個勁地掙扎，還人哭起來，惹得一屋子人都向唐海城和小孩看去。白煙煙也正又要罵唐海城，但被唐海城搶先一步說了話。

「大夥別問了，問題已經解決了。」唐海城把從小孩口中問出來的全部告知。

大夥聽了之後，陷入了沉默。有時候，對孩子過分的寵溺並不是一件好事，也許不僅會害了孩子，更會害了自己。劉老爺子對孫子確實很疼愛，疼愛到比愛自己還重。孫子要大公雞，老爺子就去給孫子抓雞，絲毫不考慮自己已經上了年紀的身體，甚至不惜因為這件事與鄰居吵架，甚至大打出手。

不過，這都是小事，劉老爺子的死，正是他自己一手造成，或者說是他對孫子的溺愛所致。感冒生病的孫子害怕喝藥，劉老爺子為了想辦法讓孫子喝藥，早日康復，甚至不惜自己陪著孫子一起喝藥。也許在劉老爺子的思維中，他寧願自己能夠代替孩子生病，代替孩子受苦。只要孩子能夠過得好，一切都值得。

可惜，由於缺乏常識，劉老爺子犯了一個巨大的錯誤，藥物不能胡亂

使用，更不能同酒一起服用。頭孢配酒，真的是說走就走。誰都沒想到，看似是一起刑事糾紛的案件，到頭來只不過是無知的悲劇。

聽完這一切的老太太忍不住嚎啕大哭，一屋子人不知道如何去勸，站在地上的小孫子拉著奶奶也開始哭，不知道是因為害怕，還是因為傷心。老太太沒有打孫子，甚至沒有理會孫子。也許在老人的心中，孩子都是最重要的存在吧，即使孩子犯了錯誤。但此時，也許老太太並沒有力氣去想太多。

一行人大致解決了案件，悄悄地退出了屋子。院門口的人已經散得差不多了，只有幾個看似是鄰居的人還在指點觀望。此時的唐海城也沒有最初到現場時那麼害怕了，心裡一直在回想著剛剛屋裡令人痛心的一幕。他還是很羨慕那小孩，起碼他有人疼、有人寵，只不過，以後寵愛他的人，就又少了一個。

想到此處，唐海城鼻子一酸，忍不住漲紅了眼眶。身後其他幾名警察也趕了上來，看著他的模樣並沒有打擾。白煙煙也難得今天唯一一次沒有嘲笑唐海城，默默走出了院子，和幾名刑警隊的工作人員道別之後，騎在車子上等唐海城。

李大龍和唐海城是老同學，自然明白唐海城此時心裡在想什麼。他拍了拍對方的肩膀，和唐海城約了頓飯，也坐上警車呼嘯著離開了現場。唐海城平靜片刻，跨上電動車，一路無語，趕回了所裡。

回到所裡，已經是下午四點多。唐海城才感覺到飢餓感一陣陣向自己襲來。仔細一想，原來中午出警時他還沒吃飯。哀嚎一聲之後，他直接癱倒在了辦公桌上。正想著，只見面前扔過來一袋零食。抬頭一看，原來是李墨白。唐海城心中瞬間泛起一陣暖流，站起身來就要上前給李墨白一個

大大的熊抱，卻被李墨白一臉嫌棄地推開了。

「你小子，離我遠點，出警到殺人現場了回來還抱我，今天去現場刺激不？是不是就像電視裡演的那樣，到處都是血？」李墨白說了兩句，感覺自己都起雞皮疙瘩了，搓了搓手臂，一臉期待地等著唐海城給自己描述。

唐海城白李墨白一眼，抓起零食大口吃著，李墨白皺了皺眉問道：「你出警回來洗手了？」

唐海城不理會李墨白，伸過手還捏了捏他的臉，李墨白直接一巴掌拍掉了他的手。

「你別想太多了，我看你是沒去過凶案現場，自己嚇自己罷了。」唐海城一臉正經地給李墨白傳授經驗，沒想到反而被李墨白嘲笑了：「你還說，不知道早上是誰出警時嚇得像個孫子一樣。」

唐海城被拆穿了真面目，惱羞成怒，乾脆一拍桌子，兩隻爪子一起上手，衝著李墨白臉就好一陣子揉，一邊揉一邊胡謅應李墨白：「我今天出現場啊，不僅見到屍體了，我還上手搬了，不信你聞，是不是一股子味？」

兩個人打鬧聲太大，整個辦公室都充斥著兩個的叫喊聲。白煙煙坐在辦公桌上，看著唐海城的模樣，又回想起白天在現場時他的表現，忍不住白了一眼，冷哼一聲之後低頭開始自己工作。

辦公室裡，古董也聽到了外面的吵鬧聲。他走到門口看了一眼，無奈地搖著頭，走回到辦公桌前坐下，繼續翻閱檔案。和唐海城相處了這麼幾天，古董已經差不多摸清楚了這個小子的習性，吃軟不吃硬，色屬內荏而已。想對付這種初生牛犢，還真不能著急。

不過，真正讓古董頭痛的並不是唐海城，而是最近青山區的一系列案

件。這些報案的如果單獨拿出來，看不出來有什麼連繫。形形色色的報案人，各式各樣的案情。

　　但就在這些案件中，古董卻得到了一個重要的線索：某個案件中，報案人聲稱遭遇非法分子勒索，報案時提供的材料中提到嫌疑人身上帶有蠍子模樣的紋身！報案後不到兩天，報案人竟然主動提出了撤案要求。同樣，在另一起民事糾紛案中，報案人稱被騙取錢財，雖然數額較小，可也引起了辦案人員的高度重視。正當辦案人員決定接手案件時，報案人也離奇提出撤案請求。

　　在此案中，受害人同樣提到了嫌疑人身上具有蠍子紋身。這引得古董高度重視起來，單單是一個蠍子紋身，就足以讓古董興奮。多年來，古董一直跟進著「6．28」的案件，卻一直沒有進展。毒蠍集團也似乎銷聲匿跡，從那以後不復存在，現在又有一夥疑似毒蠍集團的人出現了。這對於群眾來說並不是一件好事，但對古董而言，卻深具另外一層含義。也許，當年凱茂的仇，是時候能報了。合上案件卷宗，古董站起身來，盯著辦公室資料櫃中當年和凱茂聯手拿到的射擊比賽獎盃，臉上露出了苦笑。

　　「凱茂，你要是在天有靈，就幫助我把毒蠍這一夥人給揪出來吧。」古董惡狠狠地說道。

　　在他身後進來送工作紀錄的唐海城，也恰好看著背對自己盯著檔案櫃中一個玻璃獎盃的古董滿腹狐疑。自己剛剛敲了那麼久的門，還喊了好幾聲，怎麼老古董不理自己？算了，放下東西悄悄溜吧，免得一會又生事端。唐海城放下工作紀錄，躡手躡腳走了出去，辦公室裡僅留下還一直深陷昔日美好回憶中的古董。

# 第四案
# 網貸危機

隨便什麼都比虛偽和欺騙好。

—— 列夫·托爾斯泰

# ◼ 引子

古董拉開椅子坐在郭曉陽對面，冷笑著說道：「你叫郭曉陽？」

郭曉陽沒想到半路殺出個程咬金，抬起眼一看，稍微提起了些精神，正襟危坐起來。他明白剛才那兩個新人啥都不懂，可以說是很好對付了，但眼前這個老傢伙，讓他嗅到了危險的氣息，顯然不是什麼善茬兒。

郭曉陽知道自己遇上老手了，再也不敢掉以輕心，笑著反問道：「對，您是這裡的主管？」

「沒錯，不過說起來也巧，我曾經還見過你們的老大呢。」

郭曉陽忍不住笑了出來，這老傢伙是老糊塗了？自己這個無業遊民會有老大？

「你別笑，我真見過你們老大，話說龍三那傢伙最近死了沒？」

古董的話音剛落，郭曉陽的笑也頓時凝固在了臉上，二人再次互相望著對方。

# ◼ 輕生少女

次日一大早，唐海城從出門的時候起就開始點背了，居然莫名遭到巷子口的兩頭惡狗狂追，原本出門前擦亮的皮鞋也布滿泥灰，這還不算什麼，到了公車站，他硬是等了十分鐘也沒等來一輛巴士，眼看上班就要遲到了。他只能咬咬牙，在路邊隨手攔了一臺計程車，上車後連忙跟司機大

叔報了地址，車子像火箭一般往派出所的方向駛去。

十多分鐘後，唐海城付了車費衝入派出所，剛想著能坐在自己的位置上歇一會，可惜屁股還沒坐穩，白煙煙就面帶微笑朝他走了過來，邊走邊說：「唐警官，所長之前通知我，說如果你來了就趕緊去他辦公室一趟。」

「啥？所長一早就找我喝茶？我最近又犯啥事了？難道是因為昨天出勤的事？還是我忘了交工作紀錄？」想來想去，唐海城還是不知道錯在何處，抬頭看看白煙煙，卻又不好意思開口，畢竟他也是一個要面子的人。

唐海城心一橫咬了咬牙，快步走向古董的辦公室，伸手敲了幾下門，硬著頭皮挪進了屋裡，低著腦袋進行自我檢討：「所長，我錯了，這幾天我一直在反省自己，我知道我自身存在很多問題……」

結果他一口氣說完之後，良久沒聽見古董的聲音，於是大著膽子悄悄抬頭一看，才發現古董並不在辦公室內，出門找了一圈，周圍人都說古董出去辦事了，猜想要過一陣子才能回來。

「搞什麼鬼，差點把我給活活嚇死，老古董竟然不在辦公室。」唐海城長出一口氣，又倒回古董的辦公室內，開始在裡頭悠哉悠哉地漫步。唐海城趁著古董外出就玩心大起，一會模仿古董坐在辦公桌前翻閱卷宗，一會又站在窗口雙手抱胸凝望窗外，還站到檔案櫃前，盯著滿櫃子的獎盃微笑。

「這辦公室真大，當主管真爽啊！」唐海城突然想起古董昨天下午在櫃子前看東西走神了，他叫了那麼多聲都沒聽見。唐海城也學著古董的模樣，雙手一背，面色凝重的望向櫃子裡。

「小爺我還看走眼了，想不到老古董確實有點兒本事，不過這個老傢伙，遲早會被我給比下去。」唐海城又開始在腦子裡狂想，瞇著眼一臉滿

足之色，餘光無意間掃過一座玻璃獎盃，漫步走到它面前自言自語，「海城市警局第二屆射擊大賽雙人組第一名。」

唐海城耐不住好奇心，直接打開了櫃子，拿出獎盃邊觀察邊說：「獲獎者寫著古董和郭凱茂？這郭凱茂又是哪位仁兄？」結果唐海城並沒察覺，此時的辦公室門口，古董正黑著臉瞪他，可這小子偏偏還拿著獎盃一屁股坐到了古董的辦公椅上。古董定睛一看他手中拿著自己最看重的射擊獎盃，心裡早已火山爆發。唐海城頓時感覺背後傳來一股殺氣，結果站起來回頭一看，差點直接嚇破膽兒，手一抖獎盃險些掉到地上。

「臭小子，你幹什麼！？」古董一個箭步衝上前去，一把奪過心愛的獎盃，反覆確認沒問題才鬆了一口氣，把獎盃給放回遠處後，才轉過臉用眼睛死死瞪住唐海城，如果眼神能殺死人，唐海城猜想早已經被千刀萬剮了。

唐海城察覺當下的情勢危急，便趕緊低頭向古董認錯：「所長，我其實沒別的意思，就是好奇心作祟才拿出來看看而已。」結果，他這話說完古董的臉色毫無變化，那雙彷彿會噴出火來的眼睛依然沒有挪開。

古董原本是想找唐海城抽背《著裝管理規定》，如果表現不錯就免除抄條例的處罰，但現在他有點心灰意冷了，直襬手準備趕唐海城出去。唐海城這麼多天從來沒看過古董這種模樣，不管是古董罵自己，還是古董罰自己，自己始終都覺得無所謂，可是現在古董，著實讓唐海城不安。唐海城不死心，還想好好解釋一下，怎料古董頭都沒抬，他直接緊閉雙眼大聲吼道：「臭小子，在我沒發飆之前趕緊滾蛋！」

話音剛落，唐海城二話不說拔腿就往外跑，心中暗自慶幸總算逃過一劫。

　　從辦公室出來的的唐海城跟李墨白大吐苦水，後者聽聞之後直接罵道：「海城，我說這就是因為你小子手欠，假如我是所長肯定讓你天天抄警務條例！」

　　「小白，你這烏鴉嘴別亂說，因為那個破獎盃罰我天天抄條例？」

　　「看你這傻樣，肯定是不知道獎盃的來歷吧？」

　　「怎麼？莫非你知道其中的原因？」

　　「知道，你忘了我爸是啥警衛？我偷偷用他的許可權在內網查過所長的相關資料。」

　　「牛逼，按功績和資歷來算咱爹也是警界的傳奇人物了，趕緊給我說說查到的東西。」

　　「唐海城，你丫的臭不要臉，那是我爹，啥時候成咱爹了？」

　　「小白，千萬別在意這些細節，再說了你爹不就是我爹？我們倆誰跟誰呀？」

　　李墨白翻了個大白眼，湊到唐海城耳邊低語，唐海城越聽越心驚，最後差點咬著舌頭。

　　李墨白見達到效果了，最終才總結道：「海城，你以後別亂動所長辦公室裡的東西。」

　　唐海城用力點了點頭，沒想到那個射擊獎盃的來歷居然如此特別，如果單從資歷來算的話郭凱茂可以說是他的大師哥了，而且也是一名勇於和犯罪組織戰鬥的大英雄。就在這時候，古董突然從辦公室裡衝了出來，大聲喊道：「快，準備出警，剛剛接到群眾的報案，有一名女子要在明遠賓館跳樓，由於情況比較緊急，我們必須盡快派人趕到現場！」

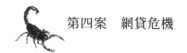 

唐海城這次沒有猶豫，主動請纓出警，古董也沒有多說，點了點頭，又委派了另一名協勤和唐海城一起出警。兩個人了解詳細的情況後，衝出去跨上停在大院裡的電動車，發動之後還不忘鳴笛開道，一路疾馳奔赴現場。

唐海城邊開邊思索，案發地明遠賓館位於市醫院附近的一條小巷子裡，這種賓館大多是 1970 至 1980 年代的舊樓改造而成，憑藉優越地勢並不會關門大吉，只要有病患家屬入住收入也會相當可觀。

唐海城和協勤簡直是把電動車當成了火箭開，原本需要十五分鐘才能抵達，硬是只花了不到十分鐘，到了目的地又開始往小巷子裡七拐八拐，最終在巷子深處找到了那家明遠賓館。此時，賓館前面已經被擠了個水洩不通，一大群人密密麻麻的站在樓下，對著賓館的樓頂指點議論。唐海城和協勤二人抬頭一看，只見三層樓高的賓館天臺上，正站著一位特別青春靚麗的姑娘。

唐海城單從對方的樣貌和穿著打扮來看，他猜想這姑娘也就二十多歲左右，身材整體過於瘦弱，此時正傷心的掩面哭泣。唐海城連忙亮出自己的證件，然後撥開圍觀的人群，衝進了賓館裡。唐海城剛踏進賓館，身後就緊跟著一名年過四十的短髮中年女子，她直接抓著唐海城的手臂，並要求警方立刻救人。

唐海城看著面色焦急的中年女子問道：「您是當事人的家屬？能給我說說具體情況嗎？」

中年女子聽後，整個人先是為之一愣，然後趕緊解釋：「不是，我叫吳梅，同時也是這家賓館的老闆娘，警察同志，你快點去把這姑娘給勸下來，她如果真跳樓了，我這賓館猜想也沒法繼續開了，以後誰還敢來我這

住？」

唐海城頓時眉頭緊皺，邊走邊說：「那您和我講講到底是怎麼回事，我們邊上樓邊說。」

吳梅和唐海城二人趕緊爬樓梯往天臺趕，當然吳梅在上樓的途中把事情的經過大致說了一遍。天臺上的那位姑娘叫羅燕雲，她是昨晚上才入住的客人，入住時姑娘說自己帶的錢不夠，就提出今早八點就退房能否有優惠？因此吳梅對她印象極深，看她穿著樸素，又在醫院附近住賓館，猜想可能是有家人生病住院比較費錢，還特意給她便宜了房費。

今早吳梅按照約定，八點鐘準時去催羅燕雲退房，沒想到敲門之後沒人回應，再一撐門把手，房門居然也沒鎖死。可羅燕雲的包和外套還在房裡，一開始吳梅還為羅燕雲下樓買東西去了，就重新關好房門下樓去等人。

可沒過多久，吳梅就看到自己的賓館門口聚集著一大群人抬頭看著樓頂，還不忘議論紛紛。吳梅連忙衝出去往上一看，這一眼可把她嚇壞了，昨晚入住的羅燕雲正站在上邊，衝著樓下一個勁兒的張望，不管圍觀者怎麼喊叫她都沒搭理。吳梅本人還鼓起勇氣特意上天臺去好心相勸，沒想到羅燕雲見吳梅上前，情緒反而更加激烈，並大聲威脅如果還上前半步就立刻跳下去。吳梅被嚇怕了，最終只能報警求助。唐海城聽完吳梅的描述，趕緊讓吳梅把電腦密碼告訴協勤，讓協勤下樓將羅燕雲的身分證訊息，傳回所裡方便連繫其家屬，自己則跟吳梅掀開樓頂的天窗，二人依次爬上了天臺。

樓頂上，羅燕雲還在邊緣處哭泣著，突然聽到有人上來，驚然警覺起來，原本就靠近樓頂邊緣的身體又向外靠了一點，唐海城見狀心中大驚，腦子裡突然閃過以前在警校刑偵課上看過一篇講述談判技巧的專業文章，

文章中講述瞭如何跟與挾持了人質的疑犯談判。

　　唐海城眼下遇到的情況與文章情況類似，也是需要進行一種特殊的心理談判，他看著不遠處的羅燕雲，開始調整自己的心態，因為談判的首要條件就是談判者要時刻保持冷靜，絕對不能刺激和干擾談判對象，導致對方做出過激行為。

　　唐海城用幾秒鐘回憶完文章的所有細節，又連續深吸好幾口氣，用力甩了甩自己的小腦袋瓜，等情緒完全冷靜下來之後，大腦再次開始飛速運轉，口中還不斷自言自語道：「我該怎麼辦？怎麼勸才會成功呢？」

# ■ 網貸危機

　　唐海城在不斷地思索與觀察羅燕雲，大概也有了最初步的了解，他推測羅燕雲猜想也就比自己小一點，長相十分清純可愛，衣著也特別的樸素。身材非常瘦弱，臉色也很是蒼白，有可能長期從事服務行業，再根據老闆娘吳梅所推測那般，猜想羅燕雲是遇見大麻煩了。

　　唐海城也換位思考了一下，這人生在世不外乎七情六慾，人活著總有自己割捨不下的東西吧？這羅燕雲不可能不愛自己的爹媽吧？他決定先打一手親情牌，試圖用親情來打消對方想跳樓的念頭。

　　唐海城試探性的喊了一句：「羅姑娘，我叫唐海城，妳可以叫我唐警官，妳現在千萬別幹傻事，如果妳現在跳下去了，妳爹媽怎麼辦？」

　　羅燕雲聽了這話，一時間又更傷心了，反而越哭越凶。唐海城見狀則長吁一口氣，談判的對象開始在發洩自己的情緒了，算是成功邁出了一小

步。於是唐海城嘗試緩慢挪動腳步，期間也不忘跟對方繼續交流。

唐海城組織了一下語言，才再次開口道：「羅姑娘，我覺著其實我們這一輩子吧，活著總會遇見各種狗屁倒灶的破事，要不然妳每天除了吃喝拉撒睡，那活著有啥意思？畢竟人又不是牲口，它們除了吃喝拉撒別的啥事沒有啊！」

一直在大聲哭泣的羅燕雲聽唐海城這麼一說，她的身子突然僵硬了起來，唐海城見狀突然感覺懊悔不已，他深怕自己剛又說錯了什麼話，如果因此導致對方一躍而下，那他就真的變成千古罪人了。

吳梅站在唐海城背後聽到剛剛那一番勸人的話，差點沒當場心肌梗塞，她在心中忍不住暗想這個小警察是來幫倒忙的嗎？照他這麼個勸法，羅燕雲猜想不想跳都能被他說跳了，純粹就是胡攪蠻纏。

吳梅見此事關乎自己賓館的名譽和生意，一時間心急如焚，直接扯著嗓子喊道：「姑娘，妳別犯傻啊！有啥事大姐幫妳解決，千萬別跳下去，妳一跳大姐這賓館也要跟妳一起完蛋了！」

唐海城被這一嗓子給雷的不輕，他回頭一看，結果大事不妙，羅燕雲現在已經站起了身子，重新邁步到了天臺的邊緣，一臉警惕的看著自己和身後的吳梅。唐海城現在真的是欲哭無淚，剛剛雖然自己說的不好聽，羅燕雲好歹也沒這麼大動作，現在這是怎麼了？因為吳梅的話導致羅燕雲直接就站到了死亡邊緣上？

唐海城暗自抱怨吳梅添亂，很是鬱悶的看了她一眼，悄悄比了個讓人退下去的手勢。

吳梅雖然有些不願意，也不放心羅燕雲和唐海城獨處，猶豫片刻還是轉身下樓了。

唐海城聽到天窗關上的聲音後，他直接一屁股坐在了地上，四周掃視了幾下，目光重新回到羅燕雲身上。別看唐海城表面上是一臉輕鬆的模樣，其實早就心亂如麻了，故作輕鬆只不過是為了平復羅燕雲的情緒，好隨時進行下一步的行動。

唐海城決定改變策略，不灌輸毒雞湯了，打算開始和羅燕雲套近乎來了解事情的緣由。

唐海城靈機一動，趕緊提問道：「羅姑娘，我看妳挺年輕，有談戀愛嗎？」

站在不遠處的羅燕雲壓根沒料到唐海城會提這茬兒，先是愣了一下，又抽泣著搖了搖頭。

唐海城的眼珠子在眼眶裡來回轉了幾下，又順勢接茬道：「巧了，我也沒有談對象，妳說這年頭找個對象怎麼這麼難？不過妳應該有不少人追吧？況且現在男孩子大多數都喜歡妳這種清純可愛的妹子。」

羅燕雲搖了搖頭說：「唐警官，我沒被人追過，也沒時間談戀愛。」

透過這話唐海城能判斷她並不是被渣男情傷了，那可能就是家人或者外人的問題了。於是他又開口問道：「羅姑娘，那妳沒找對象家裡人不催嗎？我一回家就被爸媽催，生怕我打一輩子光棍。」

說完之後，唐海城心頭也是苦笑不已，暗想如果真有人會催就好了，畢竟連自己爹媽長啥樣都沒見過。他使勁搖頭甩掉腦子裡的雜念，再次觀察著羅燕雲的面部神情變化，結果對方還是一臉生無可戀，眼神空洞的望向遠處。

唐海城有些挫敗，不打算用迂迴戰術了，果斷單刀直入：「羅姑娘，妳爸媽多大歲數了，身體怎麼樣？妳要是真出事了，白髮人送黑髮人，兩

位老人該多傷心？而且妳遇到的麻煩事會重新落到他們的身上嗎？」

羅燕雲聽罷直接轉了個身，用自己的背對著唐海城，肩膀不斷地上下輕聳，似乎不願意讓人看到她現在的樣子。羅燕雲在天臺邊緣嚎啕大哭，唐海城看不見對方的表情，額頭和背上的冷汗也冒個不停，眼看著她轉過身子，以為對方要跳下去了，他來不及多想以最快的速度衝過去，想把人給強行拖下來，結果羅燕雲轉頭對他吼道：「你別過來，不然我現在就跳下去！」

唐龍城唯有立刻停下腳步，然後開始小聲勸解道：「羅姑娘，妳能說說為什麼非要跳樓自盡嗎？妳如果剛才真跳下去了，妳的父母下半輩子誰照顧呢？再說了有困難找警察呀，妳遇到了難題我們就一起解決它！」

羅燕雲猶豫了片刻，還是沒開口，但唐海城知道她已經降低了輕生的念頭。

「這樣，妳先下來，我們什麼事慢慢說，我盡最大努力幫妳解決。」唐海城繼續誘導對方，現在他就差五體投地了。幸好功夫不負有心人，羅燕雲終於動了動身子，準備從邊緣走下來，唐海城的小心臟也漸漸恢復了正常跳動。

讓二人都沒想到的意外發生了，羅燕雲還沒能成功走下來，由於站太久導致雙腿乏力，腳底一滑身體就向天臺外歪了過去。唐海城暗叫一聲壞了，來不及多想就一大步跨過去，用自己的手死死抓住了她的手，手上的青筋暴起，邊用力拉邊咬緊牙關喊道：「妳千萬別鬆手，我拉妳上來！」

「唐警官，你要救我啊！我還不想死啊！」羅燕雲懸掛在半空中用帶著哭腔的嗓子喊道。

羅燕雲說完之後無意間往下一看，立刻又嚇得哇哇亂叫，身體又開始抖個不停。

　　唐海城心中很是火大，他抓著一個人本來就費力，經過這一折騰差點連他自己都被帶下去。樓下的圍觀群眾也是尖叫不已。唐海城暗自咬咬牙，使出吃奶的利器，終於把人給強行拉回來了。

　　老話常說在鬼門關走過一圈的人才知道生命可貴，眼下的唐海城是很相信這句話了。

　　因為羅燕雲死裡逃生後正緊緊抱住唐海城，頭埋在他的肩膀上放聲狂哭，之前哭是因為傷心，現在哭多半就是害怕了。然而唐海城還是頭一次被陌生女孩抱著，身體彷彿被打了石膏，也不知該如何出言安慰，場面一時間有點尷尬。幸好這時協勤和吳梅也一起趕了過來，攙扶著兩個渾身發軟無力的人下樓。

　　下樓之後，唐海城坐下來喝了好幾杯水才感到後怕，在伸手救人時並不畏懼，直到死裡逃生之後，才會仔細分析一下，如果自己剛剛真的摔下去，就算不死也殘廢了吧？如果不小心正面著地，那豈不是面目全毀？

　　很快兩個小時過去了，唐海城和協勤開始商量如何進行案情詢問，也好讓案子盡快偵破。

　　協勤也趁機把所裡考核過的個人身分證資料提交給唐海城，資料顯示羅燕雲今年剛好滿24歲，只有高中學歷，為龍城市官屯鎮人，目前是失業狀態。隨後，唐海城又將自己的猜測告知協勤，兩人經過一番合計，才走向羅燕雲休息的房間。

　　吳梅此時正在房間裡安撫羅燕雲，看到兩位警官前來，便主動走出房間帶上了門。

　　唐海城也特意出言安慰了，之後才切入正題，開始和羅燕雲溝通詳細案情。

最開始的時候，羅燕雲明顯還是不願意說太多，似乎有很多難言之隱。

沉默了幾分鐘後，最終在唐海城的軟磨硬泡下羅燕雲還是開了口。

「唐警官，我現在真不知道該怎麼辦了，我目前只能想到死這一條路，其實我根本不想死，可是那群人一直逼我，我也是沒辦法了啊！」說到這裡，剛剛平靜下來的羅燕雲又開始低聲哭泣。

唐海城和協勤對視了一眼，同時抓住了關鍵之處。

唐海城趕緊接荏問道：「你說有人一直逼妳，那群人都是誰？」

羅燕雲依然心有忌憚，唐海城則鬱悶壞了，這都火燒眉毛了，結果當事人還猶豫不決。

於是唐海城狠了狠心，直接放了句狠話：「羅姑娘，我現在也實話跟妳說了，如果還不和我們說實話，就沒人能幫妳了，他們既然能逼到妳想自盡，絕對能幹出更過分的事，妳自己想想清楚吧。」

果不其然，唐海城說完之後，羅燕雲立刻就慌了，當場便把整件事給全盤托出。

原來羅燕雲來白海城市的郊外農村，因為家庭比較貧困，所以高中畢業後便早早步入了社會，打工補貼家用，雖然薪資不多，卻也能減輕一些家中的困難。直到一年前，羅燕雲的父親被查出疑似肺癌，一家人的生活就徹底陷入了困境，一來家中棟梁身患重病，二來鉅額治療費用根本無力承擔。

因為等著錢來救命，急瘋了的羅燕雲選擇了一種特殊的借錢方式 ——網貸。

據羅燕雲所說，她是從一個網路論壇中連繫到的放貸人，放貸人說從他手中貸款，不僅出款快，而且額度高，更重要的一點是在規定時間內還

清，只收普通銀行的貸款利息。當時已經走投無路的羅燕雲，如鬼遮眼那般從此人手裡貸了五萬塊錢。雖然暫時解了燃眉之急，可也埋下了巨大的禍根。

貸款之後，羅燕雲開始身兼數職，每個月都在按時還款，眼看五萬元很快就要還清了，但放貸人卻告知還有五萬多沒還。羅燕雲聽到消息後傻眼了，自己明明只借了五萬，依照放貸人的說法，她前後總共欠了十萬。

羅燕雲急忙連繫放貸人，結果對方卻告訴她，最初貸款的時候，簽訂的借貸合約中有一條詳細條款，大致意思就是借貸者需在貸款日起九個月內還清貸款金額與相關手續費，而剩餘欠下的五萬元正是手續費。

此時羅燕雲才明白自己中招了，敢情她借的錢還是錢，只不過利息和手續費也分開單算。

羅燕雲自然也想過報警維權，卻被對方以簽訂了借款合約搪塞，同時還多次用她家人的人身安全來進行威脅。最終迫於無奈她只好聽從貸款人的要求，繼續歸還剩餘的欠款。但轉眼九個月過去了，她自己根本無力償還十萬元的鉅款。貸款人三番五次催促，還派人按照貸款時留下的住址去羅燕雲家中威脅了數次，得知她打工的地點後也去大鬧過幾次，最後羅燕雲連工作都丟了。

不久之前放貸人再次威脅羅燕雲，如果還沒能處理貸款，就帶人去找她爹媽追債。

羅燕雲清楚這夥人就是地痞流氓，生怕他們去會傷及父母，連連求情才換來了幾日的寬限，但她已經失去了工作，暫時也沒有了經濟來源。最終，萬念俱灰的羅燕雲退掉了租的房子，把自己的東西都變賣換成了錢寄給父母，獨自來到吳梅開的賓館，打算直接跳樓解決所有問題。可真正到

了天臺上要跳的那一刻，卻又缺少些勇氣，便一直在天臺上坐著直哭。隨後，老闆娘吳梅見事態嚴重就果斷報警，緊接著唐海城火速趕到天臺，經過他的耐心勸說最終解救成功。

# ▬ 風暴行動

聽完羅燕雲的講述，唐海城很是無奈的搖搖頭：「羅姑娘，這種網貸就是常見的套路貸，說白了他們就是變相的黑貸，而且這種行為本身就違法，妳完全可以報警求助，妳怎會想到要跳樓讓這些惡人如意呢？」

羅燕雲沒有接話，唐海城見狀也嘆了口氣，他沒有繼續說什麼，事情既然已經發生，只能尋找解決的辦法了。唐海城跟協勤都明白眼下這宗案子已經不是普通的民事案了，二人決定帶羅燕雲一起回所裡請教古董商量如何處理。半個小時後，一行人成功抵達了派出所，唐海城把車停好後，就帶上羅燕雲直奔古董的辦公室。

古董見到突然出現的兩個人，一頭霧水地問道：「唐海城，你小子又想搞什麼事？」

唐海城指著身旁的人說：「所長，這位羅姑娘是跳樓案的當事人，具體案情讓她跟您說。」

古董對羅燕雲微微點頭，示意對方先坐下，然後開口道：「羅姑娘，妳開始講吧。」

片刻之後古董聽完整個案子的始末頓時驚訝無比，也親自問了不少關鍵性的細節，可惜都是收穫甚微。羅燕雲的貸款流程全是透過網路進行，

跟放貸人的接觸只局限於網上，連借貸合約都是快遞收發，至於那些負責催債的人也是聘請的臨時工。古董據此推測，催債的人應該都是些無業混混，眼下羅燕雲手中有用的消息，就只剩一個手機號了。

古董仔細思慮過後，他決定還是先從手機號入手，但連繫過市局網警查過之後，結果讓人大失所望，這個手機號是用他人身分資訊辦理的異地手機卡，就算順著追查下去，到頭來也注定是竹籃打水一場空。唐海城眼看重要線索即將中斷，他突發奇想既然案子和網路有關，為什麼不找電腦天才李墨白試試？

於是唐海城把李墨白給叫到辦公室裡，李墨白聽了古董和唐海城對案情的介紹後，二話沒說就折回自己辦公桌上，取來了他那臺超級電腦，當著三個人的面開機後，他雙手便開始在鍵盤上飛速敲擊，螢幕上的各種程式碼迅速閃過，簡直快到讓唐海城無法用言語來形容。

李墨白按照羅燕雲的相關描述，從網路上檢索出與嫌疑人相關的訊息，又偷偷註冊了一個新的馬甲，與嫌疑人成功進行了網路交流，同時還切換了電腦管理員身分，透過指令暗中監視兩人的聊天對話方塊，神不知鬼不覺抓取了嫌疑人的 IP 資料欄。

李墨白與嫌疑人聊了有十多分鐘，借貸過程特別順利，隨後聊天記錄也被他存為證據。

在場的另外三個人直接看傻眼了，這操作實在是過於拉風，李墨白卻不以為然，又把獲取到的 IP 地址輸入到某網址中分析 IP 掩碼，等待片刻之後，李墨白給出了嫌疑人的具體位置。

「小白，你今天可以說是大發神威啊！」唐海城衝上去拍了拍李墨白的肩膀，絲毫沒有在意身邊的白煙煙與古董，又故意繼續補充了一句，

「我們哥倆這回算是長臉了，看以後誰還敢小瞧我們！」

　　李墨白被唐海城誇的很彆扭，抬起頭看了一眼古董，只見古董臉色雖然平靜，眼神中卻已流露出幾分認可之意，他也趁機提了一個小建議：「從剛剛我們查到的訊息來看，嫌疑人的窩並不在青山區，如果貿然行動必定會打草驚蛇，鑑於羅姑娘手中掌握的證據不全面，我覺得應該多收集一些關鍵性的致命證據，到時聯合市局同時展開抓捕行動，成功率會更高一些。」

　　古董贊成的點了點頭，開始給眾人分配任務：「李墨白，你全權負責線上與嫌疑人的對接工作，務必確保身分不被識破。另外白煙煙妳繼續去跟羅姑娘了解案情，將她所說的有用消息整理出來。」

　　古董安排完畢後還睄了一眼唐海城就要走開，唐海城有些委屈，對古董張了張口，最終還是耷拉下腦袋沒出聲。古董彷彿又想到些事，他向前剛走兩步，又折了回來，指著唐海城說：「你跟我到辦公室一趟，這次聯合行動需要請示我們的上級單位，請示公文由你負責起草。」

　　唐海城聽到古董安排的工作，可以說是百味雜陳，也不知道這老傢伙看重自己還是故意整人？他連檢討書都寫的不怎麼樣，更別說寫什麼公文了。古董早就料到唐海城不會寫公文，但也沒想為難這小子，只是想叫唐海城去辦公室裡幫忙整理資料，熟悉一下案件卷宗，到了真正起草的時候，他還是一字一句的引導唐海城寫完了整篇公文。

　　這一天可以說是唐海城入職以來最忙的日子，一直搞到了晚上八點才收工，白煙煙和李墨白也一樣，一個剛送走了羅燕雲，另一個還在電腦上與嫌疑人鬥智鬥勇。可最辛苦的人還是古董，一整個下午古董差點讓唐海城活活氣死，公文不會寫就算了，最後實在沒轍只能他念一句，唐海城寫

一句，公文起草還算順利，沒有耽誤正事。完成之後，古董又馬不停蹄將公文提交給市局請求指示，具體行動細節要等明天才有答覆。

李墨白經過一下午的鬥智鬥勇，戰果也是相當豐富，在他的瘋狂忽悠之下，嫌疑人成功寄出了貸款合約。有時候懂法也相當重要，羅燕雲在貸款時因為不懂法才上了當，就連貸款合約都沒留一份，這也使後期辦案很困難，而這次嫌疑人寄過來的合約，會成為日後定案時最有力的鐵證。

一切都進展的異常順利，不日之後，上頭同意了古董的請示，立刻連繫各單位的負責人迅速展開代號為風暴的抓捕行動。古董對這一次聯合行動極為重視，他親自出馬帶領白煙煙與李墨白參與行動。

風暴行動小組透過李墨白提供的地址，成功找到了嫌疑人所在地，位於一處老舊的居民住宅區，小區中大多數住戶已經搬走，或者將房屋出租了，古董一行人來的這棟樓裡只有零星三四戶居民，而嫌疑人就隱藏其中。

依靠早前便衣的暗中摸排調查，辦案人員早已將住戶的資訊吃透，二樓業主近年來並不在本市居住，房屋是出租給了租客，經過核查租房人所留資料均為虛假消息，同時在周邊走訪中，群眾爆料二樓住戶行蹤較為詭異，平日裡進出該單元的陌生人眾多，且多為社會閒雜人等。這些蛛絲馬跡更讓古董等人對二樓的租戶產生了懷疑，經過幾次暗訪後，辦案人員更加確信之前的推斷，於是上級同意立刻抓捕相關嫌疑人，爭取一次性將對方一網打盡。

風暴行動小組進了二樓的樓道，李墨白自然首當其衝，按照原定計畫他偽裝成一個快遞小哥，輕輕敲開了二樓的門。門內開始並沒動靜，半晌之後，門後的人警惕的打開了一條小縫，接過快遞後就立刻關門。

　　李墨白折回到樓道之後，換白煙煙去再次敲門，但嫌疑人也極為狡詐，可能已經察覺到了不對勁，無論白豔豔怎麼敲門，都沒繼續回應。白煙煙則豎耳貼在門上，試圖聽清屋內的聲音，結果心中暗叫一聲不好，立刻向埋伏在樓梯間的眾人比了個破門的手勢。

　　果不其然，白煙煙沒聽錯，當眾人破門而入後，正撞上幾名中年男子剛收好重要物品從窗口逃跑。白煙煙見狀第一個衝了上去，一個飛身踢直接踢倒了離門口最近的一名男子，隨後又使出記過肩摔和小擒拿手，成功放倒了在窗口奮力向外爬的第二名嫌疑人。身後幾名同事看著出生狠辣的白煙煙，紛紛驚嘆不已，結果最後一名嫌疑人直接被嚇傻了，站在原地不敢動彈。

　　李墨白此時的腦中只有一個念頭，沒事千萬別隨便這姑奶奶，這明顯是個喜歡心狠手黑的主兒，聯想到自己入職時還差點和白煙煙起爭執，李墨白瞬間起了一身雞皮疙瘩，幸好最終沒人打出手，不然肯定要傷筋動骨一百天。

　　白煙煙正押著一名嫌疑人向門外走去，嫌疑人在她手中痛得齜牙咧嘴，絲毫不敢亂動，古董站在一旁，不禁啞然失笑，他早猜到這姑娘有一手，今天真是開眼界了，還讓他大吃一驚。不經意間，古董眼睛掃過了某一個嫌疑人衣領處露出的皮膚，讓他渾身瞬間如同被閃電擊中那般──因為那人紋著毒蠍集團的特有圖案！

　　古董按耐住激動地心情配合眾人完成了所有工作，一路回到市公局之後，並未與任何人提起剛剛的發現。他心中已經有了全盤計畫，回到局裡首先就是主動要求對嫌疑人進行審訊，李墨白與白煙煙為陪審，一同與古董進入了審訊室內。

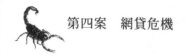

這麼多年的沉澱，古董表面上看是一臉平靜的盯著對面的嫌疑人，實則他的內心深處十分激動，因為有希望能給自己的徒弟報仇了。古董安頓好李墨白與白煙煙二人之後，就獨自站在一旁，開始靜靜觀望著審訊現場。

「姓名？」

「郭曉陽。」

「籍貫？」

郭曉陽回答完第一個問題就不耐煩了，他抬起頭瞪著李墨白的眼睛：「警官，你能揀重點的問？」

白煙煙敲了敲桌子，回瞪郭曉陽一眼道：「我們問你啥，你如實回答就行！」

郭曉陽還是有點畏懼這個暴力妞，他聳了聳肩說道：「海城本地人。」

李墨白調整好情緒，又繼續追問：「你知道自己犯了什麼事嗎？」

郭曉陽故意佯裝迷糊的表情：「不知道，要不你們提醒我一下？」

白煙煙反擊道：「少給我裝瘋賣傻，勸你最好坦白從寬，不然你的下場可不好過！」

這郭曉陽故意揚了揚頭，一臉挑釁的望向對面的三個人，嘴角撇了撇，笑著說道：「警官，說起來我還真不知道自己犯了啥事，我一沒偷二沒搶，人在家中坐，禍從天上來，你說我能怎麼辦？」

「那你解釋一下為什麼在現場要逃跑？」

「那我們幾個人在打牌，你們來勢洶洶，我以為你們是來抓賭的呀！」

　　李墨白也不想和郭曉陽繞彎子，直奔主題道：「最近我們接到報案，報案人說你們暗中非法放貸，這事你承認嗎？」

　　郭曉陽雖然被點出了罪行，卻依舊嘴硬十足，各種歪理不斷，李墨白和白煙煙兩個剛入職的新丁，根本搞不過這種胡攪蠻纏的人。那怕眼下證據確鑿，這些人也能黑白顛倒。幾個回合的交鋒之下，白煙煙和李墨白明顯落了下風，郭曉陽也摸準了兩個人的能耐，兵來將擋水來土掩，一點都沒有吃虧。眼看這兩個人就要被郭曉陽玩的團團轉，古董終於拍了拍手掌，示意白煙煙站起來，他打算親自出馬了。

　　古董拉開椅子坐在郭曉陽對面，冷笑著說道：「你叫郭曉陽？」

　　郭曉陽沒想到半路殺出個程咬金，抬起眼一看，稍微提起了些精神，正襟危坐起來。他明白剛才那兩個新人啥都不懂，可以說是很好對付了，但眼前這個老傢伙，讓他嗅到了危險的氣息，顯然不是什麼善茬兒。

　　郭曉陽知道自己遇上老手了，再也不敢掉以輕心，笑著反問道：「對，您是這裡的主管？」

　　「沒錯，不過說起來也巧，我曾經還見過你們的老大呢。」

　　郭曉陽忍不住笑了出來，這老傢伙是老糊塗了？自己這個無業遊民會有老大？

　　「你別笑，我真見過你們老大，話說龍三那傢伙最近死了沒？」

　　古董的話音剛落，郭曉陽的笑也頓時凝固在了臉上，二人再次互相望著對方。

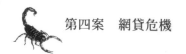 

# ▬ 毒蠍復活

古董再次用玩味的眼神看向他，彷彿猛獸盯上了在劫難逃的獵物，那表情令在場的人都同時不寒而慄。眼前的古董彷彿變成了另一個人，他不是平日裡那個嚴肅古板的倔強老炮兒警察。

毒蠍集團自當年東窗事發之後，就徹底在海城市中銷聲匿跡，當時叱吒風雲的當家人龍三也一併消失。據古董所知龍三對於毒蠍而言，就是靈魂人物的存在，毒蠍集團中的所有人都聽龍三的差遣，展開的各類犯罪活動也與他的安排有關。

當年的郭凱茂案，據線人稱當晚進行交接的人中有一位就是龍三，這一訊息多年來一直被古董記在心中，如果僅僅是小嘍囉，怎敢公然開槍殺警？不出意外的話，很有可能開槍者正是龍三本人。

古董仔細觀察著郭曉陽的面部表情，就連他眨眼的細微變化都不放過，看著眼前這個故作鎮定眼神躲閃的傢伙。古董大膽猜測郭曉陽一定知道些東西，但郭曉陽最終沒有透露絲毫關於毒蠍的訊息，至於放貸的事他直接供認不諱。

這不僅讓白煙煙與李墨白詫異不已，更讓古董感覺萬分蹊蹺，畢竟事出反常必有妖。

古董並不是一個好糊弄的菜鳥警察，就算郭曉陽承認的罪行，他也絕不會輕易定論。

古董隱約感覺到，這次的案件並不簡單，也許這一案，不過是毒蠍集團復活的開場。其實外加上不久前也有好幾起莫名的案件中，也隱約提到了疑似毒蠍集團的人員，只是最終沒抓到相關嫌疑人進行審訊罷了。

　　不過，郭曉陽似乎也鐵了心，全盤托出幾個人所犯下的事，主動講了許多犯案細節，但關於毒蠍的事卻隻字不提，多次申明自己並不認識什麼龍三和毒蠍集團。古董深怕線索因此中斷，他也開始有點心急了，反反覆覆的跟郭曉陽在毒蠍的問題上來回周旋，但最終還是無果而終。

　　李墨白與白煙煙雖然不了解古董為何要這樣做，但卻也明白，古董口中所說的毒蠍，一定極為重要。可古董自己也很清楚，犯罪嫌疑人已經伏法，按照規矩案子就要結了，再問下去，問出來的事就不在本案的範圍內，他也無權再插手了。

　　如此一來，非法網貸案算是成功告破，郭曉陽犯罪集團已經全部移交市局，等罪證彙總完畢便押送司法機關進行審判，等待著郭曉陽等人的將會是法律的制裁。但古董心中又有了一個大疙瘩，重新復活的毒蠍集團，又蒙上了一層氤氳的迷霧，隱匿暗處的毒蠍就如同一雙無形的魔爪，再一次打亂了他的生活。

　　古董並不知道，此時的毒蠍，早已不是最初的那個小型犯罪集團了。當年的毒蠍雖然銷聲匿跡於，勢力也大受打擊，但百足之蟲死而不僵，毒蠍集團中的成員仍然散落在各大市的某些角落中，更為強大的毒蠍集團再次復生，形形色色的新成員遍布於城市的各種領域。猜想不久之後，毒蠍集團和古董的戰爭會全面爆發。隨著相關的嫌疑人落網，這起黑心的網貸案也成功告破，羅燕雲成功擺脫了鉅額債務，可以說是皆大歡喜。

　　這其中最具喜感的人非唐海城莫屬，他的喜從何來呢？這兩天網上有一段點閱率超高的影片，標題也極為熱血：《年輕小警險些墜樓，數公尺高樓捨身救人！》這條影片就是當時在樓下圍觀的群眾所拍，群眾的力量實在相當強大，短短兩天之內，這段影片就在網路上被點選觀看九十多萬

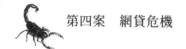

次，加之大家的評論發酵，唐海城瞬間成了群眾心中的英雄人物。

　　結果導致唐海城每天上班都會被人認出來，還曾被粉絲要求拍照和簽名，讓他特不好意思。同樣，這次出警也為他帶來了一段桃花運，自古就有英雄救美，最後美人以身相許的故事。但這種事唐海城從沒想過會發生在自己身上，所以看著大老遠來找自己吃晚飯的羅燕雲，唐海城直接傻站在了派出所門口。

　　「唐警官，晚上下班我們一起去吃麻辣燙吧。」羅燕雲有些緊張，手指捲著衣角，十分嬌羞的紅著臉低聲道。羅燕雲今天也是精心打扮，穿著一條白色的百褶長裙，還化了一個淡淡的粉妝，人看起來亦漂亮了不少。羅燕雲也算是死裡逃生，被唐海城捨身相救後，竟然對他產生了好感，甚至可以說是崇拜。現在的唐海城，在她眼裡，就是閃光般的存在。

　　「羅姑娘，今天晚上的飯局我就不去了，今晚猜想還要加班寫幾個案子的報告。」唐海城雖然平時機靈的很，但在女孩子面前，他還就是一個小菜鳥，想了老半天才憋出這個彆腳的理由。

　　李墨白看唐海城站在所門口半天不動彈，悄悄走過去一看，頓時就樂了，這哥們正和一姑娘聊天。他還沒細看對面的姑娘是誰，就聽唐海城故意推脫。李墨白想都沒想，直接開始拆臺：「唐海城，你小子根本不用寫案子的報告，千萬別辜負了美女的心意啊！」

　　唐海城聽見這話差點沒氣暈過去，轉過頭氣急敗壞的瞪了李墨白一眼，繼續跟羅燕雲解釋道：「羅姑娘，妳別聽這傢伙瞎扯，主要是他自己手頭的工作不多，平日裡都不用加班，只會在單位混吃等死。」

　　李墨白感覺不對勁，定睛一看，不禁樂出了聲，原來是田螺姑娘來報恩，雖說可能是低配版，他趕緊給唐海城打圓場：「對，羅姑娘，我剛就

是瞎胡扯，上司剛還找唐海城來著，讓我問你卷宗整理的怎麼樣了？怎麼還在這裡偷閒？」

唐海城如獲大赦，趕緊點了點頭，簡單打了個招呼，轉身就要往所裡走。

「唐警官，其實今天來，我是想向你道謝，謝謝你上次救了我，我的錢也拿回來了，所以我想請你吃個飯，好好感謝你。」羅燕雲似乎有些失落，朝著唐海城的背影自言自語，聲音也越來越低。

唐海城聽到這裡，有些後悔自己失禮的行為，人家不過是想感謝一下，自己誤會人家一片好意不說，還搪塞欺騙她。唐海城還是折了回來，耐心解釋道：「羅姑娘，妳實在是太客氣了，那是我應盡的本分，妳的好意我心領了，既然當了警察就該為人民服務，不可以謀求任何回報。」

這是唐海城的真心話，他每次出警辦案時，心中總秉承著這一信仰，今天終於有機會說出來，這是他從警的無上榮耀。此時唐海城在羅燕雲心裡的形象，瞬間又高了一大截。她更加堅定了自己的信念，這個警察相當可靠，如果能讓他當我男朋友絕對不錯。

「那唐警官我就不打擾你了，真是不好意思。」聽羅燕雲這麼一說，唐海城放心了許多，但還沒等他扭頭，又聽到了一句，「唐警官，我們能互相留個電話嗎？」僵在原地的唐海城這次不知如何回覆，李墨白在一旁看笑話，他暗想著這羅姑娘今夜是不達目的不罷休了。

羅燕雲看唐海城沒動靜，不禁又有些著急，又補充道：「實在不行我們加個微信？」

唐海城看著旁邊幸災樂禍的李墨白，氣不打一處來，腦中卻靈光一閃，想到了一個孬主意。李墨白看著表情怪異的唐海城，驀然生出一股不

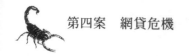 

祥的預感，轉身就要逃離現場，卻注定為時已晚。

「小白，我不好意思說，要不你替我說？」唐海城突然像變了個人，嗓音也尖了不少，如同懷春的少女般看著李墨白。在場的兩個人被唐海城給弄糊塗了，也同時都起了一身雞皮疙瘩。

李墨白自然是一臉茫然之色，反問唐海城道：「我替你說啥？」

唐海城捏起了小拳頭，衝著李墨白就砸了過去：「討厭，不是說好了不躲躲藏藏了嘛？」

李墨白這下子明白了，霎時感覺噁心不已，指著唐海城只能乾瞪眼。一旁的羅燕雲沒見過這陣仗，一時發愣，半晌之後也明悟了，連招呼都沒和他們打，直接紅著小臉逃離了派出所。

唐海城看著跑遠的羅燕雲，長出了一口氣：「小白，你是豬腦子？明知道我對那姑娘沒想法還硬把我往火坑裡推，你到底安的什麼心？」他並沒有發現，站在一旁的李墨白已經擼起了袖子，手指關節捏的啪啪作響。

「我和你說小白，這對女孩子千萬不能拖拉，喜歡就是喜歡，不喜歡就是不喜歡，你要是給她希望了，最後再讓她失望，那就是害她了，你以後可要像我學習，做一個好男人知道不？」唐海城還沒說完，李墨白的鐵拳已經揮了過來。

「你是沒傷她的心，可你把我傷了，還玷汙了我的性別！你給我站住！別跑！」

唐海城被李墨白打的抱頭鼠竄，兩個人邊跑邊罵，結果所裡的人都聽了個不明所以。

白煙煙和一位女同事正在共同翻閱一本卷宗，聞詢抬頭，卻只看見辦公室中一片狼藉。

白煙煙不太清楚是什麼情況，便隨口一問：「發生什麼事了？」

坐在她身旁的女同事小聲竊笑道：「聽說是唐海城傷了李墨白的心。」

白煙煙翻頁的手停在了半空中，她知道因為這兩個活寶，所裡猜想又要鬧騰好一陣子。時間一點點從指縫中偷偷溜走，很快又到了下班的時間，所裡的人都陸續下班回家了，唯獨古董的辦公室還亮著燈，他正拿著一根黑色的大油筆在寫字板上分析案情，上面畫著三個大小不一的圓圈。第一個圈內寫著龍三兩個字，然後又畫了個箭頭指向寫有郭曉陽的小圈，最後的圓圈內打著一個巨大的問號，因為沒人知道毒蠍集團現在到底有多麼龐大和複雜，一切都還要等他去將幕後黑手給揪出來繩之以法。

古董用筆帽把油筆給蓋好之後，將筆放回寫字板旁邊的筆筒裡，他又邁步到辦公桌的左側，一把將黑色的滑輪皮椅拉開坐下。古董坐在皮椅上先是長嘆一口氣，隨後才扭開桌上的保溫杯喝了口茶。

他喝完後把蓋子蓋回原處，思量好久才拉開正中間的抽屜，從中取出一大疊和毒蠍集團有關的檔案，就這樣開始一邊喝著茶一邊翻閱了起來。也許在別人眼中網貸案已經完結，可在他的眼中並非如此，他認定郭曉陽和毒蠍集團絕對有關係，抽完好幾根菸後還是沒什麼頭緒，無奈之下只好簡訊請求老長官齊大軍，想辦法深入調查郭曉陽的人際關係網。今夜古董已經決定要在辦公室睡了，可不管怎麼樣都無法入睡，因為他一閉上眼就會浮現出徒弟的音容笑貌。

 第四案　網貸危機

# 第五案
# 啃老青年

貪是人類內心對外界無止境的慾望。

—— 康德

# ▬ 引子

　　這小偷看追上來的白煙煙整體比較瘦弱，以為是個好欺負的，他也不禁笑出了聲來，從褲子口袋裡掏出平時用來劃包的快刀來回舞動著，就是打算嚇唬嚇唬她。白煙煙見對方亮刀了，二話不說出於本能就朝著小偷的胸口使出一招大側鞭腿，以閃電之勢朝側面鞭出去，愣是把他踢得差點直接暈過去。

　　「臭丫頭，你他媽的敢踢我？我看妳這張臉是不想要了！」小偷見自己被踢了，他頓時惱羞成怒，手裡握著快刀就朝白煙煙衝了過去。白煙煙有些意外這小毛賊實在膽大包天，定了定神立刻迎了上去，靈活側翻繞到他身後，直接使出在警校學的十字鎖喉術，成功用手臂鎖住了小偷的脖子，順勢鉗住對方拿刀的手腕關節暗中發力。當然，小偷根本沒料到白煙煙身手如此矯健，快刀也因為手腕的劇痛哐噹一聲掉落在地。

　　唐海城和李大龍這時也順利趕到了，小偷看人多了起來，掙扎著要逃走，卻又被白煙煙直接一腳踢到小腿的麻筋上，整個人直接跪倒在地，哀嚎聲響徹整條小巷子。李大龍跟唐海城見狀，二人衝過去合力把賊給按在地上，李大龍掏出腰間隨身攜帶的手銬，把竊賊給死死銬住了，並惡狠狠地罵道：「臭小子，給我老實點，居然還敢動刀子！」

# ▅ 勇擒竊賊

　　海城市的天氣還是跟往常一樣悶熱無比，沒有絲毫的涼意。難為了一大早趕去所裡的唐海城，一路上他都覺得自己快被蒸熟了。唐海城到所裡之後一反常態，他居然不跟白煙煙拌嘴了，連看對方的眼神都多了幾分忌憚。這個詭異的變化被李墨在無意間發現，早上所裡緊急召開臨時會議，會議結束之後，大家都快速回到自己的職位開始整理會議內容，準備後續的相關資料。李墨白自然也跟往常一樣，端著一大疊檔案坐到唐海城身邊，兄弟倆開始邊整理檔案邊扯閒篇，沒想到正聊著，白煙煙不知道怎麼回事，就直接站在兩人面前死盯著不放。

　　如果唐海城平時遇上此類情況，李墨白估摸著自己這兄弟又會立刻開炮，絕對能跟白煙煙非打嘴仗。但今天唐海城卻不太對勁，不僅沒有質問白煙煙，還主動給對方露出一個僵硬的笑臉。

　　「白警官，有啥事需要我幫忙嗎？」唐海城面帶笑意問道。

　　白煙煙自然不吃唐海城這一套，她又來回掃了二人幾眼，緊接著才輕嗤了一聲，隨即說道：「我說你們兩位大少爺，沒瞧見大夥都快忙不過來了？你們倆居然還有時間坐著扯閒篇？」

　　李墨白聽白煙煙這麼一說，心裡瞬間有些不爽，不過他也不著急反駁，打算等著唐海城去負責點燃火藥桶。於是李墨白直接閉目養神，假裝啥都沒聽見，等了好一陣子，唐海城才開口，不過他這一開口，讓李墨白大吃一驚。

　　「白警官，你說的對，上班是不應該閒聊，你有需要幫忙的嗎？拿過來我們一起弄了。」

　　李墨白最初以為是唐海城說反話故意氣白煙煙，但抬起頭看了看，這誠摯的表情，發自內心的笑容，怎麼看都不像是假把式。難不成，這小子對人姑娘有想法？還是古董那老傢伙之前訓他了？

　　李墨白傻愣著想了半天，都沒想出一個比較合理的原因，等白煙煙一走開，他趕緊推了唐海城一把，出言調侃道：「你小子怎麼回事？簡直是大變臉呀，難道今兒早你出門腦袋讓門給夾了？」

　　唐海城早就料到李墨白會這麼問自己，他破口大罵道：「滾蛋，你腦袋才讓門給夾了！」

　　李墨白依然沒整明白，繼續追問道：「你既然沒被門夾腦袋，可這一大早的怎麼還慫了呢？」

　　「小白，你懂個啥呀？」唐海城聽後冷哼一聲道：「我這才不叫慫，我是在尊重和關心我們的同事，你以後也對人家客氣些，不然遲早要被她收拾！」

　　李墨白聽後不禁暗想，難不成這白煙煙是啥魔鬼？還能把自己給吃了？她不就是比較能打而已？他突然回想起聯合行動那天白煙煙的雷霆手段，很有可能唐海城已經領教過了，李墨白趕緊又追問了一次。唐海城聽後只能一臉苦笑，給李墨白講了事情的始末。

　　當初網貸案的風暴行動展開時，唐海城因為某些原因並沒到場參與，而他也老想著打聽打聽當時的行動細節，好讓自己也過把癮。白煙煙和李墨白雖說當時參與了行動，但唐海城礙於面子，不好意思問二人。經過左思右想之後，唐海城想到了一個熟人——李大龍。李大龍就在市局刑警隊，他一定對當時的行動很清楚。唐海城為了滿足自己的好奇心，請李大龍去燒烤攤上大吃了一頓不說，還欠了個超大的人情。

　　其實李大龍當時也沒參與具體的抓捕行動，但一來他也是個死要面兒的人，拉不下面子說自己不知道，也不好意思拒絕唐海城。二來一聽有大餐可以吃，他也就欲拒還休的答應了下來，這事就發生在昨晚唐海城和李大龍擼串的期間。

　　昨天晚上唐海城正和李大龍一邊喝著冰鎮紅牛，一邊吃著烤好的大腰子，二人吃的那叫一個滿嘴流油，連話都顧不上說。突然，李大龍用手肘撞了一下唐海城，示意唐海城向後面看去。要說無巧不成書，偌大的海城市少數也有幾十萬人口，平日裡下班怎麼都不可能碰面的白煙煙，竟然就在那天路過了唐海城選的燒烤攤。

　　李大龍也是個熱心腸，那天聽著唐海城發牢騷自己和白煙煙不搭調，乾脆想著今天就來個一串泯恩仇，大家吃吃喝喝，把話說開就行了，於是就招呼了一聲，愣把白煙煙給叫了過來。

　　白煙煙家其實就住在附近，她也沒想到會在自家樓旁遇見這兩個傢伙，不過她還是給了大龍的面子，沒有直接拒絕掉。白煙煙就這樣坐到了兩個人的身邊，也開始投身到了擼串大軍的行業裡。

　　不一會兒，路過燒烤攤的群眾裡竟然有人認出了唐海城是網貸案飛身救人的年輕警察，對著唐海城就是一頓猛誇，自然也提出了合影的要求，就這樣群眾是越圍越多。唐海城心裡有些飄飄然，便把身旁的兩個人給忘了，專心的和大家聊起天來。

　　聊了不一會，唐海城突然聽到後面傳來一聲驚吼：「抓小偷！小偷搶手機了啊！」

　　還沒等他緩過神來，就只見人群外圍李大龍和白煙煙兩人直接追了上去，唐海城自然也不甘示弱，立刻衝了出去，跟著追進了小巷子裡。白煙

煙對這一片較為熟悉，率先跑在最前面，很快就把小偷堵在了一條死胡同裡，李大龍和唐海城緊隨其後，可距離白煙煙還是差了一大截。

這小偷看追上來的白煙煙整體比較瘦弱，以為是個好欺負的，他也不禁笑出了聲來，從褲子口袋裡掏出平時用來劃包的快刀來回舞動著，就是打算嚇唬嚇唬她。白煙煙見對方亮刀了，二話不說出於本能就朝著小偷的胸口使出一招大側鞭腿，以閃電之勢朝側面鞭出去，愣是把他踢得差點直接暈過去。

「臭丫頭，你他媽的敢踢我？我看妳這張臉是不想要了！」小偷見自己被踢了，他頓時惱羞成怒，手裡握著快刀就朝白煙煙衝了過去。白煙煙有些意外這小毛賊實在膽大包天，定了定神立刻迎了上去，靈活側翻繞到他身後，直接使出在警校學的十字鎖喉術，成功用手臂鎖住了小偷的脖子，順勢鉗住對方拿刀的手腕關節暗中發力。當然，小偷根本沒料到白煙煙身手如此矯健，快刀也因為手腕的劇痛哐噹一聲掉落在地。

唐海城和李大龍這時也順利趕到了，小偷看人多了起來，掙扎著要逃走，卻又被白煙煙直接一腳踢到小腿的麻筋上，整個人直接跪倒在地，哀嚎聲響徹整條小巷子。李大龍跟唐海城見狀，二人衝過去合力把賊給按在地上，李大龍掏出腰間隨身攜帶的手銬，把竊賊給死死銬住了，並惡狠狠地罵道：「臭小子，給我老實點，居然還敢動刀子！」

白煙煙鬆了口氣，她也拍拍身上的灰，順手撿起了地上的快刀。結果再定睛一看，自己身上的衣服已經被刀劃開了一道口子，如果再深一點絕對會見血。白煙煙一時間怒氣湧上心頭，走到竊賊跟前從對方的口袋中翻出來兩部手機，惡狠狠瞪了他一眼便要走開。

不過，這個小偷也是一個相當作死的極品，身上揹了打嘴還不老實，

汙言穢語拚命往出蹦個不停。白煙煙聽的怒火中燒，乾脆扭過來這小子的頭，右手輕輕一用力，只聽咔咔幾聲脆響，竊賊立刻就安靜了，可他卻疼到眼淚狂流不止。李大龍和唐海城下意識張了張自己的嘴巴，半晌都沒能合上，都開始暗中替竊賊默哀。

於是原本的擼串計劃就被這個竊賊給徹底打破了，李大龍負責押送合不上嘴，伸不直腿的竊賊到附近的警察局拘留，等辦完案子出來已經將近晚上九點，考慮到明天還要上班，三個人便各回各家了。

李墨白聽完唐海城的講述，想笑又想不出來，回想自己剛剛差點嘴有些後怕。他趕緊擺了擺手，回到自己位子上開始忙活起來。其實唐海城也還沒說全，他今天對白煙煙的改變，並非是出於害怕，反而還摻雜著些許敬佩，尤其看到昨夜她獨自勇擒竊賊，還險些受傷時，遠比自己飛身救人驚險多了，也許自己應該對她好點。

不出頃刻，李墨白讓整個派出所的成員都知道了，唐海城想跟白煙煙和平相處的事。古董知曉之後尤其驚訝，沒想到一直以來愛斤斤計較的臭小子也能放下小恩怨，看來四年警校沒有白讀，思想覺悟還算到位。

不過，當事人白煙煙卻覺得特別彆扭，唐海城今天的反常，她也已經隱約感覺到了，在面對唐海城突如其來的示好，總有種無事獻殷勤，非奸即盜的既視感。還有個問題在困擾著她，就是古董之前在審訊郭曉陽時，特意提到的龍三跟毒蠍集團到底是啥玩意兒？

白煙煙之所以會如此困擾，全因她昨夜在與竊賊搏鬥使出鎖喉術時，也無意間發現對方的脖頸處紋有一隻毒蠍子的圖案。然而從昨晚直到今天上班，白煙煙就在糾結要不要把此事告知古董，思量許久後還是決定說出來，因為她想起古董審訊郭曉陽的場景，明顯對毒蠍集團的情況相當

在意。

　　正當白煙煙起身要去古董的辦公室說這個發現時，突然有一名當事人親自趕到所裡的接待室聲稱要報案，她決定把毒蠍事件暫時放在一邊，先接待這個報案人比較重要。白煙煙也快速趕往接待室，結果卻發現李墨白跟唐海城正在安撫報案人。

　　兩位當事人年齡都大約在四十多歲左右，看樣子是對中年夫妻，兩人衣著很是講究，全然一副生意人的打扮。尤其從中年女子身上的首飾更能看出家境富裕，而她丈夫手上還戴著一塊歐米茄手錶，李墨白在他跨入接待室時就認出來了，手錶的具體價錢他相當清楚，一時間不禁在心中暗自咋舌。

　　兩位當事人眼下就坐在接待室的椅子上，不斷地抹著眼淚，連話都說不俐落。

　　此時，唐海城正極力安撫這對商人夫妻，也漸漸開始嘗試了解具體的案情。可夫妻二人光記著哭了，根本講不清到底是啥事。白煙煙實在看不下去了，她走入接待室擠開唐海城，輕拍著中年女子的後背，她也順勢靠在白煙煙的肩膀上嚎啕大哭。

　　在場的人見狀也不忍打擾，就一直靜靜地看著。然而古董剛忙完手頭上的事，他從辦公室出來就聽到了接待室的哭聲，於是乎就尋聲而至。古董並沒有多說什麼，直接走到中女女子的丈夫面前問道：「大兄弟，我姓古，也是這青山派出所的所長，你是遇到什麼事了？別光流眼淚呀，你趕緊和我說說，我們盡量幫你解決問題。」

　　男子聽到古董的這番話，強行壓制心中的悲痛，抓起他的右手求救道：「古所長，你救救我兒子吧，他快被人害死了啊！」

# ▬ 啃老青年

在場的派出所成員一聽，牽涉人命的案子可不簡單，也在瞬間變緊張了。

同時古董也對此案略顯驚訝，開始仔細問兩位報案人這件事的詳細過程。

這對夫妻積壓許久的委屈找到了傾述對象，便對古董和眾警員講案情娓娓道來。

前來報警的男子名叫周華龍，今年已經四十一歲了，旁邊的女子是他的愛人，名叫黃月梅。今天夫妻二人會來報案，也是走投無路了。為何這麼說呢？主要還是跟他們的兒子周哲有關。

夫妻倆年輕時忙於打拚和賺錢，一直到中年階段事業才漸漸有了起色，後來黃月梅還成功為周華龍生下了一個兒子。自打周哲出生起，二人就對他是百般呵護，寵溺到了有求必應的地步。從小到大，周華龍沒讓孩子受過一絲委屈，不管是衣食住行，都是最好的那種，滿足他的各種要求。隨著時間的推移，久而久之周哲便在父母用金錢搭建起來的溫室中順利長大。

但周華龍萬萬沒想到過於的溺愛，也會成為摧毀孩子的毒藥。在父母寵溺中長大的周哲，並沒有成為人中龍鳳。相反越大越反叛，花錢也更加大手大腳。等到周華龍發現問題所在時，不管如何打罵跟教導，早就為時已晚了。如今早已滿二十一歲的周哲並沒像別的同齡人那樣，開始跨入社會去找工作賺錢，他自從高中畢業後就宅在家中無所事事，成為了一名遊手好閒的啃老青年。

周華龍也曾提議讓兒子去自家的會所中幫忙，可到頭來周哲是三天打魚兩天晒網，反而在會所中結交了一大群不三不四的兄弟，每天都跟那群人廝混在一起。夫婦二人是看在眼裡急在心中，深怕兒子跟那夥人學壞走上一條不歸路。

周華龍這麼些年下來也累積了不少社會閱歷，啥樣的牛鬼蛇神都見過，他本想著兒子來自家會所中能學著打理生意，可最終卻染了一身的臭毛病。無奈之下，他只好又讓兒子回家待業，每天和網路遊戲打交道。在周華龍的眼中，他一直以為是兒子青春期的叛逆，過一段時間，孩子長大後就會改邪歸正。

但兩三年過去了，直到今時今日，周哲非但還沒有任何改變，相反還變本加厲了。

平日裡周哲的所有開銷都由父母承擔，小到吃喝玩樂，大到衣食住行，他沒有承擔過絲毫費用。周華龍雖然經營著一家私人會所，規模和生意還算可以，日子過的好點沒啥問題，倘若長時間的過度揮霍，自然也會開始吃不消了。

不過，周哲習慣了錦衣玉食的生活，父母突然的嚴厲，讓他根本無法接受。

每當父母無法滿足他的那些要求時，就開始衝他們冷嘲熱諷，到後來甚至還會破口大罵，有幾次甚至還想要動手打人。如今父母只要說話做事不順他的意，他就會大發脾氣和離家出走。

就算如此，黃月梅依然對兒子萬般寵愛。倘若兒子需要錢，她便暗中進行支援。原本想如果日子就這樣一直過下去，黃月梅也能勉強接受，可不久前發生的一件怪事，讓她心亂如麻。

不久前，周華龍的會所裡來了一群生面孔的年輕人。這些傢伙打扮很社會氣，脖子處全戴著大金鍊子不說，每個人的右邊耳朵上還夾著名貴香菸，右手臂上也紋有統一的毒蛇圖案，很明顯是一幫混社會的流氓地痞。

周華龍開始並沒當回事，畢竟會所中啥樣的客人都有，也是見怪不怪了。但幾個人一開口，他就當場給嚇傻了，因為他兒子欠很多錢沒還，欠債還錢天經地義，不還的話就開始安排人砸會所。

周華龍跟黃月梅經商大半輩子，從來都沒欠過別人的錢，也沒惹過這種破事。

兩人趕緊跟對方說好話，不過這些人也講道理，收到欠款之後也交還了欠條，接著便全部離去。當天夜裡回到家後，周華龍去質問兒子，反而遭到一頓辱罵。這對夫婦撒完火之後，念在周哲是初犯，也就繼續往下深究。

可沒想到過了幾天，先前那夥人直接找上門來，紛紛抄著傢伙到周華龍家一通亂砸。

眾人完事之後，又進行口頭威脅，要求周哲在半個月內還上欠款，每逾期一天就砍周哲一根手指。如此一來周華龍嚇壞了，在他的仔細追問下，兒子欠了這幫人三十多萬，而欠三十多萬的原因竟是賭球。

黃月梅差點直接氣暈過去要，但她為保住兒子的手指，還是勸服自己的丈夫替兒子補窟窿。因為這件事導致周華龍徹底爆發，把兒子用鞭子狠抽了一頓。周哲被父親鞭打後，便許下承諾，一定會痛改前非遠離賭博。

在黃月梅的眼中，如果這三十萬能讓兒子改邪歸正，她自然不太那麼心疼了。

不過，有些事情往往充滿了變數，幾日前周哲決定出去打工，他的父

母聽聞後自然很高興，給了一大筆路費和生活費送他啟程。很快周哲離家就一週了，他沒有跟父母連繫，而今兒一大早，周父接到一通以兒子手機號打來的綁架勒索電話。

周華龍透過電話中的聲音來判斷，綁架者應該為一名陌生的中年男子，對方要求準備二十萬現金送到指定地點，若超過今天中午十二點還沒拿到錢，周哲的那條小命難保。在電話收線之前，他提聽到了兒子的慘叫聲。

知道兒子遭人綁架，黃月梅當場昏了過去，許久之後才緩緩醒來。周華龍強撐著恐懼與無奈，夫妻倆一直拿不定主意要不要到派出所報案，可報案後又怕綁架者傷害兒子，最後實在無路可走了，才下狠心決定報案。

派出所的成員聽後，心中更多的還是憤怒，現在居然還有這種廢材啃老青年？一昧的依賴跟壓榨父母不說，終日無所事事還惹一堆麻煩。

唐海城深吸一口氣，拍著自己的胸脯對二人說道：「你們請放心，我們一定盡全力保證周哲的安全，但我建議在他平安獲救後，一定要進行嚴加教育，以免他再次誤入歧途，最終毀了一生啊！」

李墨白相比之下要比唐海城冷靜的多，他想了想，又繼續追問細節：「周大哥，您說綁架者用您兒子手機打的勒索電話？」

周華龍用力點了點頭，掏出手機給李墨白看，李墨白則記下手機號走了出去。

古董同時也接到一個電話，緊隨李墨白離開了接待室。沒過多久，李墨白又重新歸來。

「周大哥，後面那個綁匪還打過電話嗎？」李墨白皺著眉頭追問道。

周華龍連連搖頭說：「沒有，我們後邊又打回去過，可電話早已關機。」

聽到這裡，李墨白心頭更加疑惑，他剛剛出去那一趟是利用衛星定位系統檢索手機機主當下的位置，假如手機處於關機狀態，根本無法查詢到任何東西。但詭異之處在於查詢結果顯示區域為青山區。

莫非這群綁匪全是蠢貨？用周哲的手機連繫他爹本就有違常理，還大膽到打開手機。

李墨白被弄了一頭霧水，轉念一想綁匪現在開機是想催周華龍按時付款？

李墨白給周華龍講了檢索結果，讓他再次連繫自己的兒子，看能不能打通。周華龍聽後開始撥兒子的手機，唐海城趕緊跑去關上接待室的大門，眾人見狀都直接屏住呼吸，生怕被綁匪發現不對頭的地方，一怒之下撕票就麻煩了。

結果還是沒通，周華龍開始急了，他揪著李墨白追問道：「警官，我兒子不會被撕票了吧？」

李墨白頗為冷靜的補充道：「應該不會，綁匪只為求財，沒拿到錢肯定不會傷人。」

這時全場的氣氛壓抑到極點，幾位年輕的警員也只能面面相覷。唐海城拉著另外兩個小夥伴出了接待室，主動提議道：「實在不行，我們去綁匪指定交錢的位置蹲守，只要人一出現便立刻抓捕！」

白煙煙聽後直接搖頭否定了，她開始反駁唐海城：「畢竟是人命關天的大事，怎麼可以草率行動？假如現場有突發意外，誰能來為此事負責呀？」

李墨白也順勢補充道：「對，我們不能莽撞行事，如果失敗周哲肯定會被撕票！」

唐海城被二人這麼一反駁，他嘆息道：「咱就這麼乾等著也不是辦法啊！」

李墨白最終決定先去請示古董，在場的小夥伴對這類案件沒任何經驗。

李墨白帶頭進入古董的辦公室，講所有的消息跟想法通通都全部講了出來。

古董開始沒說話，他扭開保溫杯的蓋子，喝了幾口茶後命令道：「救人如救火，你們幾個商量下就展開營救行動吧，具體行動細節我不插手，記住一點如遇突發情況要冷靜思考，別辜負我對你們的期望啊！」

白煙煙是最為驚訝的那位，她張大著嘴巴問道：「所長，你確定我們不用做詳細計畫？」

古董又抽一口菸，面帶笑意道：「計畫永遠趕不上變化，你們需要的是隨機應變！」

三個人陸續走出古董的辦公室，何為隨機應變呢？他們仨根本還是抓不準關鍵，就連走在最後的唐海城也被驚呆了，喃喃自語道：「老古董今天沒吃藥？這綁架案人命關天呀，他還能笑著說話，簡直就是一個怪物！」

走在前面的李墨白和白煙煙二人在小聲商量，很快便達成了共識，開始計劃營救行動。

李墨白重新打開自己的那臺超級電腦，然後用軟體調取周哲手機最後一次的所在地，但打開之後，他看著螢幕上的顯示結果，自言自語道：「當真活見鬼，周大哥不是說關機了嗎？可壓根沒關啊！」

李墨白盯住螢幕上的訊號點，歪頭思考老半天，他突然明白這宗綁架案的真相了！

# ▬ 限時營救

李墨白的腦袋裡大概形成了綁架案的原始動機，不禁心頭暗喜，若此案成功偵破，猜想他那個當警察的老爹能大吃一驚吧？興奮過頭的他直接低聲念道：「老爹，你等著大吃一驚吧，等我把案子破了，看你還敢說我不是個當警察的料！」

白煙煙見他在一旁自言自語，便推了推對方：「喂，你傻笑著唸叨啥呢？」

李墨白搖了搖頭回答道：「沒啥，我就想起了些有意思的事哈。」

眼看著交贖金的時間將至，根據古董的命令還專門配發了執行任務的槍跟手銬，所裡派出李墨白和白煙煙出警，提前趕到現場暗中協助報案人展開限時營救。這對新晉的菜鳥小警組合，在老警們的眼中就像家家酒那般兒戲。

可白煙煙和李墨白卻信心滿滿，二人把行動的決定告訴周氏夫婦後，後者立刻搖頭否定。這個限時營救計畫風險過高，可能會害自己的兒子喪命，最終由古董出面，進行耐心解釋跟勸說，才同意配合所裡進行救援行動。

周華龍把要交給綁匪的「贖金」用皮箱裝好後，一行三人就開始趕往交易所在地。說來也奇怪，綁匪選定的地方在郊區爛尾樓群，綁匪要求周華龍把錢放在這片爛尾樓之中，收到錢後自然會放了他兒子。

限時營救的具體行動細節是兩隊人分頭行動，先由李墨白跟白煙煙進到樓中，埋伏在隱蔽之處。隨後周華龍前往目的地放裝錢的皮箱，撤離現場在附近等待。等綁匪現身拿取皮箱，李白二人就當場抓捕綁匪。

　　時間一分一秒過去了，李墨白看見不遠處有異樣小聲對白煙煙說：「你看，放錢的地方好像過去了一個人。」他說完之後就摸了摸腰後的手槍，隨後便貓著腰探了出去。白煙煙定睛一看，果然有個鬼祟的人影正在找東西，她也學著李墨白的動作緊隨其後。

　　此時的綁匪還沒絲毫警覺，在他現身之前專門觀察過四周並沒發現異常，他漫步走到兩個皮箱面前，還專門打開箱子驗了真假，確認無誤後準備轉身離去。千鈞一髮之際，李墨白和白煙煙如獵豹一般從他背後虎撲上去，成功將綁匪壓在地上。

　　李墨白則掏出槍頂著對方的腦袋，大聲警告道：「別亂動，不然我開槍了！」

　　白煙煙從腰間摸出一對手銬，反手將綁匪給直接銬起，還不忘問道：「你別的同夥呢？」

　　綁匪的雙手也被拷死了，李墨白還用槍托打他的背，在這種痛苦的情況下他開始哀嚎。

　　李墨白見綁匪已經被成功制伏，於是他從地上爬起來，拍掉身上的泥土，拿起別在衣領上的對講機，通知不遠處焦急如火的周華龍。綁匪感覺很委屈，帶著哭腔拚命嚷嚷說白煙煙抓錯人了。

　　白煙煙自然不相信，還補了一拳到綁匪的右肩，簡直是天大的笑話，人臟並獲還敢喊冤？

　　很快接到通知的周華龍跑到現場，上前就想揍綁匪，破口罵道：「鱉孫，老子揍死你！」

　　李墨白趕緊攔住人，生怕他把人給打了耽擱審訊工作，眼下最關鍵是問出周哲的下落。

周華龍很快冷靜下來，邁步走到綁匪面前，奇怪的是綁匪一直低著頭，也不喊冤了。

李墨白讓綁匪抬起頭逼問道：「我勸你趕緊說，你還有啥同夥不？周哲人在何處？」

可李墨白話音剛落，站在他身後的周華龍質問道：「王成虎，你個混蛋怎麼在這裡？」

周華龍吼完快步衝上去，揚起手直接打了王成虎兩耳光，末了還把人給踢倒在地。

讓大夥都跌破眼鏡的是周華龍竟認識綁匪，明顯這算典型的熟人作案。

李墨白見狀趕緊出言命令道：「全都給我住手，王成虎，你趕緊說周哲的下落！」

周華龍氣到滿臉通紅，繼續狂罵道：「王成虎，我供你吃喝，你居然綁我兒子？」

王成虎知道老闆發火了，連忙求饒解釋：「老闆，全是您兒子的意思，我聽命辦事而已。」

王成虎見事情敗露，只能老實將幕後之人說出，結果卻把眾人全給驚呆了。

周華龍的眉頭擰成一團喝道：「這事真是周哲讓你搞出來的嗎？」

王成虎如獲大赦，頭點的跟打樁機一樣快，邊點頭邊說：「沒錯，是他讓我來這拿錢。」

這綁架案的真相實在過於刺激，李墨白突然覺得自己後輩一沉，他轉頭一看周華龍直接氣暈倒在了他背上。李墨白絲毫不慌張，因為在警校學

過急救那一套，將人放在地上開始掐人中，又開始進行壓胸口。反觀王成虎眼下也非常老實，被白煙煙打手銬後也不反抗了。

在李墨白的急救之下，周華龍緩緩醒來，發現還是渾身使不上力氣。

李墨白自然知曉關鍵所在，他走到王成虎跟前問道：「趕緊說到底是怎麼回事？」

王成虎知道已經沒回頭路可走，索性他直接托盤而出：「我沒綁架，只是負責取錢罷了。」

「你是說周哲聯合外人偽裝了一起綁架案？其實他壓根沒被綁吧？」李墨白反問道。

王成虎此時也是哭笑不得，他頗為尷尬地回答道：「對，因為周哲最近很缺錢花，又不敢跟我老闆開口要，便想了這個餿主意，專門找人假裝綁架自己，然後騙取所謂的高價贖金，從頭到尾就是一場鬧劇。」

李墨白聽後就怒罵道：「這算啥鬧劇？你們知道報假案和假警是啥後果不？」

王成虎趕緊附和道：「唉，我是人在江湖，身不由己，如果我不幹，猜想會丟工作。」

周華龍經過短暫的休息，再次對王成虎大罵道：「你腦子進水了？我才是你的老闆！」

王成虎同樣一臉委屈，繼續對自己的老闆解釋：「其實周哲只想搞點錢花，歸根結柢還是怪您和嫂子過於嚴苛，他實在沒辦法了才想出這個餿主意。」說完話之後，他還長嘆了一口氣。

王成虎說話期間李墨白一直進行著暗中觀察，這傢伙很明顯是皮笑肉不笑，說的話毫無真情實感，就連之前周華龍氣量，他依然是一臉冷淡的

表情。由此可見，他們倆之間確實有問題。

李墨白正在思考，周華龍又大聲命令道：「行了，你就知道口花花，趕緊讓周哲滾過來！」

王成虎被罵不敢還口，下意識想拿出手機進行通知，結果發現自己的手還打著手銬。

白煙煙冷哼了一聲，用隨身攜帶的鑰匙打開銬子，王成虎趕緊給周哲打電話，但等待許久周哲的電話沒打通，王成虎期初還鎮定自若，猜測周哲可能正跟那幫人在鬥地主，沒聽見手機響聲。怎料又繼續打了好幾次還沒人接，當下王成虎本人小心急如焚，額頭跟後背開始瘋狂冒汗。

王成虎暗想猜想情況有變，他的臉色頓時蒼白如紙，哆嗦著說道：「警察同志，我懷疑可能出了突發事件，周哲的電話完全打不通，猜想那群王八蛋假戲真做，確實想進行綁架勒索？」

周華龍直接從地上蹦起來：「啥玩意？我兒子現在真遭人綁了？」

王成虎不敢回答，只是點了點頭，就直接躲到白煙煙的身後。

「你還躲個屁啊！那群傢伙在啥地方？趕緊帶我們過去啊！」

王成虎立刻恍然大悟，帶著一行人跑向不遠處，花了半個多小時，眾人才趕到周哲藏身的地方。原來就是一個廢棄的倉庫，此時庫門並沒上鎖，還是直接大開的狀態。王成虎顧不上太多，第一個跑了進去，掃視幾圈根本沒發現人。

李墨白步入倉庫看他的表情便猜到了結果，地上散落著各類食品的包裝，桌上的啤酒瓶東倒西歪，地上還有一攤未凝固的血跡。

「難道周哲真被那群人給撕票了？」李墨白看著地上的場景嘀咕道。

# 一 地下賭場

　　周華龍見沒自己兒子的身影，他這個大老爺們悲從中來，一屁股癱坐在地嚎啕大哭。白煙煙和李墨白看著對方，也不知如何進行安撫。王成虎此時還是蹲在倉庫之中，雙手抱著頭一動不動。

　　李墨白想不明白，案子怎麼從綁架案變成一出鬧劇？現在又假案成真，中間究竟啥情況？

　　想到這裡，李墨白衝上前一把拉起王成虎，威逼對方道：「你還隱瞞了啥？趕緊說啊！」

　　王成虎一臉驚慌之色，眼看事情已經完全失控，只好老實交代事情的始末。

　　透過王成虎的話，李墨白一行人才整明白了案子的來龍去脈。

　　王成虎的口供中提到這場綁架案，一開始確實是周哲自導自演，因為他在外面惹了點麻煩事，有一夥人好幾次說要揍他，而且跟賭博有莫大關聯。原來在海城市隱藏著一個頗具規模的地下賭場，賭場內部實行了專門的會員制。若要進入其中必須有介紹人或擔保者，周哲跟賭場扯上關係竟和他的女朋友有關。

　　王成虎與周哲相處多年，彼此可以算是一對無話不談的老鐵。周哲的女友叫小娟，是周家會所的常客。周哲和跟小娟在會所見過幾次，漸漸開始變熟絡了，三週後就確定了男女朋友關係。小娟表面上看似普通，背景卻相當複雜──她老哥是遠近聞名的大混子朱二，這朱二就是引周哲進入地下賭場的人。

　　周哲成功加入賭場後不久，從小賭開始越玩越大，後來全都萬元起步

的局。

　　僅僅過了七八天，周哲已經輸了十萬，而這錢是和周哲找黃月梅暗中所求。黃月梅不想讓兒子受苦，啥都沒問就直接給了錢。周哲拿到錢後不知收斂，還經常去賭場玩，在其他賭客的慫恿下，賭債逐步堆積成山。

　　起初，周哲還能去跟媽媽索要錢，但時間一長黃月梅心生懷疑，便停止提供錢給兒子。

　　周哲在走投無路的情況下，開口問小娟借錢花，小娟也很豪爽每次都借了。

　　可惜長久下來，周哲也覺得比較丟人，費了好大力氣才還清欠小娟的那些錢。

　　朱二不知從何處聽到周哲和自己妹妹的事，強迫周哲離開小娟。最終，周哲迫於朱二的威脅，同意跟小娟分手。就在周哲決定分手前，朱二說周哲需賠自己的妹妹一筆精神損失費。周哲怕遭到朱二的打擊報復，唯有硬著頭皮答應下來，最終逼急了才想以綁架案來騙錢還債。

　　至於倉庫為何有打鬥痕跡，王成虎大膽猜測道：「猜想是這夥人內部起了爭執。」

　　王成虎說完又低頭沉默不語，李墨白有些失落，其實他猜到這是一場鬧劇，但沒料到結局會突變。在古董吩咐出警時起，他的腦海中便展開了一番推理，綁匪怎會用周哲的手機連繫家屬？另外交易時間也不對，正常的綁匪會定在夜晚交易。最關鍵的地方在於，準備贖金的時間過短，綜合上述幾點綁架案根本不成立。

　　李墨白用網路模擬電話之所以能打通，可周父打不通是因為被設定了來電轉駁。他當時是推銷保險的名義打通了電話。最終，李墨白的推測變

成現實，心頭隱隱感到後悔，明明可以靠電話定位調出周哲的位置營救，他用手狠狠拍了下額頭。

在眾人心灰意冷時，倉庫中的某個角落傳來微弱聲音，一開始則是人太多根本沒聽見。

白煙煙順著聲源悄悄繞到倉庫的另一角，那個怪聲是從角落的木箱後傳出，用手勢示意大家往後退，緊接著她原地直接躍起來，右腳使出一招旋風腿踢向木箱，活生生將箱子給踢散架了。

箱子散架後的一瞬間，大夥欣喜若狂，因為木箱後躺著周哲，他同樣也是怪聲的源頭！

周華龍飛奔過去抱住自己的兒子，周哲確實遭到了毆打，眼眶和嘴角都還有明顯的傷痕。

周華龍看著小孩這般模樣也是心如刀割，立刻掏出電話撥打 120 叫救護車。

李墨白心中感慨萬千，他暗下決心以後做事要認真謹慎，不能把群眾的性命當兒戲。

一念至此，李墨白不禁有些臉紅，周哲受這些皮肉之苦，算起來他也該負些責任，如果自己儘早行動，後面自然能順利不少。不經意間，李墨白抬頭掃了一眼王成虎，他的眼神卻讓人毛骨悚然。因為王成虎的眼神夾帶著輕蔑跟恨意，上揚的嘴角似乎在幸災樂禍，拳頭亦暗暗緊攥。

李墨白懷疑自己看錯了，可二次觀察依然如此，他萌發出一股不祥之感，由於周哲還沒接受審訊，真正的真相都還是未知階段。這時候救護車已鳴笛呼嘯而至，周父扶著自己的兒子匆忙上救護車趕往醫院，現場只剩下三人互相看著彼此。

李墨白耐不住疑惑，還是上前開口問道：「王成虎，你和周家人的關係不太融洽吧？」

王成虎被這突然一問，嘴角有些抽搐，尷笑著說：「還行吧，畢竟我只是一個員工。」

李墨白盯著王成虎看了數秒，最終也沒發現異常之處，三個人一起趕回了派出所。

由李墨白負責給王成虎做相關筆錄，筆錄完畢後者便獨自匆匆離去。

臨近派出所下班的時間，醫院方面傳來一個好消息，經過詳細檢查周哲的身體並無大礙，受了些皮外傷跟輕微腦震盪。很快李墨白跟白煙煙去醫院對周哲進行筆錄，果然如王成虎所說，全是周哲自導自演，最終弄假成真。至於周哲身體上的傷，就是因為在交談中與朱二等人爭執所致，而朱二打完人知道事情敗露便逃之夭夭。

李墨白聽罷只希望周哲以後能吸取教訓，變成一個有擔當的男子漢，少讓父母操心。

李墨白完成筆錄工作，周華龍嘴裡不斷說著謝謝，將二人送出了病房。李墨白走前還表示自己會繼續跟進此案，爭取早點將朱二一干人等捉拿歸案。很快眼看又過去了兩天，朱二等人還沒抓到，王成虎的異樣也未找出原因。李墨白心頭猶如亂麻纏繞，他坐在自己的桌子前開始整理工作紀錄，可總是心不在焉。

李墨白最近一直有種奇怪的預感，他還會和這幫人碰上，不管是王成虎或朱二，以及那神祕莫測的地下賭場。畢竟，正邪總會交鋒的那一日，太多謎團等待著他去一一破解，直至抓出幕後黑手。

李墨白正頭痛腦熱，恰好唐海城又前來瞎湊熱鬧，跟往常一樣拉著李

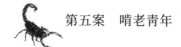

墨白閒扯。

　　沒過一會兒，唐海城見李墨白壓根不想搭理自己，就閃人與一旁的協勤小顧吹水了。

　　白煙煙其實同樣對案子有巨大的疑惑，左思右想後她決定去找古董問個明白。

　　古董坐在辦公室內彷彿猜到二人會來詢問，但結果讓他大吃一驚，看起來不太聰明的李墨白想明白了，而他最看好的白煙煙依然一頭霧水。古董實在抵不住死纏爛打，主動耐著性子道出用意，原來一切都是想磨練兩位菜鳥新警。

　　白煙煙方知所長用心良苦，她再次想起昨天的那個發現，遲疑片刻道：「所長，我昨天又看見毒蠍紋身了！」

　　因為白煙煙的這句話，古董停下了翻閱卷宗的手，神情激動地說：「趕緊仔細講講。」

# 第六案
# 奇葩主播

怨恨如同牢獄，原諒別人，等於昇華自己。

——曼德拉

# ⬛ 引子

趙剛聽後二話不說拔腿就跑，他在找連繫方式的同時，還拿出了相關的支付憑證。

唐海城拿起手機，按照仲介提供的號打過去，接通之後問道：「您是曹亞茹女士嗎？」

「啥玩意兒？叫我女士？！我是你大爺！」很快那頭的男人罵完，就直接掛了電話。

唐海城不打算繼續浪費時間，他直接一個電話打到市工商局，跟相關的工作人員反應情況。如此一來，這家無良仲介公司那怕不關門大吉，也會遭到停業整頓，以後絕對屬於重點監管對象。

目前雖然解決了無良仲介問題，可主播姑娘還不知所蹤，怎麼才能把人給找出來呢？

唐海城左思右想最終決定回那個垃圾小屋找線索，只要有人生活過，必定會留下些痕跡。

很快一行人回到垃圾小屋門前，唐海城讓柳紅提供了護具，諸如口罩跟手套之類。

幾分鐘後，全副武裝的唐海城跟小顧站在房門口，強忍著噁心徐徐邁入屋內。

唐海城為了能盡快找到相關的線索，一雙手在垃圾堆裡翻來翻去。他身旁的小顧見狀也咬咬牙，展開著地毯式搜索。很可惜十分鐘後，二人除了多聞到些臭味，線索方面仍舊一無所獲。

唐海城彎著自己的老腰，邊翻垃圾堆邊與小顧瘋狂吐槽。

「真沒想到這姑娘比我還邋遢，以後誰娶了她絕對是倒了八輩子血楣！」

「很正常，我翻找的同時發現不少桶泡麵，由此能看出她不會做飯。」

「小顧，你說她怎麼能把衛生紙扔客廳裡？太噁心了！」唐海城不小心撿到了發臭的紙巾。

半個小時過去了，柳紅實在忍受不住臭味，獨自跑到了樓道裡。反觀唐海城如同免疫了那樣，因為覺得太熱連口罩都徹底摘除。不過，他倆辛苦找尋總算有了回報，在一個垃圾袋裡，成功找到一張外賣訂單，單上寫有訂餐人的手機號。


# ▄ 飛車搶劫

白煙煙將自己的發現娓娓道出，古董此刻非常興奮，因為毒蠍集團又開始活動了！

如果說網貸案中郭曉陽的毒蠍紋身是巧合，可白煙煙抓捕的竊賊呢？

古董一下子就想明白了，毒蠍集團這些年暗中壯大，已經涉及到各種違法犯罪領域，比如比較暴利的古玩走私，黑心的網貸和粗暴的街頭盜竊。深思熟慮過後，古董決定深入了解盜竊案的所有細節。

古董立刻連繫關押犯人的市局刑偵隊，刑偵隊是他曾經工作過和擁有美好回憶的地方。

　　為確保不出岔子，等派出所下班後，古董親自走了一趟刑偵隊，時隔三年重返原單位。

　　以前古董老聽人說物是人非，他還真沒有體驗過。如今重回隊裡，看著清一色的陌生面孔，最新裝修好的辦公室。古董竟然有點膽怯，因為這宗案子不在他的管轄範圍，手伸太長難免會惹人非議。

　　但想著犯人可能會變成揪出毒蠍集團的關鍵人物，古董連繫了自己的老友齊大軍。

　　古董的電話打過去沒一會兒，只見齊大軍就從樓上跑下來，還不忘順道打趣：「哎喲，我說老夥計，今兒可真是起妖風了呀，正所謂一日不見如隔三秋，咱哥倆可要好好聚聚，怎麼著都要喝一頓哈！」

　　古董面對老友齊大軍，心情亦愉悅許多，錘了對方的胸口一拳：「成，晚上我請你吃飯。」

　　齊大軍圍著古董繞了一大圈，面帶笑意單刀直入道：「我還不知道你？我們倆有事不能直說？你是為那個毛賊而來吧？跟我上樓喝口茶水先吧。」

　　很快古董跟著齊大軍上樓，進到他的辦公室。齊大軍一點不著急，在準備給老夥計泡茶。

　　古董實在看不過眼，坐在沙發上吐槽道：「行了，喝啥茶呀？咱談正事要緊。」

　　齊大軍自然也不甘示弱，回懟了一句：「我說你都這麼大歲數了，怎麼還跟剛從警校畢業那般猴急，這裡是我的基地還能跑了不成？」說話間，他端過來兩杯茶水，先遞給古董一杯，坐在沙發一側開始講述具體案情。

　　「昨晚上我的小徒弟把那傢伙抓來時，恰好我還沒下班。」齊大軍口中所說的這個小徒弟自然是李大龍了。隨後他又繼續進行補充，「說實話，

我開始根本沒料到這群賊和毒蠍有關。」

古董聽到這番話，整個人都為之一愣，問著自己的老夥計：「你說有一群賊？」

齊大軍見古董表情不對，便反問對方：「等會兒，你來不是為了一直沒破的飛車搶劫案？」

古董頓時恍然大悟，所謂的飛車搶劫案，指的是打去年年底起，市中連續發生多起惡性搶劫案。案件受害者多為年輕路人，罪犯的犯罪手法其實相當簡單，罪犯之間相互打配合，一名駕駛員負責開摩托車，同夥則尾隨路人，尋覓下手的對象。

所有的受害者都有個共同特點——低頭族。全都在低頭看手機且多為單獨行人，且注意力不集中。同夥只需在路過時搶走手機，跳上同伴的摩托車逃離現場，整個搶劫過程快到極致，當受害者緩過神後，罪犯早就不知所蹤了。

飛車劫案至今已發生十三宗左右，案件涉及總金額超過五萬多元。市局多次下發相關通知，提醒群眾平日裡出行要特別小心，同時命令各分局跟派出所火速調查，儘早將罪犯們捉拿歸案。

通知統一下發的那天，市內各區分局跟派出所引起高度重視，在自己的轄區內多次進行排查，同時還積極走訪群眾，也獲取了不少案情的零散線索。各區交警部門曾試圖調取監控進行犯罪畫像還原嫌疑人，可明顯劫匪們具備很強的反偵查意識，對都市計畫很熟悉，不論作案地點，甚至連逃離路線都成功避開了監控。

如此一來，監控徹底作廢不說，經交警隊的資深老警分析，這群劫匪之所以能利用監控的盲點，肯定是有高智商罪犯在幕後充當軍師。而警方

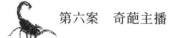

的調查讓對方心生警惕，自上次發生飛車劫案，已有四個多月全無動靜。

這段時間足夠淡化群眾的防範意識，除警察與受害者外，根本沒人會關心案件結果。

不過，正所謂天網恢恢疏而不漏，就在吃燒烤的那晚白煙煙勇擒一個小偷，李大龍等人展開審訊，最後找到相關人員指證，才確定對方是飛車搶劫案的涉案者。齊大軍萬萬沒想到三名小警吃頓燒烤，誤打誤撞直接揪出飛車劫案的關鍵線索。

古董看齊大軍講的眉飛色舞，後者能偵破飛車劫案明顯心情大好，因為偵破率提高了。

齊大軍見古董面色不善，趕緊找補道：「老夥計，果然是強將手下無弱兵，你帶的那兩個菜鳥小警挺厲害，等我遞交卷宗時肯定會給白煙煙跟唐海城請功。」

古董放下手中的茶杯，瞪齊大軍一眼罵道：「你不拿我開刷能死啊？請功是你的分內事！」

齊大軍見好就收問道：「不鬧了，你電話裡壓根沒講清楚，找我到底啥事？」

古董深吸一口氣跟齊大軍講了近期關於毒蠍的訊息，還申請要親自審訊犯人，同時也建議局裡安排警員，對其同夥採取抓捕行動，好順藤摸瓜揪出毒蠍集團。齊大軍聽著聽著臉色逐漸變嚴肅。

「這事非同小可，古董，你不能輕舉妄動。」齊大軍喝了一口茶繼續進行分析，「按照你的判斷毒蠍應該是再次復活，但你忽略了一個關鍵性問題，對方為什麼選擇此時活動？之前為何又久久了無音訊？」

古董突然明白了齊大軍的意思，這些年毒蠍不敢付出水面，就是忌憚

郭凱茂案造成的影響，唯恐露出啥馬腳。當下，若驚了這匹黑心的劣馬，多年的等待可能再次付之東流，最終徹底失去搗毀該犯罪集團的機會。

「古董，我看你興致不高，咱今天的飯局先取消吧。」齊大軍走到古董身邊，手搭在後者肩上，眼神堅定跟充滿力量，「我知道你一直想毀掉毒蠍集團，我自然亦不會輕易放棄，請你一定要相信我，在公是為維護群眾利益打擊罪犯，在私是為祭奠凱茂的在天之靈！」

古董被齊大軍說動了，微微點頭站起身與後者道別，他覺得自己要回家仔細想想。

古董叫車回到家中整個人反而很失落，他明白老夥計說的沒錯，正所謂君子報仇，十年不晚。如今，還沒到十年時間呢？無論如何毒蠍總有落網之日，想通後的他心頭輕鬆不少，總算能安然入睡了，而不是整宿整宿的失眠，從徒弟被槍殺的噩夢中驚醒。

次日一大早，古董剛到所裡就火上心頭，因為唐海城正趴自己的位置上睡覺，打鼾聲如同驚雷。他邁著步伐走過去一看，好傢伙唐海城流出來的口水，險些把卷宗的影印件給弄溼了。古董氣不打一處來，本想揚起手給他背上來一巴掌，但轉念一想嘀咕道：「這臭小子難道熬夜查案了？」

古董還真給猜對了，唐海城昨晚確實沒回家，他一直都在查重要的資料和整理卷宗。

唐海城加班這事說起來還跟李墨白有關，當他聽完嘴裡李墨白的那番話，就跟打雞血一樣。因為事關人民群眾，同時還關乎自己的好兄弟。於是，唐海城決定熬夜都要把東西查明白，加班大半宿將能查的資料全查了，專門整理出一堆他認為對案件有用的資料，直到凌晨才趴桌上沉沉睡去。

　　古董沒有叫醒睡夢中的唐海城，轉身走進了辦公室，而唐海城嘴裡還在哼哼唧唧。

　　最後小顧來上班搖了唐海城半天才醒來，還因此沾了一手口水，手臂還讓唐給抓了一下。

　　唐海城緩過神之後，發出了殺豬般的叫聲：「我去，誰把資料整溼了？我弄了一晚上啊！」

　　小顧抬手指著唐海城的嘴角：「你口水逆流成河不說，連臉都全花了，資料不溼才怪！」

　　唐海城一聽直接衝進廁所，用力洗老半天才將臉上的髒東西洗掉。

　　唐海城才從廁所出來，便瞧見古董彷彿在找啥東西，看到唐海城後就直接朝他招手。

　　「哎喲，又見到雷神了。」唐海城邊嘀咕邊朝古董走去，「所長，你找我啥事？」

　　「工作歸工作，你小子還是要注意身體，年輕人注意勞逸結合。」古董丟下這話，招呼白煙煙跟李墨白進入自己的辦公室。

　　「哈哈，我居然被老古董誇了。」唐海城忍不住站在原地偷偷竊喜。

　　「傻笑啥呢？我們該出警啦，剛剛有群眾報案，說自己的房子要被人拆了。」

　　唐海城聽後震驚無比，他接茬追問道：「房子要被拆了？難道屬於違章建築？」

　　小顧兩手一攤說：「報案人住四樓，具體沒講太多，詳細情況咱到現場再進行深入了解。」

唐海城雖然從警時間不長，可也明白啥叫案情如火，二人武裝結束後，便火速直奔現場。

# ▬ 奇葩主播

唐海城首次出警就是跟小顧搭檔，時間一久這對難兄難弟便成了老鐵。

唐海城又打開了話匣子，小顧一面敷衍應對，一面靠手機導航趕去案發地點。

因為報案人住的地方相當偏僻，他們倆都不太清楚城區內的建築情況。

唐海城停下電動車搔了搔頭：「小顧，我們沒走錯吧？這片我沒見到啥違章建築呀？」

小顧自然也覺著迷糊，又兜上好一陣子，才找到報案人口中的地方。

兩人面前出現了一棟嶄新的小樓，才新粉刷的牆體怎麼看都不像會被拆那種情況。

唐海城徹底懵逼，回過頭反問道：「小顧，我們是遇上報假警的傢伙了？」

小顧拍著自己的額頭，他直接白了唐海城一眼，狠狠地吐槽道：「大哥，你警校四年學的東西都忘了？報假警的後果有多嚴重，你應該也清楚吧？誰吃飽了沒事來浪費警力？」

唐海城微微點頭以示明白，可壓根就不清楚報假警的後果，為避免露餡他迅速鎖好車就往樓上狂衝。小顧也鎖上車緊隨其後。二人一前一後奔

到四樓，隔老遠便瞧見一名中年女子迎面飛奔而來，嘴裡還大喊道：「警察同志，你們怎麼才過來呀？我可真是倒血楣了，一名租客把我的房子給搞壞了，到頭來人還直接玩失蹤！」

唐海城眼看報案者猜想還不到五十歲，身材較為臃腫，個子偏矮小，兩片厚唇放在大餅臉上頗具喜感。尤其是對方那對鳳眼一挑，明顯為一個不太好惹的人。霎時間，唐海城自動腦補星爺《功夫》裡的那個包租婆，一下沒憋住笑了出來，笑聲引起另外兩人同時看向他。

唐海城趕忙岔開話題問道：「大媽，您怎麼稱呼啊？」

「啥玩意兒？你才是大媽，你全家都是大媽，小崽子怎麼說話的呢？」大姐插著腰質問道。

小顧見狀立刻打圓場：「姐，妳別生氣哈，這有人要拆您房子到底是怎麼回事？」

這位大姐一甩手開始跟小顧抱怨著：「哎呀，你一提這事我就來火，現在的小姑娘良心真壞，我好心低價將房子出租給她，結果她差點把房子變成垃圾場！」

話音剛落，大姐伸手拉開了旁邊屋子的大門，唐海城離門比較近從裡頭飄出一股惡臭。

「真臭，大姐妳家廁所堵了？」唐海城捏著鼻子不停地扇著風。

大姐拉著唐海城的袖子直接拽入房內：「你自己看看就知道了！」

唐海城進屋後看著裡面堆積成山的垃圾，差點沒把隔夜飯給吐出來。

小顧抬眼匆匆掃視了一下這間小屋子，眼前的場景實在過於噁心，他的胃液也開始不斷翻滾，這完全是一個小型垃圾場，牆上爬滿了各類蟑螂與蟲子，地板磚表面還泛著綠色的黏液。

唐海城緩過勁之後提議道：「大姐，現場情況我們大致清楚了，具體問題我們外邊聊。」

「這屋子當初就不該出租，錢少不說還要被仲介吃回扣，搞成眼下的情形真是虧大發了！」大姐臉上的表情看起來相當懊悔，衝唐海城跟小顧瘋狂抱怨，結果別的租客紛紛打開門來看熱鬧。

「說起來妳把房租給誰了？」唐海城面帶疑惑追問道。

「一個漂亮的小姑娘呀，只能怪我看走了眼，現在連繫不到她，你說我怎麼辦？」

鄰居對此事貌似很清楚，笑著調侃道：「柳紅，妳最初不聽我勸，現在後悔了吧？」

鄰居看上去跟報案人差不多大，柳紅一聽破口大罵：「黃雯，妳個破爛貨，給我閉嘴吧！」

黃雯自然不示弱，反擊道：「妳過來打我呀，死肥婆，還敢當著警察的面動手？」

唐海城和小顧一看情形不對，趕緊擋在中間攔住她倆，分別開始勸阻，順帶問事情的細節。可不知怎麼回事，小顧被推到了柳紅那邊，唐海城則順利進入黃雯那間，二人分頭進行了解案情。

唐海城坐到一張沙發上問道：「黃大姐，您能給我說說那間垃圾房裡的租客情況？」

黃雯總算找到訴苦對象，從她跟柳紅的不和，再到租房小姑娘每天都如何吵鬧，甚至連對方的男女關係比較混亂也知曉。唐海城一聽臉色微紅，發覺聊的東西開始跑偏了，趕緊拉回主題。

「大姐，那個姑娘平時對妳的生活造成了很大影響？」

「對，她常常大半夜不睡覺，獨自窩在房裡又唱又跳，在我看來她跟女瘋子沒半點區別，樓上樓下的租客都對她有很大意見，我們跟她說了多少次都沒用，和肥婆紅投訴她根本不管。」

「她又唱又跳？在家搞這個是啥意思？」唐海城順著話問道。

「鬼知道，我懷疑她不像正經人，那身穿著特別騷氣，活脫脫一狐狸精轉世。」

唐海城的快手 APP 突然彈出一條提示，他恍然大悟道：「我猜她在當網路主播。」

黃雯聽罷撇了撇嘴：「無所謂，我巴不得她走，好過過清淨日子。」

唐海城本想繼續問，黃雯卻下了逐客令。於是唐海城笑著道謝，走出屋子後又回了樓道。恰好遇見剛問完柳紅的小顧，二人便聚在一起互相交流收集的訊息。

小顧率先開口說道：「我仔細問過柳紅，她說姑娘是透過仲介才成功租到她的房子，仲介那邊留有相關的身分資訊，幾分鐘前我跟柳紅打過仲介的電話，仲介方面表示會派人來解決。」

唐海城聽著連連點頭，亦將黃雯的那些話通通轉述，結果小顧吃驚不已。

「不對呀，主播不都是粉紅臥室小喇叭嗎？怎麼到了咱這就成垃圾場啦？」

唐海城頗為無奈地問道：「柳紅清點過屋裡別的東西沒？她有沒造成啥損失？」

小顧經這一提醒才想起去通知柳紅仔細檢查，但結果卻證明他是瞎操心了。

柳紅咬牙切齒地大罵道：「還看個鬼呀，屋裡那點東西全部報廢！」

小顧和唐海城對視一眼，直接閉口不言，等待仲介那邊安排的人到場。

結果仲介的辦事效率特低，眾人苦等半小時連鬼都沒見到，打電話催均答覆在路上。

「哼，仲介太無良了，賺錢比誰都快，處理麻煩慢如烏龜。」柳紅忍不住罵道。

不過，唐海城跟小顧決定讓柳紅帶路，一行人直接殺到無良的仲介公司討個說法。

於是柳紅帶著人跑到仲介公司門前，結果二者僅一街之隔，人就算爬都改到了吧？由此可見對方壓根沒當回事。三個人走進公司的瞬間，公司的員工都有些張慌，因為唐海城和協勤均身穿警服，這家公司的底子可能不太乾淨，員工見到警察竟會目光閃爍。

唐海城還瞄到櫃檯負責人偷偷溜入最裡頭的那間辦公室，多半她想進去搬救兵。

不到幾秒鐘，一個戴著圓眼鏡大腹便便的中年禿頂男，從辦公室內趕了出來，臉上堆著笑向唐海城伸出手道：「警官，您可謂是無事不登三寶殿，鄙人太忙招待不周哈，怎麼沒人倒水呢？」

唐海城見了他的舉動，便覺得此人虛偽，看了眼他胸前的名牌，上面寫著領班：鍾成。

唐海城沒與鍾成握手，直接進入主題：「鍾領班，我和貴司的人通過電話，房子的問題怎麼整？」

鍾成面露異樣之色，他似乎有著極大的難言之隱。圍在他身邊的幾位

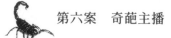 

同事，也開始竊竊私語，彷彿在進行串供。唐海城立刻怒喝道：「我現在是例行公事，麻煩諸位配合一下，事先給大家提個醒，若給假口供也算違法！」

# ━ 無良仲介

讓唐海城一行人跌破眼鏡的事出現了，正所謂老話常說，不查不知道，一查嚇一跳。

小顧把從仲介處拿到租房資訊傳回所裡，片刻間就出了最新的回饋，身分證訊息的主人是一位年邁老者，並非那個當主播的小姑娘。唐海城看著查出來的結果，或許這才是仲介方的難言之隱。

「啥叫租客資訊有誤？那我的家具誰負責賠？」柳紅聽到唐海城的消息直接炸毛了。

「大姐，您別急著發火，我想鍾領班應該會替您解決吧？」唐海城冷笑著對鍾成說。

「對，我們會想法子解決。」鍾成邊抹頭頂的汗邊說，他自然能聽懂唐海城的話外音。

唐海城知道今日肯定要下狠手，大聲質問道：「咱也不繞彎子，你們公司的負責人呢？」

鍾成一聽要公事公辦了，悄聲哀求唐海城，或者壓根不買帳，明顯只想見負責人。

鍾成實在無法招架，只好到樓上叫經理。經理不愧是老狐狸，光瞧場

面就秒懂了。

「警察同志，鄙人姓趙名剛，真不好意思哈，之前那幾位才從分公司調回來，對業務不算太熟，您還請多包涵。」說完見唐海城打開相關租客資訊，經理臉色一變，又解釋道，「您是要查租客資訊？那您直接找我多方便呀。」

「趙經理，解釋一下預留的租房資訊為何與實際租客不同？」唐海城舔了舔嘴唇道。

趙剛卻佯裝完全不知情的模樣，他一臉假笑道：「我猜是工作人員記錄有誤，我仔細去給您核對核對，三天內肯定給您一個滿意的答覆。」在場的人都清楚，趙剛是開始採取拖延戰術了。

只見唐海城隨便又翻了兩頁，讓小顧再傳回所裡核對。不一會兒，同樣證實為一條虛假身分資訊，跟資料上的完全對不上。這下子輪到趙剛緊張了，結巴好久也沒能說出個所以然來。

唐海城已經看穿仲介公司的鬼把戲，租房時省略一大半流程，比如身分資訊驗證，暫住證辦理，好謀取更大的利潤空間。猜想最損的招就是無需提供身分資訊驗證，以此來招攬大批非正常租客，或者藉機收取高額的手續費。

不過，唐海城暫時決定緩一緩，事總有先來後到，辦完柳紅的事再處理無良仲介公司。

唐海城招來趙剛，他逼問道：「趙經理，那個主播姑娘的連繫方式你有嗎？」

趙剛聽後二話不說拔腿就跑，他在找連繫方式的同時，還拿出了相關的支付憑證。

　　唐海城拿起手機，按照仲介提供的號打過去，接通之後問道：「您是曹亞茹女士嗎？」

　　「啥玩意兒？叫我女士？！我是你大爺！」很快那頭的男人罵完，就直接掛了電話。

　　唐海城不打算繼續浪費時間，他直接一個電話打到市工商局，跟相關的工作人員反應情況。如此一來，這家無良仲介公司那怕不關門大吉，也會遭到停業整頓，以後絕對屬於重點監管對象。

　　目前雖然解決了無良仲介問題，可主播姑娘還不知所蹤，怎麼才能把人給找出來呢？

　　唐海城左思右想最終決定回那個垃圾小屋找線索，只要有人生活過，必定會留下些痕跡。

　　很快一行人回到垃圾小屋門前，唐海城讓柳紅提供了護具，諸如口罩跟手套之類。

　　幾分鐘後，全副武裝的唐海城跟小顧站在房門口，強忍著噁心徐徐邁入屋內。

　　唐海城為了能盡快找到相關的線索，一雙手在垃圾堆裡翻來翻去。他身旁的小顧見狀也咬咬牙，展開著地毯式搜索。很可惜十分鐘後，二人除了多聞到些臭味，線索方面仍舊一無所獲。

　　唐海城彎著自己的老腰，邊翻垃圾堆邊與小顧瘋狂吐槽。

　　「真沒想到這姑娘比我還邋遢，以後誰娶了她絕對是倒了八輩子血楣！」

　　「很正常，我翻找的同時發現不少桶泡麵，由此能看出她不會做飯。」

「小顧，你說她怎麼能把衛生紙扔客廳裡？太噁心了！」唐海城不小心撿到了發臭的紙巾。

半個小時過去了，柳紅實在忍受不住臭味，獨自跑到了樓道裡。反觀唐海城如同免疫了那樣，因為覺得太熱連口罩都徹底摘除。不過，他倆辛苦找尋總算有了回報，在一個垃圾袋裡，成功找到一張外賣訂單，單上寫有訂餐人的手機號。

唐海城直接把手套摘掉，撥通單上的號碼，小顧一時間也屏住呼吸，良久之後電話才通。

「喂，你找誰呀？」唐海城打開擴音，傳出一道甜甜的女聲，小顧頓時欣喜若狂。

「您是曹亞茹女士嗎？我在青山區派出所任職，你可以叫我小唐警官。」

電話那頭的人彷彿也猜到了原因，直接開口反問：「唐警官，報警人是房東吧？」

唐海城見對方將問題挑明，他自然打開天窗說亮話，順勢約曹亞茹回出租房解決糾紛。

柳紅從小顧嘴裡聽聞租客已找到，心情過於激動又在原地罵人，而且一開口就問候人母親。為確保調解能順利進行，唐海城只好事先跟柳紅打預防針，第一條就是別隨便發怒，否則無法解決問題，柳紅經過權衡頗不情願的答應了。

一個小時後，主播姑娘總算見到廬山真面目，可對方的長相實在感人，長相極為平凡。

唐海城的眼神暗中瞄到柳紅的臉上，見對方有罵人的苗頭，輕咳一聲

表示提醒。沒料到這聲咳嗽壞事了，曹亞茹見到柳紅的嘴型動了動，如同在罵粗口，兩個女人立刻在樓道裡互罵。

唐海城頓時頭大如鬥，卡在她們中間吼道：「全部閉嘴，曹姑娘毀壞房屋理應賠償對吧？」

曹亞茹覺得委屈，紅著眼睛反駁：「唐警官，你別光說我，你問問她之前幹了啥事？」

唐海城一聽這話不對味，難道裡頭還暗藏隱情，他盯住柳紅追問道：「大姐，妳說說吧。」

柳紅選擇閉口不言，一副死豬不怕開水燙的模樣，心想反正你沒證據，能拿我怎樣？

曹亞茹敢單獨前來自然早有準備，她掏出自己的手機說：「柳紅，證據都在我手機裡。」

唐海城接過手機點開了裡頭的幾個影片，絲毫沒注意到身旁正在頭冒冷汗的柳紅。

唐海城花十多分鐘才看到手機內的第五個影片，裡邊的內容簡直讓他顛覆世界觀，因為全都錄製著曹亞茹的現場直播，但二者無論怎麼看都不像同一個人，不禁感嘆美顏軟體實在牛逼。

直至唐海城點開最後一個影片，開頭的畫面很陰暗，不難看出拍攝時間是晚上，拍攝場地為現在這間出租屋。隨著影片進度條的推進，居然閃現了一個神祕的人影，把唐海城驚得不輕。

幾秒之後，那個黑影開始動了，不過動作卻過於奇怪，從頭到尾都在翻箱倒櫃，活脫脫就是一名入室行竊的小偷。果然，很快黑影摸黑從某個抽屜裡掏出些東西，全數裝進自己的口袋裡。又過了一會，黑影迅速消失

不見，影片畫面重新恢復正常。

　　唐海城看完影片，才弄明白是屋內遭賊了，耐心勸解道：「曹姑娘，這賊我會盡力去抓。」

　　曹亞茹聽後搖了搖頭，用手指著柳紅吼道：「不必找了，她就是那個最難防的家賊！」

　　「呵呵，妳血口噴人，俗話說凡事講求證據，妳能拿出來？」柳紅一臉得意地說。

　　曹亞茹早就料到紅姐會死不認帳，從雲端上又調出一段影片：「唐警官，看看這份證據。」

　　唐海城再次接過手機，影片還是同樣的畫面，不過此次的時間為黃昏階段，拍攝光線略帶灰暗，比之前的高畫質不少。這次偷竊實錄影片中，確實拍到了柳紅的身影，這下可謂罪證確鑿。

　　曹亞茹見眾人都弄清來龍去脈了，便開始道出真相：「這段影片並非我刻意拍攝，主要跟我的職業有關，當網路主播常常拍影片發到平台，但我打小記性差拍完偶爾會忘關鏡頭。」

　　唐海城快步走到柳紅的身邊，皺眉質問她：「柳女士，妳對此可有話要說？」

　　柳紅察覺情況不對勁，直接開始狡辯道：「怎麼了？我是房主還不許來看看房子？」

　　「柳紅，妳這人可真不要臉，妳看房子明明能選我在屋裡的時候來，非要趁我不在偷偷摸摸來看？」曹亞茹暗罵一聲臭不要臉，繼續冷嘲熱諷，「而且妳還背著我偷東西，唐警官趕緊把她抓走啊！」

　　唐海城不搭理柳紅了，反過頭問曹亞茹：「妳總共損失了多少財物？

為何沒立刻報警？」

　　曹亞茹遲疑了一下，還是決定如實相告：「唐警官，原因特簡單，我租她的房子就為圖省事，仲介那邊也不用核對身分證。還有因為我男朋友太廢，整天就知道管我要錢，無論怎麼搬他都會找到我。」說到此處，曹亞茹彷彿又想起了傷心事，「若我選擇報警，後邊再找房子猜想也特別難，柳紅後面行竊次數變多，實在擔心出大事，就決定退房時故意整她一下。」

　　唐海城徹底無語，今天同時遇見兩位極品奇葩，一個是偷竊成癮的房東，一個是膽小無知的租客。前者臉皮厚如城牆，幹著壞事還倒打一耙。後者自以為是，不懂用法律保護自己，卻採取惡劣手段報復。

　　「曹女士，妳手裡證據充足，跟我回所裡一趟，絕對為你討回公道。」小顧提議道。

　　曹亞茹聽了這個建議，猶豫許久後搖頭道：「算了，我只想她盡快把東西還給我。」

　　柳紅的臉色異常難看，她明顯是偷雞不成蝕把米，期初房子剛租出去不久，並沒動啥歪腦筋，但無意間路過自家房子時，萌生了上去看一眼的想法。當時曹亞茹不在家，她敲了半天門沒人開，偷窺癖作祟用鑰匙打開進去轉了一圈。從此之後，這種偷窺癖逐步成癮，只要確認曹亞茹不在就潛入房內。

　　後來柳紅膽子越來越大，開始偷屋內的東西，為確保不被發現，不敢偷那種特別貴重的物品，不外乎是那種兩三百塊的小玩意跟護膚品。她自以為天衣無縫，沒想到早被曹亞茹察覺了。

　　按照相關的法律規定，入室盜竊已經構成刑事犯罪，若數額巨大會依

法追究刑事責任。但當事人選擇了透過賠償私了，不追究其責任。唐海城為確保不會發生變數，口頭對曹亞茹跟柳紅進行了教育。二人在唐海城的監督下，最終選擇握手言和，簽訂書面協定相互補償對方的損失。

唐海城和小顧從柳紅的房子下來，早已是渾身髒臭，模樣亦狼狽至極。

唐海城把電動車的鎖打開，頓時又想起些事，歪著頭停在原地：「小顧，你等會兒，我怎麼感覺此情此景很熟悉呢？」

小顧聞聞自己身上的味，乾笑著說：「當然，你首次出警回來也臭氣熏天。」

唐海城被提醒後一拍腦瓜想了起來，低垂著腦袋：「小顧，我發現你真是我的災星，我們每次搭檔出警，我身上肯定臭味十足。」說完他自顧自踏著電動車走遠，留下小顧在原地咬牙切齒。

小顧往後頭邊開車邊小聲罵道：「唐海城，我們倆誰是災星，你心裡沒數嗎？」

二人開著電動車飛馳到所裡，唐海城把車鎖好連飯都不想吃，火速去澡堂洗了個澡，換上一身乾淨的衣服。一時間不禁想起自己出現場的趣事，決定跟李墨白分享分享。可在所裡找了一圈都沒見到人影，撓撓額前的頭髮道：「沒想到小白這傢伙居然會早退，行為很反常啊！」

# ▬ 雷霆緝凶

唐海城猜想怎麼都猜不到，他的好哥們李墨白已成功將朱二等人全數緝拿歸案。

李墨白其實一直對朱二案耿耿於懷，暗中進行過相關調查，獲取線索之後他整理成行動計畫書。當坐在辦公室的古董翻閱完這份計畫後，思考三小時才跟市局申請進行針對朱二等人的抓捕行動。

在計畫批覆的第一時間，李墨白專門提議將王成虎先控制起來，防止他有所察覺。原因非常簡單，當日李墨白在倉庫救人成功後，就對王成虎有所懷疑，更大膽猜測其與朱二為同夥。

刑警隊的警員中午便展開行動，透過調取監控找到王成虎的住所，並火速趕往將人控制，隨行的李墨白用自己那臺超級電腦，藉助軟體成功恢復多條與朱二等人的簡訊和通話記錄。在鐵證如山的情況下，當場把王成虎緝拿。

隨後，李墨白更是大發神威，再次憑藉高超的電腦技術，透過王成虎的手機定位成功鎖定朱二等人的詳細位置。市局也怕朱二發覺異樣逃出本市，果斷封鎖了他的手機網路訊號。眼下相關布控均已完成，抓捕小組開車趕往朱二的藏身處。

經過上次風暴行動的歷練，李墨白此次執行任務的心態很冷靜，根據警察部門聯網檔案顯示，朱二一夥人並非單純的詐騙犯，都有過打架鬥毆入獄的前科，而朱二本人還犯過使他人致殘罪，獲刑入獄長達六年之久。

市局高層清楚本次行動的危險係數較高，同意所有參案警員配備警槍，必要時可當場擊斃凶徒。李墨白坐在刑警隊的警車後座上，開始二次檢查行動前夕手槍裝備情況，他從腰後的皮製槍套取出槍，右手輕輕摸著槍的紋理跟金屬外殼，又從上衣口袋掏出子彈，將它們逐顆裝入黑色的彈夾裡，順勢快速拉了下槍栓，確認第一顆子彈上膛後，才重新放回腰後的槍套。

　　朱二一夥人藏身在舊城區內，這給雷霆抓捕小組帶來了極大的不便。舊城區內人員混雜不說，且街道跟各種小巷子的分布亦很複雜。若朱二犯罪集團很清楚舊城區的地形分部，免不了要上演一出絕命逃亡的緝凶大戰。所以行動之前，刑警隊安排便衣提前在舊城區布控，只待行動開始，便衣跟刑警同時破門而入，將罪犯們一網打盡。

　　所幸抓捕過程還算順利，當李墨白跟眾警持槍闖入時，朱二等人居然還聚在一起打拖拉機，辦案人員將現場數名嫌疑人全部抓獲，先後打上手銬押回市局，交給古董與齊大軍進行專門的突審。

第六案　奇葩主播

# 第七案
# 臥底摸排

任何不能殺死你的，都會使你更強大。

—— 尼采

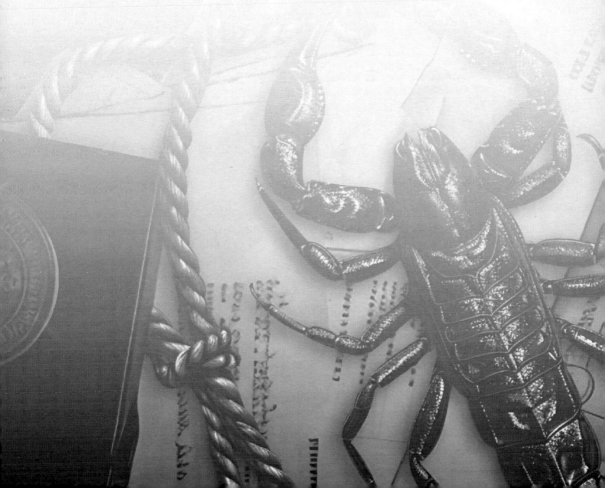

# 一 引子

　　刑警隊的警員中午便展開行動，透過調取監控找到王成虎的住所，並火速趕往將人控制，隨行的李墨白用自己那臺超級電腦，藉助軟體成功恢復多條與朱二等人的簡訊和通話記錄。在鐵證如山的情況下，當場把王成虎緝拿。

　　隨後，李墨白更是大發神威，再次憑藉高超的電腦技術，透過王成虎的手機定位成功鎖定朱二等人的詳細位置。市局也怕朱二發覺異樣逃出本市，果斷封鎖了他的手機網路訊號。眼下相關布控均已完成，抓捕小組開車趕往朱二的藏身處。

　　經過上次風暴行動的歷練，李墨白此次執行任務的心態很冷靜，根據警察部門聯網檔案顯示，朱二一夥人並非單純的詐騙犯，都有過打架鬥毆入獄的前科，而朱二本人還犯過使他人致殘罪，獲刑入獄長達六年之久。

　　市局高層清楚本次行動的危險係數較高，同意所有參案警員配備警槍，必要時可當場擊斃凶徒。李墨白坐在刑警隊的警車後座上，開始二次檢查行動前夕手槍裝備情況，他從腰後的皮製槍套取出槍，右手輕輕摸著槍的紋理跟金屬外殼，又從上衣口袋掏出子彈，將它們逐顆裝入黑色的彈夾裡，順勢快速拉了下槍栓，確認第一顆子彈上膛後，才重新放回腰後的槍套。

# ▀ 突擊審訊

刑警隊將車駛入市局的停車場,然後把人分別給押下車,唯獨把主犯朱二單送到一間審訊室中,坐在審訊椅上的朱二臉上面無表情,他看著對面的兩位資深老警,既沒哭天搶地的喊冤,也沒裝瘋賣傻胡扯。齊大軍跟古董相視一眼,決定採取開門見山法。

「不久前毆打周哲的人是你嗎?」古董隨意瞄了一眼朱二問道。

朱二直接點頭承認,惡狠狠地罵道:「對,那孫子欺負我妹妹,我自然要收拾他!」

齊大軍不緊不慢的接過話追問道:「你要收拾他?其中包含敲詐勒索之事?」

朱二明顯沒料到他會,他還沒想好怎麼回答,嘴角下意識微微抽搐,眼皮連續跳動數次。

齊大軍自然也捕捉到這兩個細微面部表情,顯然對方此刻處於心虛狀態,他用右手的食指跟中指敲了敲桌面,人聲警告道:「朱二,我提醒你敲詐勒索是重罪,尤其是你們提出的贖金數額,已達到刑法的量刑標準,若你現在選擇坦白,我能適當為你爭取從輕處理!」

朱二聽罷側臉流下大量汗水,遲疑片刻問道:「警察同志,您能說說判刑時間是多久?」

「三年以上,十年以下,你的涉案金額較大,可能會判十年以上。」一旁的古董突然說道。

朱二眼前的心態似乎還有點搖擺不定,臉上一副欲言又止的模樣,明顯是有難言之隱。

古董的眼光何其毒辣，斷定朱二的背後肯定有人指使，他重重咳嗽一聲，拍了拍桌上的審訊記錄本，施壓道：「朱二，你仔細想清楚，別給人當了替死鬼啊！你的情節比較嚴重，除敲詐勒索，還有故意傷害罪，至少十年以上。」言罷之後，古董又冷笑著刻意補了一句，「朱二，你之前沒少在牢裡待吧？想必不用我說也清楚那滋味，算上這次可謂是二進宮啊！」

「另外，你想想自己的的妹妹吧，以後你有何顏面面對她？」齊大軍推波助瀾道。

朱二在兩位老警的輪番敲打跟攻心之下，瞬間冷汗狂飆臉色慘白：「我，我全招。」

古董期初還誤以為朱二是塊硬骨頭，結果跟老劉聯手突審，結果在頃刻間輕鬆拿下。

朱二開始老實招供具體的犯案細節，古董順手翻開面前的本子，扭開鋼筆帽開始做筆錄。

「周哲是我打的不假，純粹只想給我妹妹出氣。」朱二說完之後稍微停頓了一陣，又再度開口，「其實勒索之事，幕後指使人叫王成虎。」

「那他找你的動機呢？」古董對此毫不意外，他想順著王成虎往下查肯定能揪出不少人。

朱二也一頭霧水地說道：「警察同志，我說句心理話，我自己都不清楚原因，勒索這事是王成虎的命令，還許諾只要事成之後會給我一大筆錢，以後跟著他能吃香喝辣，至於綁架案，那是周哲和王成虎想做的局，我負責扮演綁匪而已。」

果然幕後之人確實為王成虎，看來李墨白沒判斷錯，古董心中暗讚這臭小子機智。

正當古董想繼續開口追問時，審訊室的大門突然被打開了，外面的人遞給他一份報案記錄。古董直接翻開掃上幾眼，頓時震驚無比，他猛然一下抬起頭，瞪著坐在對面的人，瞬間明悟他覺得自己被耍了，可能審半天壓根沒審到核心，他之前說的東西都是幌子。

「朱二，你聽說過毒蠍嗎？」不知為何，古董彷彿魔怔了那般，居然直接脫口而出。

坐在古董身旁的齊大軍聽後，兩道劍眉不禁緊皺，他開始重新審視對面的朱二。

朱二好似料到古董會有此一問，主動開口答道：「你說我脖子上的蠍子紋身嗎？」

古董難以抑制心中的激動，這麼久以來，還沒有一個嫌疑人願意承認或者透露絲毫與毒蠍有關的訊息，朱二願意開口表示事情有轉機。古董微微點點頭，不理一旁暗中踢自己小腿的齊大軍。

朱二舔了舔乾涸的下嘴唇說：「毒蠍圖案是王成虎命令我專門紋在脖頸處，他告訴我只要紋上蠍子，我自然算龍哥的人了，以後但凡遇見道上的事龍哥都會出面擺平，我這也是過於鬼迷心竅啊！」

聽到龍哥二字，不僅古董安耐不住了，就連齊大軍都激動不已。二人的眼前再度浮現出龍三那張早已印刻在心底的醜惡臉龐。齊大軍眼色示意古董別追問太狠，換他繼續問：「那你見過龍哥？此人又是什麼來頭？」

朱二猶豫了半天，他自己並不清楚龍哥究竟是誰，反正道上都傳此人神通廣大，甚至掌控了海城市的地下黑勢力。古董和齊大軍難掩臉上的失落，看來朱二根本沒接觸到毒蠍的核心層，不過他口中能確定王成虎與龍哥關係非比尋常。

齊大軍拍拍古董的肩膀，起身前往另一審訊室審訊王成虎，留古董繼續負責審朱二。

「既然交代過這件事了，那我們再來談談你前一段時間的事啊。這次的勒索案並非你本意，那你來說說看，為什麼要勒索這些人？」古董把報案記錄放在朱二面前，朱二似乎有些記憶混亂，盯著看了半天也沒有回想起來。

古董見對方實在想不起來，直接提醒道：「酒吧裡的事，你難道忘了？」

話音剛落，朱二豆大的汗水沿著額角流下，如果說周哲案他是從犯，可酒吧案則為主犯。

古董用手一拍桌子，再次步步緊逼：「我再給你一次機會，千萬別妄想著能糊弄過去！」

朱二臉上的部分肌肉不斷抽動著，最終在古董的連環追擊下，選擇全部如實交代。

審訊持續了一個多小時，朱二將自己的罪行娓娓道出，古董聽到最後早已驚呆。

古董萬萬沒想到看起來簡單的案子，背後卻牽連甚廣。結束對朱二的審訊後，他趕往齊大軍的辦公室，二人將審訊結果相互交流，最終得出了一個結論：毒蠍集團已徹底復甦，且其勢力已涉及到各行各業。

齊大軍在審訊王成虎的過程中成功確認，後者確實隸屬於毒蠍集團的外圍成員。

這讓原本就撲朔迷離的案情更複雜不少，齊大軍從王成虎處得知，之所會害周家人一方面是多年來不滿足自己的老闆過多管束跟命令，讓他毫無尊嚴可言。另一方面，毒蠍集團給了他不少的好處，金錢讓他決定鋌而

走險，最終走上犯罪的歧途。

王成虎加入的時機特別巧合，當時一個叫洪哥的人常出入周家會所，周老闆對這他也特上心，因此特意安排了王成虎招待。王成虎和洪哥一來二去開始稱兄道弟，洪哥也表達過挖人的意思。

最初王成虎壓根沒把洪哥當回事，首先他對洪哥不太了解，其次自己現在的工作雖然要看老闆臉色，怎麼說也算一人之下，貿貿然跳槽去跟洪哥，猜想不太可靠。可他禁不住引誘，二人決定聯手搞垮周家人。

後面洪哥還承諾周家只要完蛋，那些產業都歸王成虎一人。這樣一來，王成虎內心邪念大起，就這樣一起商量著幹壞事。洪哥本人隸屬於毒蠍，王成虎為表決心，自然跟著加入其中，從此開始為毒蠍招攬社會人士，朱二便是其中之一。至於綁架跟勒索案與毒蠍集團關聯不大，屬於王成虎的個人報復行為。

王成虎一直打算借朱二之手讓周家絕後，那敲詐的鉅額贖金，算是給朱二辛苦費。

不過，周華龍選擇報警才成功化解了這次危機，對古董而言洪哥到底是啥來頭？僅僅知道對方為毒蠍效力。古董拜託齊大軍到局裡申請對所謂的洪哥進行深入調查，一查便知此人為幾年前掃黃打非行動時的頭號抓捕對象，還曾被逮到號子裡關過。

後來直到出獄的時洪哥收斂不少，居然搖身一變成了知名商人，手下握著好幾家酒吧跟 KTV。不過，洪哥依舊是江山易改本性難移，不少人報案說在其酒吧，曾遭受過幾百到一千之間的敲詐跟勒索。

齊大軍和古董商量了一番，市局決定正式立案，調查酒吧勒索案的來龍去脈。

這些案件中都有相同的特點，受害者在報案後為何最終全部選擇銷案？

由此不難看出受害者除被勒索外，猜想還被別的東西威脅著，導致眾人齊齊保持沉默。

隨後齊大軍主動給古董提議，讓所裡的小警們參與酒吧勒索案的調查。古董二話不說果斷拒絕了該提議，認為這樣的安排太危險。齊大軍耐心勸解道：「老夥計，你別總瞧不起人哈，我們不也是從菜鳥小警蛻變成資深老警？再說了，你徒弟當初不也總想證明自己？」

說完之後，齊大軍有點後悔提起郭凱茂，小心翼翼地看了一眼古董，發覺對方在發愣。

齊大軍到頭來還是勸服了古董，為保護執行警員的安全，本次行動所有細節均需保密。

唐海城簽完古董給他的那份行動保密協定，當晚興奮到無法入眠，一直以來他期待的臥底深入敵後，變成一名超級臥底。可讓唐海城最鬱悶之事則是他的搭檔，原因很簡單那名搭檔叫白煙煙。

相比於唐海城的激動跟興奮，白煙煙在接到任務時，立刻專門去檔案室了解詳細案情。

不過，白煙煙相當質疑古董的安排，安排唐海城那個活寶當搭檔，純粹就是在添亂。

白煙煙提議二人分工挨個用電話回訪，唐海城沒啥好的辦法，只好選擇連繫受害者。

兩個人分別連繫四位受害者，當受害者們知道到來電者是警察就全部收線。

　　唐海城打通第五個電話表明身分後，還被誤以為是騙子遭到一通臭罵，眼看電話號碼即將打完，案情依然毫無收穫。唐海城跟白煙煙鬱悶的不行，但眼前沒更好的辦法了，只能繼續打後面的號。終於，最後一通電話通了，並成功拿到受害者的詳細地址。

# ▬ 受害者說

　　按照受害者留下的地址，白唐二人開著車來到一條垃圾滿地的街道。唐海城在來的路上就一直分析，這名受害者的背景猜想很複雜，畢竟他住在海城市最惡名昭著的「勞改街」，據說街上的住戶都不好惹。

　　唐海城在很小的時候聽大人們提過勞改街，傳說這條街上住的人全是勞改犯。

　　許多年以前，勞改街就屬於三不管地帶，住著三教九流的底層人群。這地兒的大人們沒有正經工作，每天光知道吃喝嫖賭，連小孩也不好好讀書，導致上梁不正下梁歪，成年後開始作奸犯科。據市局內網的不完全統計，本市每年犯事進去的人，過半都來自勞改街。

　　白煙煙和唐海城在勞改街上七拐八拐，總算找到了受害者提供的地址，竟是一棟不知年月的舊樓，掃過周邊環境能確定平時沒人打掃，空氣中帶著垃圾的惡臭味，不禁讓人覺得有點反胃，以及殘破牆面上貼有顏色各異的小廣告。

　　白煙煙對小廣告很感興趣，湊到前面仔細觀察起來，這廣告並不太正規，只是尋常的名片卡用不乾膠粗略黏在牆上，廣告的內容很吸引人：低

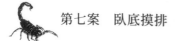

價回首二手手機，正品蘋果三星華為全款式，只需五百到一千五百元。

唐海城見狀也跟著趴在牆上看，瀏覽完畢笑道：「啥一針見效和永不復發都是瞎胡扯。」

白煙煙順著唐海城的目光看過去，臉頰頓時通紅怒吼道：「唐海城，你個大流氓！」

言語間，白煙煙正要去給唐海城一拳，恰巧屋裡卻走出來一個骨瘦如柴的中年男人。

中年男人慢慢走到二人的跟前，結巴著說了半天也沒講明白，只能先將人領進屋。

兩個人進到屋內就聞到一股汗臭味，看著滿地散亂著各種食品包裝袋和空酒瓶，電視機沒關傳出嘈雜的響聲，厚重的窗簾遮擋住了窗外的陽光，讓屋裡更加陰冷潮溼。此刻的中年男人滿臉鬍渣，套著一件發黃的白背心和一條短褲，腳上還穿著大小不一的拖鞋，猜想太久沒洗澡，身上還出陣陣惡臭。

唐海城忍不住皺了下眉，想趕緊問完正經事撤了：「你就是連繫我們的李軍洋？」

李軍洋隨手撓撓自己的雞窩頭，懶散的回答道：「對，你們找到到底想問啥？」

「李軍洋，你曾報案說自己被人勒索？麻煩詳細說說這事吧。」唐海城隨口問道。

當李軍洋一聽是為勒索案而來，直接擺擺手：「沒勒索我呀，全都是一場誤會哈。」

白煙煙見李軍洋一大男人，如此扭扭捏捏，實在沒眼看，強行插嘴

道：「李軍洋，你的案子已經有新發現了，眼下就差一個當事人出來指證或者證明勒索案屬實，千萬別怕那些壞人的威脅。」

李軍洋聳了聳肩，一臉苦笑道：「警察同志，真的沒人威脅我，你怎麼就不信呢？」

「你千萬別怕，因為朱二那夥人不久前被我們抓了。」唐海城打了個響指說道。

聽到這裡，李軍洋神情突變，笑吟吟的問道：「這王八蛋被抓了？真是老天有眼啊！」

唐海城果斷抓住這話的話外之意，顯然李軍洋與朱二曾結過怨，他繼續引誘道：「對，他本人已認罪伏法了，連帶著幕後犯罪集團也被一網打盡，這次是想拿到證詞，和彙整受害者財務損失情況，待結案後會有相應補償。」

後續是唐海城後面這段話，導致李軍洋動心了，開始同意陳述案情。李軍洋口中勒索者聚集在皇馬酒吧，朱二也經常在吧中出沒，而這勒索案的源頭，就是因李軍洋在酒吧的一次消費中所致。

說起海城市的皇馬酒吧，道上的人都略知一二，因為它是洪哥旗下的重要產業之一。

憑藉洪哥的勢力皇馬酒吧比別的酒吧，自然會更吃香一些，無論是客流量或收入額都超強。李軍洋平時喜歡去酒吧喝酒聊騷，還幻想著若運氣好能來場豔遇。不過，他去的地方可沒有皇馬酒吧高級，等同於 KTV 程度。不過，雖說這皇馬酒吧他只去過一次，結果反被狠宰一頓。說起被宰的那天李軍洋跟幾個朋友吃飽喝足之後，眾人一時興起便決定去皇馬酒吧瀟灑一回。

果然如傳聞那般皇馬酒吧內美女如雲，勁舞嗨曲不斷，李軍洋首次來夜蒲，以為自己會遭到冷落，結果一下人等進入酒吧就被搭訕，全都是邀請喝酒的美女。禁不住美色誘惑，沒過一小會兒，這群人都各自跟著一位美女去吧檯喝酒。

李軍洋那晚相當高興，美酒與美女的混搭，酒喝了好一陣子，偷偷暗示想加個微信，結果美女卻起身要去下廁所，怎想她一去不回。李軍洋乾等對方半個小時無果，無奈之下決定付錢走人。結帳時收銀臺開出了三千塊的消費單子，李軍洋一聽價錢，身上的酒勁頓時全無。

李軍洋開始大聲質問面前的人，說自己沒喝多少酒怎麼收三千塊？收銀臺的人解釋酒錢為一千，另外兩千是之前那位美女的陪酒費。他直到此刻才恍然大悟，果然越高級的地方水越深，細想之下這他媽的全都是套路。

幾分鐘後，李軍洋的另外幾個朋友也相繼出現，看他傻愣在收銀臺，紛紛嘲諷他沒見過世面。朋友們各自買了單只剩他未付款，眼下是付款心疼，賴帳猜想走不出酒吧的大門，大門口聚集著不少壯漢，他一眼就瞧見了這片兒有名的大混子朱二，仔細一想若耍賴鐵定會被狠揍一頓。

最終，李軍洋選擇忍痛付款，走出酒吧決定要找補回來，果斷打電話報警稱遭到勒索。

唐海城聽完整件事情的始末，當即追問道：「既然你已報警，為什麼後頭又撤案了？」

「沒辦法，因為朱二手裡有我的把柄，一個不小心我也會被逮進去。」

「趕緊講講你犯了啥事，我會盡量想轍為你爭取寬大處理。」

李軍洋尷尬一笑解釋道：「唉，主要怪我平日裡特別爛賭，但凡有空就去洪哥的賭場玩幾把過過手癮，當時我報案時候沒想到他們會來那麼一

手，假如我報警就將賭錢一事說出，鐵定跟我同歸於盡。」

唐海城越聽越來火，直接喝道：「糊塗，你檢舉是戴罪立功，我們就立刻掃蕩賭場！」

李軍洋卻搖搖頭反駁了一句：「洪哥的那個地下賭場沒人介紹你根本進不去。」

這話讓白煙煙和唐海城互相對視一眼，心頭湧出同樣的疑惑，莫非洪哥的地下賭場，恰好為周哲的賭博之地？很明顯這顆大毒瘤一日不除，可能會讓史多人沉迷賭海，最終導致家破人亡。

唐海城側過臉繼續追問：「你口中的那些朋友，他們有啥職業跟社會背景？」

李軍洋連連搖頭，唐海城開始懷疑這夥人可能是托兒，專門負責釣李軍洋去酒吧消費。

唐海城隨口問道：「那群人是你從賭場裡認識？」

李軍洋比了個大拇指說：「厲害呀，警察同志，你還真猜對了！」

唐海城看著面前的李軍洋，暗自吐槽對方不帶眼識人，典型的缺心眼不挨宰才怪。

# ▬ 臥底摸排

二人從李軍洋家離開後，直奔派出所找古董彙報情況，還商議了臥底皇馬酒吧摸排的細節。時間一分一秒的過去，很快夜幕開始降臨，距離展

開行動還有五分鐘，為確保行動更加具有真實性，李墨白將自己心愛的小跑車貢獻了出來。此刻的唐海城就是一副十足的土豪裝扮，他坐在車內抬頭望著天上璀璨的星河，腦海中開始幻想那皇馬酒吧到底會是啥樣呢？

唐海城只聽李軍洋形容過，但怎麼形容也不如他親自體驗一把，很快白煙煙也化好妝從派出所出來，拉開車門坐到了副駕駛位上，唐海城打開導航之後，從褲子口袋裡摸出兩樣裝置，先將行動訊號收發器夾到耳邊，銀白色的鋼筆型錄音筆放入胸前的口袋，全部確認無誤後腳底一轟油門，車子朝皇馬酒吧飛速駛去。

不得不說李墨白的小跑車確實給力，從出發到抵達只用了十五分鐘，唐海城在下車前還特別風騷的打了個大漂移，把車穩穩停入車位後才推門下車，副駕駛位的白煙煙自然緊隨其後。

唐海城今夜是超跑配美女，門口的服務生主動推開門，滿臉笑容地將二人迎入吧內。

唐海城在踏入酒吧的那個瞬間，用大開眼界來形容都不為過，全場閃耀著五光十色的燈光，刺激時尚的音樂，由於唐海城一身名牌的打扮十分帥氣，自然引起不少美女主動貼身熱舞挑逗他。

白煙煙則坐在一旁觀察情況，他打內心深處就不滿本次的行動，超抗拒酒吧這類烏煙瘴氣的場所，結果卻瞧見唐海城在跟一個美女聊天，快速走到對方身旁，用腳上的高跟鞋踩了下去。

唐海城一時間臉色都變了，他咬牙切齒地問道：「你幹啥踩我？」

白煙煙壓低聲音警告道：「唐海城，你別忘了今晚我們的任務！」

唐海城故意湊到白煙煙耳邊小聲說：「放心，老古董說的兩個任務我都沒忘。」

　　本次二人來皇馬酒吧臥底摸排，主要任務有兩個：首先收集酒吧坑騙消費者的證據，其次嘗試找到酒吧與地下賭場的連繫，好來個一箭雙鵰。在外人看來整個摸排行動十分簡單，實際上是危機四伏，單拿取證這事，搞不好會被吧裡的老油子發現暴打一頓。

　　不過，唐海城向來人傻膽大，古董講完行動的相關注意事項之後，便直接丟下一句敲打人的話：「唐海城，你還有個任務就是要絕對保護煙煙的安全，如果你小子辦砸了，看我後邊怎麼收拾你！」

　　唐海城現在身處吧內反而不覺得危險，可以說是一種別樣的體驗，他甚至還希望能多來幾次。想到這裡，唐海城沒忍住低聲笑了出來。白煙煙看著他的表情自然知道是怎麼回事，悄悄伸手衝後者的腰上狠掐一下。

　　唐海城險些疼出眼淚來，正打算回頭質問罪魁禍首，結果從邊上走來一位超級大美女。

　　果然，美女走過來之後手搭在了唐海城肩膀上：「小帥哥，以前怎麼沒見過你呀？」

　　唐海城微微頷首，環顧吧內一圈：「我才剛回國不久，這特像我在澳門常去的一家酒吧。」

　　美女的臉上寫滿了疑惑質問道：「小帥哥，你真去過澳門？」

　　「當然，我還去賭場玩了幾把過癮。」唐海城說完順勢坐到身旁的高腳椅，還不忘順勢從口袋裡掏出車鑰匙擺到酒吧的吧檯上，他轉過臉繼續調侃，「美女，這漫漫長夜，讓人無心睡眠，妳也是獨自來夜蒲的嗎？」

　　美女的眼神特好使，看到車鑰匙的 logo 後，當即回答道：「對，要不我們邊喝邊聊？」

　　「行，咱談談人生，聊聊理想。」唐海城跟白煙煙暗中交換眼神，便收

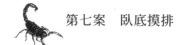

好車鑰匙跟了上去。

在美女的特殊帶領下，唐海城來到另外一個吧檯，二人並肩而坐，開始東拉西扯，聊了一會美女點了許多酒，為提升氣氛美女提議玩划拳遊戲，唐海城自然痛快答應，他在警校的時候可是划拳高手。

不出一會兒，美女已經五杯烈酒下胃，唐海城調笑道：「美女，今晚妳手氣不佳啊！」

美女半紅著小臉盯住唐海城嬌嗔道：「哼，咱走著瞧，我今晚鐵定喝趴你。」

唐海城特騷包的讚揚道：「不用你喝，畢竟美女當前，酒不醉人人自醉，我早已心醉。」

「討厭，我喝了太多酒，先去一趟廁所，等著我喲。」美女朝唐海城拋了個媚眼。

唐海城比了個飛吻的動作，他清楚宰客套路要收尾了，自然不會故意阻攔對方離去。

唐海城快步坐回原處，他看了老半天都沒瞧見白煙煙的身影，忍不住猜測她會遭人欺負？可轉念一想不科學，光憑那身手她不去欺負別人就不錯了。與此同時，一旁的過道裡傳來不少吵雜聲，他順著聲源扭頭看去，居然有幾個美女在吵架。

本想能看看熱鬧，可定眼仔細一瞧，被圍攻的人居然是白煙煙？

不出片刻，幾名黑衣壯漢朝白煙煙走了過去，看這架勢明顯是要動手打人。

「全他媽的給我住手！」唐海城偷偷按下胸前的鋼筆型錄音筆，然後罵著髒話衝了過去。

# ▬ 疑犯落網

領頭的壯漢也不給唐海城面子，粗聲罵道：「滾，這事和你無關，別給自己找麻煩！」

唐海城毫不畏懼大聲反問道：「怎麼著？你還想打我不成，反正你今兒不能動她！」

壯漢扭了扭脖子冷笑道：「她害我們這的姑娘不高興，等於故意砸場子，你說怎麼辦吧？」

唐海城為套壯漢說出關鍵性的話語，裝傻允愣道：「行，你說怎麼才肯放入？」

壯漢見唐海城這模樣，嗤笑道：「小子，要我不動她也行，孝敬你爺爺我點茶水費即可。」

唐海城明白是把他當水魚了，接茬道：「你勒索我？還有王法？還有法律？」

此話一出，幾位壯漢都笑了，其聲說道：「對，就是勒索你，因為我們就是王法跟法律！」

唐海城見時機成熟，連忙按下耳朵上的訊號器，總局在行動前早跟區域分局打了招呼。

不過才幾分鐘的時間，皇馬酒吧外面警笛聲大響，明顯是支援已到，大批警員陸續湧入進來，沒想到此次行動的領頭人居然是李墨白，唐海城一臉驚訝的小跑過去問道：「小白，怎麼是你小子帶隊？」

李墨白錘了唐海城胸口一拳笑道：「廢話，訊號器的設定人是我，自

然我負責帶隊。」

「麻煩各位師兄了，把這夥人全帶走！」白煙煙抬手向趕來的警員指了幾個人。

不一會兒，酒吧最裡面走出一名身著西裝的男子，直接走到白煙煙等人的面前，環視四周之後，陪著笑臉開始主動道歉：「警察同志，這是怎麼了？您有問題和我說，先別急著抓人呀！」

白煙煙連看都沒看西裝男，直接冷笑著說：「這些人涉嫌敲詐勒索跟襲警。」

西服男倒也不介意，繼續笑道：「不可能，您查清楚了？鄙人是酒吧的經理，叫鄭天智。」

「你是經理對吧？那剛剛好呀，連你在內全一起帶走！」白煙煙再次下令道。

鄭天智見面前的女警油鹽不進，便惡語相向：「妳憑啥抓我，警察就能亂抓人？」

白煙煙不想繼續廢話，她揚起頭說：「我們多次接到報案，說你們欺詐和勒索消費者。」

話音落下，白煙煙立即打手勢讓身後的警員們蜂擁而上，將幾名不法之徒全部打上手銬，分批押上了外面的警車。白煙煙自然也選擇坐上其中一臺警車的副駕駛，臨上車前衝不遠處的唐海城喊道：「臭小子，謝謝你啊！」

李墨白剛從酒吧的洗手間出來，發現唐海城傻愣在原地，用手晃了晃說：「你怎麼了？」

唐海城看著遠去的警車，傻樂道：「沒事，今晚鐵樹開花了。」

李墨白一頭霧水左右互看之後，追問道：「鐵樹？我怎麼沒見到鐵樹？」

唐海城把車匙從褲袋拿出來，套在食指上轉圈：「別瞎問，任務已完成，咱回所裡吧。」

李墨白見唐海城早已是一臉疲憊，便主動搶過車鑰匙，充當司機送後者回派出所。

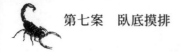 第七案　臥底摸排

# 第八案
# 盜版商販

缺乏錢財是所有罪惡的根源。

—— 馬克吐溫

# 引子

話音剛落，包哥抄起桌上的啤酒瓶，砸到光頭男的腦袋上，後者頓時血流滿面不敢說話。

「廢物！」包哥罵完後從口袋裡拿出四張照片，遞給光頭男道，「把照片全給我貼牆上。」

光頭男自然聽命行事把照片陸續貼好，照片正是派出所的幾位核心成員，打頭第一張是所長古董，陸續下來則是新入職的三個菜鳥警員。光頭男也算機靈，他還不忘順手取了不少飛鏢遞給包哥。

「我們毒蠍的人真是一代不如一代，我說你們怎麼這麼蠢呢？瞅瞅這三個剛入職沒幾個月的小菜鳥片警兒，為嘛就能把你們這些老油條送到牢裡去？」包哥接過光頭男的飛鏢，邊說邊把飛鏢陸續射出，結果飛出去的四隻飛鏢，鏢鏢都正中眉心。

「包哥，你放心吧，我一定儘早幫您解決這群傢伙。」光頭男捂著腦袋立誓道。

「呵呵，小光頭就憑你呀？老子恐怕要等到金針花涼都涼了，保不齊下次你都被抓進去了。」包哥調侃之後頓了頓，抬頭看著身旁的光頭男，再次追問道：「小光頭，趕緊拿紙巾擦一下血，你知道最近十三怎麼樣了？」

光頭男則馬上抽出一旁桌上放著的紙巾，邊擦血邊回答：「十三？其實還是老樣子，包哥你也知道，那個行業雖然沒啥危險，但利潤不高呀，所以每個月的會費丫交的最少，上個月丫就沒交。」

「很好！咱就拿十三那老傢伙開開刀！」包叔拍了拍手，黑暗中的他

嘴裡輕蔑不已，眼睛卻始終望著牆上定了飛鏢照片，照片上是一個女孩，在那光輝的警帽下，她的臉上毫無笑容，似不怒自威，卻又多了幾分稚氣，照片的右側空白處寫著白煙煙三個字。

# 毒蠍出擊

海城市的一家私人桌球俱樂部中，此時正煙霧繚繞，時不時會傳出球桿與撞球的碰撞聲。

球檯一側暖黃的燈光之下，站了一位衣著暴露的紅髮女子，她用手挽住身邊一個墨鏡光頭壯漢。頓時讓人聯想到了某些只能在地下進行的黑暗交易。但眼前的情況很明顯，這兩位並非主角。

「包哥，你也過來玩一把，每次都一個人對著牆多無聊呀。」女子對光頭男的上下其手业不感冒，敷衍了事的配合著扭動了幾下，便朝地下室的最深處走去。黑暗角落中的皮質沙發上，男子面對著牆壁一言不發，從他滾動的喉結看出心情很不爽，以至於指尖的香菸累積了一截長長的菸灰，連身體不自覺的捭闔搖搖欲墜。

「包哥，想什麼呢？你為了朱二他們的事生氣？」包哥依然沒有搭腔，這讓主動貼上去的女子有些沮喪，她壯著膽子橫跨在沙發扶手上，伸出那雙指尖鮮紅卻毫無血色的手撥動著男子的髮際。包哥的思緒被打斷，猜想有些不高興，一手彈掉了手中的菸灰，另一隻手狠狠鉗住女子的下顎。

僅在一瞬間，巨大的恐懼直衝女子的頭頂，她似乎太得意忘形了，眼

下捏著她臉頰的這隻手，曾經可染過不少人的血。她來不及管因恐懼而僵硬的五官，試圖開口補救道：「包哥，您要不要喝杯茶，我看你嘴角都起皮了。」

忽然間，那隻手上的力量消了下去。此刻，女子最大的想法就是遠離包哥。

「妳給老子滾遠點，以後還敢亂搞我就把你的下巴卸掉磕菸灰。」包哥的話雖然聽不出任何感情，但這話依然讓人膽顫心驚。女子如獲大赦，再顧不上惺惺作態，迅速朝俱樂部的出口走去。

「還有，把妳手上的指甲處理掉，下次如果還被我看到，我就親自拿刀替妳砍了！」頓了頓，包哥再次補充道。女子聽到這話時羞辱與恐懼遍布全身，她再也忍不住了，開始大哭著狂奔離開。

包哥嘴角露出滿意的笑容，他抬起自己那雙手，仔細觀察著指甲。果然，那雙手要比之前那個女子的手順眼許多。不但修長還白皙，指尖圓潤不說，中間沒有半點汙垢，但美中不足，右手虎口上那一道傷疤太刺眼，否則這雙手絕對算是上帝之手。

一旁打球的光頭男目睹了一切，他臉頰抽動著，似乎想為女子打抱不平，但終究還是啥都沒說。不過片刻後，他還是接過剛剛女子的話：「包哥，朱二的事，兄弟們已經調查清楚了，可以保證沒有內鬼洩密，因為那小子平時太張揚，這才讓市局的人盯上了。」

「原來如此，另外幾個呢？你不要和我說調查了這麼久，全部的原因都是他們都太張揚？」包哥很不滿意光頭男的答覆，他不禁瞪大雙眼死死鎖定住，撞球桌前恭恭敬敬站著的男子。

「包哥，兄弟們會被弄進去，說起來都怪舊城區的菜鳥小片警啊！」

男子開始甩鍋道。

「等會兒，他們是古董那老傢伙的手下？」包哥皺著眉頭問道。

「對，幾位兄弟被抓和古董脫不了關係！」男子咬牙切齒地說。

話音剛落，包哥抄起桌上的啤酒瓶，砸到光頭男的腦袋上，後者頓時血流滿面不敢說話。

「廢物！」包哥罵完後從口袋裡拿出四張照片，遞給光頭男道，「把照片全給我貼牆上。」

光頭男自然聽命行事把照片陸續貼好，照片正是派出所的幾位核心成員，打頭第一張是所長古董，陸續下來則是新入職的三個菜鳥警員。光頭男也算機靈，他還不忘順手取了不少飛鏢遞給包哥。

「我們毒蠍的人真是一代不如一代，我說你們怎麼這麼蠢呢？瞅瞅這三個剛入職沒幾個月的小菜鳥片警兒，為嘛就能把你們這些老油條送到牢裡去？」包哥接過光頭男的飛鏢，邊說邊把飛鏢陸續射出，結果飛出去的四隻飛鏢，鏢鏢都正中眉心。

「包哥，你放心吧，我一定儘早幫您解決這群傢伙。」光頭男捂著腦袋立誓道。

「呵呵，小光頭就憑你呀？老子恐怕要等到金針花涼都涼了，保不齊下次你都被抓進去了。」包哥調侃之後頓了頓，抬頭看著身旁的光頭男，再次追問道：「小光頭，趕緊拿紙巾擦一下血，你知道最近十三怎麼樣了？」

光頭男則馬上抽出一旁桌上放著的紙巾，邊擦血邊回答：「十三？其實還是老樣子，包哥你也知道，那個行業雖然沒啥危險，但利潤不高呀，所以每個月的會費丫交的最少，上個月丫就沒交。」

「很好！咱就拿十三那老傢伙開開刀！」包叔拍了拍手，黑暗中的他嘴裡輕蔑不已，眼睛卻始終望著牆上定了飛鏢照片，照片上是一個女孩，在那光輝的警帽下，她的臉上毫無笑容，似不怒自威，卻又多了幾分稚氣，照片的右側空白處寫著白煙煙三個字。

與此同時，白煙煙絲毫不知自己被盯上了。她眼下正死死盯著唐海城這個活寶，今天上班，這小子不知道抽什麼瘋，坐在對面辦公桌上搖個不停，像過電了一般。起初白煙煙還沒什麼感覺，不一會動靜越來越大，水杯裡的水蕩蕩漾漾，連電腦螢幕也微微抖動。

「你弄什麼呢？您這是腳底下插排漏電了？還是今天出門忘吃癲癇藥了？我還以為是地震，原來是你擱這裡跳舞呢？」白煙煙一開口就不客氣，把唐海城懟到啞口無言，一時間不知道怎麼反駁。

「妳真是狗嘴裡吐不出象牙，我聽個歌怎麼了？至於這麼埋汰我嗎？我承認，我平時是得罪妳，可妳也不能出口傷人，回頭我要是心理有問題妳負責？」唐海城揚起自己的小腦袋質問道。

「哎呦喂，請問你的心理什麼時候健康過？還能有再惡化的餘地嗎？」

當尖酸遇上刻薄，還真不好分出勝負。唐海城轉念一想咱好男不更女鬥，惹不起還是躲得起的。他立刻收拾上自己的東西，決定挪窩去李墨白的桌前，他相信自家兄弟一定會很懂自己。

不過，讓唐海城失望了，李墨白今天不怎麼愛搭理他，跟他說笑話，也是敷衍一笑。

「這日子沒法過了，你們倆都吃槍藥了不成，小爺我也不搭理你們倆了！」惱羞成怒的唐海城顏面無光，只能起身放下狠話，氣沖沖的回到自

己的位置上，乖乖寫起了工作日誌，時不時還偷瞄幾眼。

白煙煙早就對唐海城這種無賴行為習以為常，自然不打算理會他。李墨白今天明顯心裡有事，指不定裝著啥案子，也沒空搭理。只有小顧實心眼，看著唐海城一時於心不忍，屁顛屁顛趕過來問長問短。可熟知，這唐海城鬼心眼最多了，欲情故縱這一招，所裡其他人都已經免疫了，好不容易今天中招一個小顧自然不會輕易放過。

「小顧。還算你有良心，我搞了個好東西，愛情動作片趕緊來看看。」唐海城賊笑著說。

小顧一聽到這裡，臉騰地一下紅了大半邊，白煙煙自然聽不懂唐海城在說啥。

白煙煙不禁有些好奇，卻拉不下面子過來看看，只裝作不經意，走到了兩人身邊。可沒想到，這次小顧的反應比唐海城還大，見白煙煙一過來，就像做了虧心事，趕緊拉著唐海城跑到了一邊。

「什麼鬼東西，還這麼緊張兮兮，算了，不給看拉到，我還不稀罕呢。」白煙煙吃了個閉門羹，有氣發洩不出來，只能自己安慰自己，轉身回到了辦公桌前。小顧看周圍幾個人都不注意自己兩人了，趕緊狠狠推了唐海城一把。

「你小子想幹，這大白天的丟不丟人，我們是警察，能看那亂七八糟的玩意？」

唐海城被小顧搞得摸不著頭緒，一時間有些發懵，又是聽小顧好一陣子比劃，才想起來可能是前一段時間自己通訊軟體的帳號被盜了，亂七八糟發了好多不乾不淨的東西給通訊錄裡的聯絡人，一時間哭笑不得，趕緊給自己解釋，卻發現頗有種百口莫辯的意味，於是乾脆直接放棄。

第八案　盜版商販

「別瞎想，這次我要給你看的可是正經東西。」看著一臉正經的唐海城，小顧勉強相信了他口中的「正經」東西。於是乎，兩個人懷著激動的心情，埋頭到桌前打開了一個加密壓縮包。

「這是啥正經東西？愛情動作片？」

「沒錯，這都是我千辛萬苦找到的資源。」

「不就是一堆從網上下載下來的東西嗎？」

「我就知道你會這麼說，你看過這片？」

「咦？這不是前兩天剛上映的電影嗎？我剛想去看一下，你怎麼會有？」

「對啊，剛上映的電影，我這就有資源了。」

「我還以為是啥愛情動作片，原來就是一個商業電影呀。」

看了半晌之後的小顧鬆了一口氣，唐海城明顯不滿意他的反應。

「兄弟，你給點刺激的反應成不？」

小顧眨巴眨巴眼，不該說什麼好：「可……這有什麼刺激的點嗎？」

一語擊中唐海城的痛點，瞬間似乎真的感覺自己多餘。

「還有傳播這些盜版，槍版音像圖書製品都違法，你小子要被抓了，那就刺激了。」

唐海城聽到小顧這個提醒，他瞬間蔫了，確實傳播盜版違法。

不知何時湊在一旁的白煙煙突然吐槽道：「警界敗類。」

「警界敗類？」這下唐海城徹底炸毛，「白煙煙，你這話幾個意思？」

「啥意思你自己不清楚嗎？傳播盜版知法犯法，你不愧疚胸口上的那枚警徽嗎？」

　　唐海城徹底熄火了，看了看四周眾人鄙夷的眼神，明顯他是犯了眾怒，只好深深長嘆一口氣。他一屁股坐在自己的辦公椅上，很快就下定了決心，閉著眼把資料夾裡的東西拖到回收站，又徹底把回收站清空。

　　「哼，我看你們還能說啥。」唐海城清理乾淨這些東西後。

　　唐海城衝著白煙煙翻了個白眼，沒想到後者早已把他無視了。

　　「我存在感就這麼低？」唐海城趴在桌子上欲哭無淚。

# ■ 檢舉毒瘤

　　夏天的時間總是很快，眼下就已是接近半下午了，所裡又接到一起群眾的報案電話。

　　唐海城一聽要出警，頓時可來勁兒了，毛遂自薦一番之後，爭取到「外出辦案」的機會。

　　「可算是有機會出去躲躲了，這天天的真讓人憋屈，一個查案查到走火入魔，另一個橫豎看我不爽，我還不如出去為人民服務，起碼還能有個好臉看。」唐海城又一陣絮叨，「小顧，你說白煙煙怎麼能比我還彪？我猜想她以後很難嫁人了。」

　　不過，唐海城在自言自語時，絲毫沒注意到身旁隨行的人並非小顧，正是白煙煙本人。

　　「唐海城，閉上你的臭嘴，我會嫁不出？本小姐天生麗質！」白煙煙大聲咆哮道。

唐海城背後瞬間汗毛乍起，扭過捂住肚子說：「我突然肚子疼，今天猜想沒法出警。」

還沒等唐海城逃開，白煙煙就已經眼疾手快一把揪住了他：「別囉嗦了，所裡其他人都有事，李墨白和小顧那邊剛剛也出警了，要不然你以為我樂意和你一起？真是的，今天算我倒楣，攤上你這麼個豬隊友。」

唐海城一聽這話，也顧不上計較白煙煙話裡帶刺了，耷拉著臉心裡暗自忿忿道：「可真是冤家路窄，早知道我就不積極了。」

話雖如此，但出警任務不能耽擱，兩人一路無語，直奔報案人所在地。好死不死，這次的案發地在學校門口旁，剛好碰上學校放學，家長學生，來往車輛，把道路直接堵了個水洩不通，跟人擠人沒啥區別。白煙煙唐海城擠了半天才從人流中逆著穿了過去，找到了報案人所說的那家店。

「一帆書社？這還是家書店？」唐海城看著店鋪門口的招牌。忍不住一陣頭大，從小到大，他就最不喜歡看書，就連看到書，路過書店都感覺頭痛，所以一直以來，書店都是唐海城過而不入的地方，沒想到如今工作了，反倒需要到書店裡走一遭了。

看唐海城磨磨嘰嘰，白煙煙又是急性子犯了，揚起手就是一拳，狠狠砸在了唐海城後背上：「讓你來辦個案，又不是要你過來工商巡查，囉嗦什麼？趕緊麻溜進去，再不進去我動腳了啊！」

真是一個頭兩個大，好事都趕了一天了。看來今天出門沒看黃曆，準是萬事誅不宜。扭了扭痠痛的後背，唐海城不情願的走進了書店。書店裡站著不少學生和家長，想必是放學過來買參考資料和課外書的，如此一番再不過正常的場景，還真讓人難以把它和違法亂紀的事情連繫在一起。

唐海城和白煙煙的到來，明顯引起了店鋪了其他人的注意，孩子們都

放下了手中的書本，家長們也滿腹狐疑盯著兩人，尤其是櫃檯後面坐著的老闆，一看兩人的警服，忙不迭站起身來迎接。

「兩位警官，你們要什麼書嗎？我們這書可全了，考試資料，小說教材，漫畫雜誌都有。」

唐海城被老闆這突如其來的熱情搞得有些不好意思，差點都忘了自己來的真正目的，脫口就來了一句：「我……我不怎麼喜歡看書，太費腦子了，看看漫畫還行，畢竟比較簡單好懂。」

這話一出口，周圍不少人都偷偷笑了，唐海城感覺氣氛不對，趕緊搖了搖頭，偷偷瞥了一眼白煙煙，發覺白煙煙沒有什麼情緒變化，抓緊時間對老闆道出了正事：「老闆，我們剛剛接到報案，報案人稱你們書店存在欺詐和違法銷售行為。」

「哎呀，警官，我可不敢幹什麼傷天害理的事，您可要相信我，我這都是小本生意，賺不多，有時候反而賠錢，我怎麼會欺騙消費者呢？」

「報案人呢？報案人在現場嗎？」白煙煙巡視了一圈，見眾人都在竊竊私語，知道如果再這樣下去，必定會引起不必要的騷動。於是直入正題，在人群中詢問起報案人訊息來，但是過了許久，也沒站出來一個人承認有報過案。

「咦，奇怪了，怎麼沒人回應？」唐海城撓了撓頭，不知道下一步該怎麼辦。白煙煙也是頭一次碰到這種情況，兩個人不禁面面相覷，既想問問對方怎麼打算，又有些不好意思開口。

正當唐海城和白煙煙發愣時，店鋪裡的顧客們可不淡定了，一個個嘰嘰喳喳開始圍攻老闆，幾個打算付款的顧客停下了掏錢的手，已經付款完成的顧客也都湊上前來要退貨。門口圍著的人逐漸多了起來，幾個看熱鬧

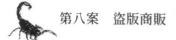 

不嫌事大的還掏出手機進行現場錄影，看樣子是做定了吃瓜群眾。

「這怎麼回事啊？」

「不知道，聽說是老闆犯了詐騙罪，還違法銷售貨品了。」

「呦，這老闆可真夠黑心，學校附近都是些孩子，他這麼老大一個人，連孩子都不放過。」

這句話可是一語激起千層浪，人群中小聲的嘈雜瞬間提升了好幾倍，後面累積的人群聽不到前面人說的話，也是越發好奇，拚命往前湊不說，還七嘴八舌的瞎討論了起來，音浪一波蓋過一波，吵的人直發昏。不得不說，有人在的地方就有謠言，不一會，簡單的兩句話就在人群裡變了調。

「哎，聽說這家老闆拐賣孩子，被警察找上門了。」

「啊？什麼？丟了幾個孩子？找回來沒？」

「你說說，現在這社會，真是人心險惡，這種人把店開在學校門口，原來就是為了犯罪時候方便。」

「嘿，就是說啊，聽說這老闆平時哄騙孩子們進店，然後就……」

「別說了！我聽著都來氣！不行，我們得把這畜生打一頓好好出出氣。」

霎時間，人群裡爆發出一陣叫罵聲，在店鋪裡不知所以的唐海城和白煙煙都驚呆了，探出頭一望，更是目瞪口呆。人群看到兩位民警現身，更是民憤激昂，恨不得人人上書請願，把那老闆就地正法。鬧了好半天，白煙煙和唐海城才徹底搞清楚問題，講清楚了事實後，這才把群眾的情緒穩定了下來。

「呼，我說這群眾的力量果然是強大的，剛剛我都擔心大夥上來把咱

幾個生吞活剝了，看來現在社會裡還是熱心腸的好人多。」唐海城抹了抹額頭上的汗，終於鬆了一口氣。

白煙煙對此無可置疑，但是目光卻鎖定在了人群裡的一名男子身上，唐海城順著白煙煙目光看去，囉，原來是美男啊。遠看唇紅齒白，面白眉黛，身材高挑，近看劍眉星目，鼻梁高挺，雖不健碩卻也薄肌在身，修身西裝的禁錮下更是讓他極好的身材一覽無遺，加上那副圓框眼鏡，幾分斯文幾分張狂，應該沒幾個女孩子可以抵抗這種斯文敗類。

「呵，女人，果然還是視覺動物。」這次終於輪到了唐海城鄙視白煙煙，「喂，白警官，你醒醒，眼珠子快蹦出去了，口水也快流到衣服上了，別忘了妳還在辦案呢！」唐海城伸出手在白煙煙面前用力揮了揮，沒想到白煙煙比他更凶，一把打掉了唐海城飛舞的爪子，疼的唐海城直吸涼氣。

「妳太過分了吧白煙煙！」怒目圓瞪，唐海城這次腰桿挺得直直的，充滿了忿忿之感，義正言辭的教訓到白煙煙。

「你給我老實些！再胡說八道我把你嘴給你縫上！」

唐海城個慫包，聽到白煙煙這麼一句，一下子沒話說了，但是還是不服氣，小聲嘰嘰歪歪的抱怨著。

「哼，只許州官放火，不許百姓點燈，這要是換了我報案時候盯著人家美女看，你指不定怎麼教訓我！」

白煙煙嗤笑了一聲，扭過頭來看著唐海城充滿威脅意味的問到：「唐警官，我是不是最近對你太過仁慈了，我得看看是你的嘴癢了，還是我的手癢了。」說完白煙煙揉了揉關節，卡巴卡巴的聲音驚的唐海城大氣不敢出一下。

「還愣著幹什麼！給我調出報案人的電話！」

一語驚醒夢中人，唐海城這才想起來自己兩人還有正事，忙不迭開始辦案。

「哎哎哎，警察同志，我來遲了，真是對不住！讓您久等了。」

正調取訊息中，唐海城和白煙煙同時聽到了身後一位男子的聲音，扭頭一看，是一位梳著黃毛的殺馬特貴族。唐海城看著眼前這髮型怪異，聲音還有些許像唐老鴨的男子，實在忍俊不禁。黃毛可能被唐海城這麼一笑有些不好意思，臉色漲得通紅，同時也表現出了些許不滿的情緒，狠狠剜了唐海城一眼，搞得唐海城反而像是犯了罪的惡人。

「嗨，果然是社會人，咱還真的惹不起，惹不起呦。」唐海城悄聲對著白煙煙叨叨了一句，反倒被白煙煙懟了回來：「還不是你一臉賤樣，換了是我，一定給你臉上開一大嘴巴子才解氣。」

「呵，最毒婦人心。」唐海城趕緊離開了白煙煙身邊，他感覺相比起來，還是黃毛比較安全一些。

「怎麼稱呼呢？是您報的案嗎？」

「呦呦呦，您這個詞可不敢當，警察同志你就叫我小六就行。」黃毛雖然剛剛不滿唐海城，不過到了正式詢問案情還是很配合的，絮絮叨叨拉過來唐海城就開始話家常。唐海城這邊詢問，白煙煙卻在另一邊發現了一處不對勁，這店鋪老闆剛剛臉色還好，就算是聽到警察上門調查自己也沒什麼變化，反而是現在，一見這黃毛，臉拉的又臭又長，一副咬牙切齒又快哭了的表情。

「怎麼著？老闆，這人，您認識？」白煙煙試探性的問了一句。

「沒，沒，我怎麼可能認識他，怎麼可能嘛，哈哈。」老闆被白煙煙這

麼一問，還真是有些沒有防備，皮笑肉不笑的回答了過去，那表情別提了，要多難看有多難看。白煙煙見老闆沒有說實話的意思，也懶得繼續問下去，於是湊上唐海城和黃毛前去，開始和唐海城一起了解案情。

「你報案說，這家店存在欺詐行為？還有非法銷售情況？這是怎麼一回事？」

黃毛一聽這一句，可有興趣了，張嘴就來：「警察同志，您不知道，這老闆可真是黑心，他這店裡的書，我和您說，十本有五本是盜版的，您信不信？」

唐海城對書不感興趣，不過對於盜版這回事，還是有些知識的，前兩年國家大力打擊進行的掃黃打非活動，可不就是打擊非法出版品與盜版圖書影像製品。這書店看著不大，裡面的書堆著的可真不少，要是按照黃毛說的，一半都是盜版書，那也可算的上是一件不小的案件了。

一旁的老闆聽到這裡，那叫一個著急，抓耳撓腮，就差原地蹦躂起來了，他指著黃毛幾乎破口大罵：「六狗！你今天吃飽了撐得還是怎麼的？我招你惹你了？」

這黃毛可不管老闆，該說什麼該說什麼：「警察同志。他這書店就是毒瘤，我和您說，要是單單買盜版書，我也就不多說了，重點是這老東西還賣些不乾不淨的東西禍害人，你說他該不該罰？」

「不乾不淨的？什麼東西？」白煙煙這下子有些好奇了，一面打量著老闆，一面扭過頭問黃毛。

這黃毛見美女警官開口了，表情極其猥瑣，看得唐海城一陣厭惡，要不是正在辦案，真想把手裡的本子拍到這小子臉上。

「妳別問了，就是這不乾不淨的東西，說出來妳也不懂。」唐海城敷衍

著白煙煙，想糊弄過去，沒想到白煙煙卻不依不饒，「你別打岔，我問他呢。」

黃毛不懷好意的看了一眼白煙煙和李墨白，用充滿戲謔的口氣說道：「嗨，不就是那些帶色的嘛。」

# 一 故人重逢

「帶色的？」白煙煙愣了好半天沒反應過來，知道唐海城咳嗽了好幾聲，她才回過神來，仔細一想，臉色自然紅的比熟透的蘋果還過。白煙煙這下子是又氣又羞，早知道就聽著唐海城的話不瞎問了，這下子好，丟人了吧。如此一來，白煙煙自然要把心裡的火發一發了，她轉身走到老闆面前，一雙杏眼圓瞪，直把店老闆盯的心裡發毛。

「你交代吧，有沒有這回事？」白煙煙拿出審判者的姿態，居高臨下。老闆此時卻心存僥倖，還為自己辯解著。

「警察同志，您別聽他的，他腦子有病。我這店做的事小本正經生意，從來沒幹過他說的那些烏七八糟的事，您不信看一看，我這店裡都是些正經的書，哪有什麼帶色的？您不信翻一翻。」

黃毛可沒打算放過老闆，哼哼哈哈的走上前來，撩了撩遮住眼睛的瀏海，活像個半瞎子，流裡流氣的同老闆對質起來：「小毛哥，你這樣子可就沒意思了，前幾天古哥還在你店裡看著的東西呢，怎麼現在一轉眼就沒了？我看，你是不是……把它藏在書架子後面了。」

說罷，黃毛不管老闆的阻撓，嘩的一下拉開了一截靠在牆上的書架，

書架後面有一個掏空的小隔間，果不其然，裡面整整齊齊整齊擺放著一大堆光碟。

「警察同志，您悄悄，這是些什麼？嘖嘖嘖，簡直不堪入目！你說說，小毛哥，你怎麼思想就這麼齷齪呢？你這店還開在學校附近，你這不是禍害孩子們嘛！」

唐海城半晌還在驚訝於隔間裡的東西，聽黃毛這麼一說，好像還真有幾分道理，不禁憤怒至極，這種社會毒瘤，還真是居心叵測，鬧市區，學校旁，就這麼明目張膽的做著齷齪違法的事！

「老闆，這些東西是你的嗎？你可以解釋一下嗎？」

老闆明顯已經陣腳大亂，東一句西一句，最後竟然耍無賴：「我說你們有完沒完！我自己燒錄自己收藏，難道不行嗎？用得著你們多管閒事嗎？對，這就是我的東西，但是你們哪隻眼看到我賣給別人了？有照片嗎？有影片嗎？證據呢？空口無憑就要汙衊我？我自己私人愛好有些見不得光，難道違法嗎？」

這下子在場的幾個人可都傻了，這，話粗理不粗，雖然聽著挺彆扭的，不過要真的說起來，好像還真是那麼回事。

老闆一看大鬧有效，乾脆耍賴到底了，一口鍋從自己身上直接扣到了黃毛頭上：「六狗！你來我店裡多少次了！不是偷這，就是偷那，我櫃檯機的貨款你不知道已經偷了多少了！以前我看在你是古哥的弟弟，不和你計較，沒想到你變本加厲了！我不就上次因為你偷東西和你打了一架嗎？你至於這樣害我嗎？」

看來黃毛和老闆兩個人都不是什麼省油的燈，一個無賴賽過一個，遇到這種場景，唐海城和白煙煙竟然都有些不像是來辦案的，竟然像是來調

節民事糾紛的了。

「小毛！你別給我瞎掰扯！我今天就是要掰倒你！我早就看你不順眼了！你要證據是吧，好！我給你證據！你這影片，還買給過我好幾張！現在還在我家櫃頂上藏著呢！要不要我拿出來給你看看！」

「我呸！你真不要臉，狗東西，買這種東西還有臉擺上檯面來說？你有羞恥心嗎？」

「你給我嘴巴放乾淨了！你賣這東西有臉，我怎麼就沒臉買了？你……」

「夠了！」唐海城看現場越來越不像話，趕緊喝斥住了。門口的群眾看著屋子裡兩個人上演狗咬狗的戲碼，不知道看的有多起勁，突然被唐海城打斷，還有點不樂意。

「影片的事先放一邊，我們先來談談，你店裡的書是不是盜版。」唐海城從書架中抽出了幾本不同書擺放在櫃檯上，刮來圖書封面防偽塗層，又打來手機輸入條碼驗證，擺弄了大半天，最終才得出結論 —— 這些書，全部是盜版圖書。

看著檢驗結果，老闆徹底慌了，手忙腳亂，也不知是該拉住唐海城，還是該把罪證收到桌子下去。

「警察同志，這，這，我也不知道這是怎麼回事，我這都是從進貨處進回來的啊，我也不知道怎麼都是盜版的……」

聽到這裡，唐海城抓住了重點：「喔，那你的供貨商呢？是誰？」

「這……」老闆似乎察覺自己說錯了話，想了想，趕緊補救：「警察同志，說起來，我也是受害者啊，這些書和影片不是我造出來的，我也是在不知情的情況下上當買到的啊！警察同志，您可得替我做主！」

「這影片怎麼又成了你買回來的了？不是剛剛還說是你自己刻的

嗎？」白煙煙插了一嘴，徹底把老闆逼到了絕路，這下子老闆可真是啞口無言了。黃毛見狀，那叫一個得意，衝著老闆冷嘲熱諷到：「怎麼著？現在沒話說了？要我說，就別做那些違法亂紀的事，要不然哪天真的出事了，也只能自己作死自己扛。」

老闆垂頭喪氣，卻並不在這上面輸給黃毛：「呵呵，六狗，今天你這事，我一定告訴古……你哥，他自然會收拾你。」

白煙煙和唐海城聽的一頭霧水，不過也大致猜測，這個古哥，黃毛的哥哥，看來和老闆也認識，這熟人之間的矛盾積怨，自己兩人還真不知道怎麼勸。不過黃毛卻不怎麼在意，咧著嘴嘲笑了老闆一番，又回過頭和白煙煙唐海城邀功起來。

「警察同志，我哥哥一直教導我，一定要遵紀守法，千萬不能做違法的事，我雖然沒用，為社會做不了什麼貢獻，但是我只要不給社會大眾添亂了就成，您說呢？」

唐海城和白煙煙不知道回答他什麼好，只能胡亂點了點頭，轉身繼續處理老闆的問題。

「這盜版行為就已經很嚴重了，你說你，竟然還公然販製銷售淫穢色情製品，這項罪名可不輕，這樣吧，這店裡的東西我們先做查封處理，你也和我們走一趟吧。」唐海城環視了一圈店鋪，對著老闆無奈的說到。

「等等，警察同志，我這裡還有線索提供。」正當唐海城和白煙煙陪著老闆鎖好店鋪門站在街道旁等待警車來接老闆回所裡喝茶時候，一名男子的聲音從身後傳來。有線索這三個字對於唐海城和白煙煙來說，著實極具誘惑力，話音未落，兩個人齊齊轉過了頭。

「呦，這不是剛剛人群中的帥哥嘛！」唐海城一看到身後的男子，不

禁喜的眉開眼笑，話說是白煙煙盯著人家看了半天，也不知道這小子開心個什麼勁兒。不過白煙煙也同樣十分驚訝，剛剛在人群中，白煙煙就已經注意這個男人許久了，但卻並不是因為唐海城所想的因為男子帥氣的外表。

「警察同志，我這裡有一張收據，是前天從這家書店買書時候開給我的，這張收據背面記著一個電話，好像是書店老闆進貨用的電話，老闆當時還特意從收據背面記了一下才把收據還給我的。」男子言語懇切，大方得體，配合一張俊臉，著實唐海城一陣百感交集，果然君子如玉，不管是外貌，還是言語，都足以讓人羨慕。唐海城甚至都有些嫉妒了。

「好，謝謝您，這條線索對我們破案來說很重要，我在此替全體警務人員和群眾謝謝您了……」唐海城想著扳回一局，感謝之後還特意來了個立正敬禮，沒想到時間久了不敬禮，反而有些生疏，一伸手差點把帽子帶下去，弄得好不尷尬。好在男子並不在意，只是禮貌性的回了一個微笑，便轉身要走。

「稍等，請問一下你是……胡之銘嗎？」

已經轉身離開的男子聽到白煙煙這樣突兀的一句話之後，停了下來，扭過頭來一臉茫然的看著白煙煙，似乎有些詫異，不過片刻之後，他還是禮貌的回答了白煙煙。

「是，沒錯，警察同志，你怎麼知道我的名字呢？」

「哎，胡之銘，你看看我是誰啊！你不認識我了啊，我是白煙煙啊！」這下子輪到白煙煙激動到變形了，一旁的唐海城看到白煙煙如此模樣，下巴幾乎都快要掉到地上了，他可從來沒見過白煙煙這種樣子，別說，白煙煙不板著臉羞辱自己的時候，還真有幾分俏皮可愛的警花意味……

　　想到這裡，唐海城自己都有些魔怔了，回過神來趕緊甩了甩頭，急忙拍了拍自己的臉，好讓自己清醒過來：「唐海城，你小子瞎想什麼呢？母老虎長得再漂亮也是會吃人的。」不過這一局，白煙煙可沒聽見，因為此時，她正興奮的不知所以。

　　「白煙煙？妳是煙煙？」那名叫胡之銘的男子同樣驚訝的張大了嘴，「天哪！煙煙！竟然真的是妳！我們都快十年沒見面了！沒想到再次見妳竟然是在這種情況下！」

　　「可不是！之銘，都快十年沒見面了！你高中時候轉學走了以後我就再連繫不到你了！這麼多年，你也不懂得主動連繫找。」白煙煙此時與故人相遇，臉色中除了欣喜興奮，竟然也多了幾分嬌羞。

　　「嘿嘿，說來話長了，當時走得急，我也沒來得及給朋友們留連繫方式，之前的連繫方式記在一個小本上，搬家時候也丟了，我一直想連繫妳來著，可惜也沒連繫到。」胡之銘被白煙煙這麼一說，反而有些不好意思了，撓頭帶著歉意看向白煙煙。

　　「哼，要不是這次遇到你，還真不知道多會才能和你連繫得上呢。」

　　「嗯，對了，煙煙妳現在當警察了？」

　　「是啊，你不也知道，我一直做夢都想當警察，高中一畢業我就進了警校了⋯⋯」

　　兩人老友重逢，可以說是千言萬語都說不完，俊男靚女站在一起，有說有笑，可真是眾人眼裡的風景了，可憐了唐海城，插不上嘴，被晾在一邊，活脫脫像個沒人疼愛的孩子。

　　「咳咳，時候不早了，我看我們該回局裡了，剛剛局裡說支援車輛馬上就到，白警官你要不先忙工作？老友咱等下班了再聚？」

被冷落了的唐海城可不怎麼滿意，好不容易找到了一個話題突破口，趕緊打斷了兩人的交談。

「哦，一直忘了這位警察同志了，煙煙，這是妳的同事吧，不介紹一下嗎？」

「嗨，他？有啥好介紹的。他叫唐海城，其他沒了。」

這短暫到尷尬的簡介瞬間把唐海城石化在了原地，還好胡之銘並沒有繼續尷尬下去，主動伸出了手：「你好，我是煙煙的高中同學，我叫胡之銘。」

唐海城不好意思的笑了笑，剛要伸出手回給胡之銘，沒想到支援警車已經到了，白煙煙拉起唐海城和店老闆，一把便塞進了車裡，大力關上了車門，自己又轉身和胡之銘約定起來連繫。

「不和你多說了，我得回所裡了，你電話號碼是多少，下次我們就不會再失聯了。」

胡之銘倒也不做作，與白煙煙互相留了電話，還主動邀約了她：「煙煙，難得相聚，今晚下班妳有空嗎，我請妳吃飯怎麼樣？」

白煙煙臉上又是泛起一陣嬌羞，匆忙點了點頭，便坐上了警車，直奔所裡，留下胡之銘站在原地會心一笑。

「這麼多年過去了，煙煙還是一點沒變。」胡之銘笑了笑，眼底卻閃過一陣悲哀。

# ▬ 盜版商販

　　回到所裡，一切進展的都極為順利，書店老闆小毛放棄了無謂的掙扎，全盤托出了自己販賣盜版書籍淫穢音像製品的犯罪事實，但是對於他的供貨商，他卻緘口不言。但是也無所謂，關鍵證人胡之銘提供的證據在此時造成了至關重要的作用，一見到這串電話號碼，書店老闆徹底蔫了。

　　原來，這些盜版書籍，非法音像製品，都是一名叫么雞的男子供貨給小毛的，這位名叫么雞的男子，算起來也是舊城區的名人了，稍微歲數大一點的人都知道這位么雞的存在。1980 年代，錄影廳在大街小巷中可以說極為流行，而么雞就是從那時候起被眾人熟知的，以前，么雞幾乎供應了整個舊城區所有錄影廳的貨源，從放映裝置，到光碟內容，再到某些錄影廳裡不怎麼拿到的檯面上的商品，幾乎都被么雞一個人包圓兒了，也因此，眾人說起來么雞，無一不是佩服的。只不過這種佩服，頗帶走幾分嘲諷的意味。

　　自入新世紀以來，錄影廳逐漸被網咖所取代了，那時候，么雞還辦過一陣子黑網咖，且靠著黑網咖的生意賺了好一比，直到前些年，警察專打黑網咖，么雞就再一次光榮失業了。

　　但是誰知道，這小子賊心不改，看著曾經幹過的行業一個個都不行了，就另謀出路，竟然打起了盜版圖書，影像製品，售賣違禁音像製品的主意，於是乎，么雞又轉身一邊，成為了海城市裡數一數二的「黑心書商」，常年為小毛這種喪天良，賺黑心錢的老闆供貨。

　　要說其實小毛本沒有膽量供出來么雞的，因為么雞這人行走江湖多年，多多少少還是認識些黑白兩道上的人，就算是出了事，么雞也是不會

害怕的，因為總有人會護著自己，就算是進去幾天，最後也還是會毫髮無損的出來，但是出來之後，必定會追究是誰出賣了自己，讓自己蒙受損失。如果小毛供出了么雞，歸根結柢，倒楣的還會是小毛自己。

聽完小毛講述這些，唐海城又氣又急，幾乎想要胖揍眼前這糊塗小子一頓。

「你，你，你，為什麼這麼蠢？我們警察是不是擺設？他一個違法亂紀的歹徒，竟然就能把你嚇到不敢相信我們？國有國法，家有家規，天子犯法還與庶民同罪呢，況且只是他一個潑皮無賴。而且誰告訴你我們會祖護他了？只要他犯了錯，違了法，他就得接受法律的制裁，不止他一個，全國的人民都是如此！」唐海城說到激動出，唾沫星子四處亂飛，但卻仍然把那老闆說的不敢抬頭，愧疚不已。

「我告訴你，無論什麼時候，我們警察和法律總是會站在正義的一方，會現在需要我們保護的人民一方的。今天你犯錯了，我們定然會懲罰，那麼雞犯罪了，我們更是不會輕饒！如果我們連公民大眾的合法權益與人身安全都無法保障，那我們存在還有什麼用？」

這一番熱血沸騰的話著實讓白煙煙和所裡其他人都對唐海城刮目相看。沒想到平時不正經的他，說起來這些，還真是正義盎然。

既然鎖定了嫌疑人，就不能夠拖延了，古董當即下令，對綽號么雞的男子實施抓捕。

抓捕過程很是順利，根據小毛提供的線索，李墨白帶領幾名同事在一處印刷作坊中將么雞成功抓獲，在現場，同行人員還搜查出至少八百多份經製作完成的盜版圖書音像製品。行動可謂滿載而歸，犯人與犯罪證據一齊得以繳獲。

　　李墨白心中深感自豪，不過他也很清楚么雞一夥人鐵定會遭到很嚴厲的刑事處罰，因為惡意販賣盜版書籍和音像製品，根據法律可按「非法經營罪」處理，查獲盜版光碟超過 500 張以上，至少要處 6 年以上有期徒刑。回到所裡，古董跟李墨白進行突審，經審訊後么雞等人全盤招供，時機成熟後會扭送司法部門審判，最終么雞會被依法關押到市第三人民監獄。

　　古董跟李墨白審訊完這夥人之後，已經是將近晚上八點的時間了。大夥拖著勞累的身體走出派出所，各自告別回家，白煙煙這時才想起，自己和胡之銘還有一個約定，心中不由一涼。

　　「完了完了，這麼久沒見面，第一次見面就放人鴿子，這可怎麼辦。」白煙煙都有些奔潰了，她掏出手機，果然，手機上有兩個未接來電，都是來自胡之銘的，白煙煙深深吸了一口氣，趕緊回了電話過去。電話那頭反應很快，只響了兩聲便被接了起來。

　　「喂，之銘，我……」

　　「煙煙？妳下班了嗎？我剛剛打電話給妳，妳一直沒接，我猜妳肯定是在工作。就沒再打擾妳，怎麼樣，現在空了嗎？我還沒吃呢，一直等妳下班呢。」

　　白煙煙心裡不由得一陣溫暖，這麼多年沒見，他還是那麼體貼：「真對不起，所裡今晚抓到了一位嫌疑人，臨時加班審訊，這才耽誤了時間。你在哪，我現在去找你。今晚我耽誤了時間，這頓飯必須我來請。」

　　「我在劉家巷，妳呢？我開車過去接妳吧。」

　　「呃，那就勞煩你了，我在舊城派出所公車站這裡。」還真是巧，劉家巷離單位並不算遠，白煙煙猶豫了一下，還是選擇勞煩胡之銘。

「好，你等我，我大約五分鐘就到。」

結束通話了電話，白煙煙終於鬆了一口氣。胡之銘對於她來說，是一種特殊的感情存在。她和胡之銘高中時候做過一年同學，不過也只有短短一年，高二時候，胡之銘全家都搬去了很遠的城市，班級裡沒有人知道他搬去了哪裡，只聽班主任說好像是南部沿海的一座海濱小城，至此之後，胡之銘就再也沒有出現過在自己的生活中。

高中時，白煙煙因為家境不好，受到了班級裡許多女同學的特殊對待，就連許多男同學都對白煙煙時不時冷嘲熱諷，但是只有胡之銘不那樣對自己，他永遠都是那樣溫暖，像兄長，更像陽光，給自己關愛，溫暖自己。支持自己向前走。那時候白煙煙極其依賴胡之銘，以至於胡之銘搬家轉學後好一段時間，白煙煙一直都有輟學去尋找胡之銘的念頭。

正思索間，一輛大眾緩緩停在了自己面前，車窗也慢慢降了下來，果然，是胡之銘。白煙煙危險示意，打開副駕駛位置坐了進去。車上有股清新的味道，似乎是檀木香，反正不似普通的空氣清新劑那樣刺鼻，白煙煙聞著很喜歡，整個人都放鬆了下來。

「煙煙，不好意思我來的有些慢了。前面紅綠燈路口有些塞車，讓妳久等了。」

白煙煙聽到這裡趕緊擺手道：「嗨，千萬別這麼說，我讓你等到現在還沒吃飯就已經夠抱歉了。還讓你特意來接我，你要是再向我道歉，可不是讓我沒臉對你了。」白煙煙揉了揉鼻子，尷尬的笑了笑，為了岔開這個自己感覺很是不好意思的話題，白煙煙主動提問了胡之銘。

「之銘，你現在在哪裡工作呢？」

「我最近剛從南方回來，打算在我們市裡找一份律師的工作。」

「你當律師了？」白煙煙有些驚訝，「我記得你高中時候最不喜歡的就是文科了，後來分班你也學了理，怎麼現在反而成了律師了？」

胡之銘邊開車便苦笑到：「沒辦法，生計所迫啊，要不是律師高薪，我也不會選擇它當職業吶。」

「哈哈，說的也是。對了之銘，你剛剛說在這裡找工作，那你這次回來就不走了對嗎？」

「嗯，對，這次回來我打算在海城市定居了，畢竟還是自己長大的地方，熟悉些，也方便些。」

白煙煙點了點頭，剛要再問，就被胡之銘打斷了：「煙煙，我還沒問妳喜歡吃什麼？我們先找個地方坐下點幾個菜填飽肚子吧，我肚子都已經餓了。」

「啊，對，你看我，光顧著問你了，盡把盤問犯人那一套用你身上了。剛剛說好了，今晚這一頓我請，既然你以後不走了，那我們吃飯的機會就多的是，來日方長，這一頓就讓我來吧，就當為你接風洗塵了。老規矩，還是火鍋。」

胡之銘執拗了半天，最終還是答應了白煙煙，於是兩人在白煙煙的帶領下來到了白煙煙平時最喜歡去的一家館子裡吃火鍋。

進了店，兩人坐穩點好了菜，便邊等待上菜邊繼續聊了起來。

「之銘，你不知道，你當初走了之後，我追著老師問了好大一陣子，就是不知道你到底去哪了，還差點輟學出去找你去了。」

白煙煙端起手邊的可樂，佯裝著並不在意，將這心事說給了胡之銘，胡之銘聽了這句，夾菜的筷子微微抖了抖，最終卻還是恢復了一直以來的模樣。

「煙煙，當時真的對不起，我本該和妳道別的，可是最後沒找到機會，害妳傷心了。」

白煙煙沒喝酒，但聽到這一句，卻莫名有種宿醉心殤的感覺，她伸出手推了一把對面的胡之銘，大大咧咧的回應著：「這麼多年沒見，你怎麼還是這麼煽情，久別重逢不是好事嗎，怎麼經你嘴這麼一說，搞得這麼傷感呢？真討厭！」

胡之銘也有些不好意思，撓了撓頭，咧嘴笑了：「也對，在這好日子裡我們應該高興些，那些傷心事就讓它過去吧，以後再也不提了。」說罷胡之銘從鍋裡撈出來一大塊百頁，放進了白煙煙碗裡：「別的我不記得，妳愛吃百頁這件事我可是還記得，當時我可膈應這玩意兒了，妳還和我笑話我無福消受來著。」

白煙煙有些害羞，扭頭想了想，同胡之銘又聊起來：「伯母呢？身體怎麼樣？我記得那時候伯母可疼我了，經常做了滷百頁叫我去吃，有的時候還要帶給我。」

胡之銘聽了白煙煙的話，卻沒有回覆，他的筷子停在碗裡，沒有動彈，半晌之後，卻鼻音濃重了起來。

「我媽媽她……已經不在了。」

# 第九案
# 追捕黃牛

虛偽及欺詐是一切罪惡之母。

—— 愛迪生

# 一 引子

十張票原價不過五千不到，這一下子就被你們賺了五千多！真是做的一手好生意！白煙煙忍住怒氣，裝出一副滿意的模樣：「成，那走吧，我們去我車上取錢，這些票我都要了！」

一聽花姐票都賣出去了，另一名中年女子也急了：「小姑娘，姐姐這裡還有幾張，妳要嗎？我給妳再便宜點，買九送一，一張九百，怎麼樣？」

好嘛，開始內戰了，不過你們戰來戰去不也是徒勞，白煙煙冷笑，趁著花姐還沒發作，趕緊回應了上去：「還有啊！太好了，我都要了，走！我們取錢去！」

這下子兩人都皆大歡喜了，屁顛兒屁顛兒地就跟著白煙煙走了，不過到了車前面，兩個人這才傻眼了 —— 怎麼是警車？警車車門也很是應景，嘩啦一下打來，從裡面出來了三位身強力壯的民警。

「大媽，聽說，您有票？」一位民警打趣著問到面前兩人。

白煙煙這才擺出來真實身分：「大媽，身為一名警察，也作為一名社會公民，我奉勸您一句，這種破壞社會秩序，違法亂紀的事，以後還是不要做了，您倒賣票是賺錢了，可是您想沒想過，這種行為給大眾帶來了多少不便？大家因為你們買不到票，市場秩序規則也因為你們大亂，您認為這是一位公民應該做的嗎？」

幾位黃牛齊齊低下了頭，不知是因為懊悔撞在了警察槍口下，還是因為懊悔做了此等違法的事情。不過白煙煙沒時間糾結這些，她還有一位目標人物黑子沒有成功捕獲，簡單從幾人口中詢問黃牛的外貌特徵後，白煙煙和一名警務人員一起前去會場繼續進行抓捕。

# ▬ 知名樂團

　　這幾天對於李墨白他們來說，可真是苦重勞繁，接連好幾天的加班和執勤，讓所裡這幾個剛入職的毛頭小子都變得蔫了咀嚼的，就連平時話最多，最多動的唐海城都像是被霜打了的茄子，挺不起身子來了。

　　要說起來，這幾天海城市也並不是案子多不太平，歸根究柢，要怪這麼一位「不速之客」——當紅樂團燚下週二將在海城市舉辦演唱會。這對於唐海城李墨白這類鋼鐵直男來說，確實沒什麼吸引力，但是對於燚的樂團粉絲，還有眾多迷妹而言，這可算得上是爆炸性新聞，試想一下，你最喜歡的明星說不定哪天就會在你家門前路過，你與他凝望著共同一片天空，呼吸著同一片空氣，那種從未有過的，你中有我，我中有你的感覺，是多麼令人心神嚮往，多麼痴迷陶醉。

　　「嘔。」唐海城盯著螢幕上這一段話許久，忍不住迸發出了他此時此刻最真實的情感：「噁不噁心啊，還同一片天空，同一片空氣。」

　　李墨白無奈的看著唐海城，雖然沒有應和，但是內心裡多多少少還是有些肯定的。就為了這麼一名小鮮肉，大家已經好幾天沒停歇了，貌似這位「國際巨星」的到來是海城市前無古人後無來者的無上榮耀一般。

　　「呼吸著同一片空氣……」唐海城這小子似乎又想起了什麼歪點子，嘴角不知不覺撇出了一個詭異的笑容，李墨白知道這小子沒憋什麼好屁，果不其然，唐海城一張口，就是和屁有關的。

　　「那小白，你說，這汽車的尾氣，大馬路上的灰塵，還有……我們放的屁，是不是這位大明星也一起呼吸了進去啊。」唐海城說的忍俊不禁，李墨白卻想拿起旁邊的膠帶黏上他的嘴。「那這麼說，這些粉絲們說不定

也呼吸進了大明星的屁！嘔，真噁心，就這樣了他們還陶醉不已，太可怕了！」

　　李墨白聽的青筋暴起，恨不得當下立刻一拳頭把唐海城這二缺幹倒在地，唐海城卻絲毫沒有反應，仍然自顧自的嘮叨著：「小白，你說，這些粉絲到底怎麼想的，不就是一位明星嗎，至於這麼個激動嗎？」

　　「唐海城，你怎麼這麼噁心！果然相由心生！」還沒等李墨白開口，白煙煙已經受不了了，看她那皺著眉頭捏著鼻子的樣子，貌似真的像唐海城說的那樣，吸入了什麼不該吸入的東西，著實讓唐海城樂了。

　　「哎，我說白警官，你至於嗎？我也就隨口一說，你高中化學是不是白學了，你不知道氣體分子運動的很快嗎？還沒等它從十萬八千里外飄過來，就已經被公司分子稀釋的無影無蹤了好嗎？」唐海城打趣到白煙煙，末了還做了個搧風動作加以嘲諷：「嗯，我替你吹散了，一點不臭了，您可以放心享用了。」

　　一旁的李墨白看著這兩個人，是又好氣又好笑，得虧所裡面有這兩個歡喜冤家，要不然這幾天的工作，還真有這乏味。

　　白煙煙可不領唐海城的情，唐海城搧風點火之後，自己的手反而捂得更嚴實了：「唐警官，你也知道氣體分子擴散的快啊！你嘴巴這麼臭，又張開這麼半天，我尋思著整個屋子裡都是你的口氣了吧。」

　　「你！」果然，還是白煙煙治唐海城有招，唐海城瞬間無話可說了，狠狠地瞪了白煙煙一眼，就扭過身子去再不說話了。

　　不知什麼時候，古董也從辦公室裡出來了，幾個年輕人光顧著吵吵鬧鬧，也沒發現古董。古董現在對於辦公室裡這幾個活寶的作為也已經習慣了，多數時候不過也是睜一隻眼閉一隻眼，只要不太過分就不追究了。不

過剛剛唐海城那一番「屁話」還真著實驚著古董了，搞得古董把要安頓的正經事都有些忘了。

「咳咳，週二市裡面的演出就要舉辦了，我們這些日子來忙了這麼久，就是為了確保明天的演出能夠順利進行，沒有意外發生。」古董掃了掃辦公室裡的幾個人，繼續說下去：「這次的演出對於海城市來說，也是極為重要的，因為這是我們海城市近年來承辦的規模較大的演出活動之一，活動的順利舉行，不僅是對藝人與眾多工作人員本身的尊重，更是對我們海城形象的一次重要展現。所以這次活動，我們大夥伙一定要打起十二分的精神！精益求精，力保萬無一失！」

「是，我們明白。」唐海城這小子看來是皮癢了，古董一番教導之後，只聽他拉長了調子，有氣無力地回覆，眾人看唐海城這副模樣，就知道他一會肯定有好果子吃了。

古董聽到唐海城這樣回應，本要發火，但轉念一想，近幾天大家都很辛苦，看看眼前的幾個小子，個個灰頭土臉，每天起得比雞早，睡得比狗晚，一天忙下來連吃飯的力氣大概都沒有了，心存不滿也是人之常情，便也原諒了他。

「你小子！一點苦都吃不下，大夥伙這次任務也不單單是為了維護活動的秩序，更多的是為了保護群眾的安全，你們不想想，這種大型活動，沒有我們在觀眾與工作人員背後支援，他們哪能放心參與，安心工作？」古董又嘮叨了幾句，看著眼下沒什麼事，轉身正要回辦公室，卻突然又想起來了什麼事。

「對了，大家最近辛苦了。明天晚上的活動上級指派我們所出兩位民警執勤就行，具體休息安排你們自行處理吧。」聽到這個訊息，大夥伙突

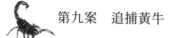

然都來了精神。「我這裡有幾張明天演出的票，是上頭分配下來的，你們明天也自己分配一下，去不了的可以送給朋友，休息的人剛好去看看演出，也好放鬆一下。」

嗯？聽到這裡，大傢伙都呆住了。進所裡這麼久，古董對大家露好臉可是從來沒有的事，更別提這種主動給大家發福利的事了，這還真是古怪的很，連唐海城這小子都被嚇住了。

「你們說，這老頭兒是不是憋著什麼壞等著我們呢？」唐海城呆滯的望著古董辦公室，悄悄衝著身邊幾個人問到。

「去！別瞎說！我看失戀三十三天裡大老王說的一點沒錯，你們這代人，都有被迫害妄想症！」李墨白很不滿意唐海城的這番肆意猜測，一巴掌呼到了唐海城後腦勺上，直把唐海城打的哇哇亂叫。

「你別跟我在這裡裝成熟！怎麼著？你就不是我們這一代人了？」唐海城嘟嘟囔囔抱怨著，不過轉念卻想到了另一件值得高興的事：「你們剛剛聽了沒？明天晚上我們中間能有一個人休息，哈哈哈，美哉美哉，明晚可以不用去執勤，還有免費的演唱會聽！」

「我提醒你，是隻有兩個人能休息，可是我們這裡有四個人喔。」

李墨白這麼一提醒，唐海城清醒了過來，自己，小白，小顧，白煙煙，四個人裡面只能休息兩個人，這可是個麻煩事。

小顧撓了撓頭，還是決定挺身而出：「我看明天我去吧，大家這幾天都挺累的，趁明天好好休息休息。」

李墨白和唐海城看著小顧失落的神色，心裡都有些過意不去，最近小顧的事他們都知道，談了幾個月的女朋友前一陣子分了，這一陣子家裡又拚命催婚，還安排了許多相親對象給自己。要說所裡最難的人，還真是非

小顧莫屬了。現下小顧主動要求執勤，看來是打算寄情傷於工作了。

「小顧，明天執勤你就別去了，好好休息休息，前兩天家裡人不是給你介紹了一個女朋友嗎？剛好明天帶著女朋友去看演唱會啊。」李墨白想了想，衝著小顧擠眉弄眼道。

「是啊，明天這麼好的機會，你可得把握住啊。這樣，明天咱兩休息，讓小白和白警官去執勤，他兩搭配，絕了！我們就只好一個帶著女友，一個帶著基友去看演唱會咯。」唐海城這滑頭趁機插了一嘴，這小子剛剛已經在心裡盤算好了，李墨白的票給自己，白煙煙的票給小顧，小顧帶女友，自己帶大龍，也去看看這演唱會，享受享受。

白煙煙聽了唐海城的話，也懶得搭理他，心想著碰到這種無賴，只能自認倒楣了，還好他休息自己不用擔心會和他一起執勤，只要不用和唐海城一起工作，自己就算是加班加到腦溢血也是願意的。

不過白煙煙還沒說什麼，李墨白就不樂意了：「我說你小子是不是男人？你好意思讓一個女孩子加班你自己休息？不用說了，我看你還真不是個男人！」

「我！」唐海城被李墨白這麼一說，臉上多少有些掛不住了，其實唐海城這小子也不是存心的，要說加班執勤，自己也沒什麼多大的意見，剛剛那麼說，一來事真的沒去過演唱會，有些好奇，二來也多少有些想氣氣白煙煙的意思，這下子李墨白都指出來了，自己這休息自然是不成了。「我就隨口一說，小白你小子還真把我當那種人了？我對你太失望了！」

李墨白可太了解唐海城了，他知道唐海城絕對經不起自己這麼一激，只要自己比嘲諷一番，唐海城就一定像是被踩了尾巴的貓，渾身上下毛都炸起來，畢竟是這麼多年快穿一條褲子的死黨了，唐海城的那點鬼心思，

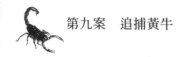

自己也是看得出來的。

「那好，明天你和我一起執勤，白煙煙和小顧兩個人休息，你沒意見吧。」

「沒意見。」唐海城脖子一艮，差點把李墨白逗樂了。

「那好，我現在去報備了，順便把我們幾個的演唱會門票領回來。」說完李墨白就起身進了古董辦公室，留下三個人在原地面面相覷，不知該說什麼打破尷尬的局面。

到了古董辦公室門口，李墨白正要敲門進去，卻聽到古董在裡面正在通話。李墨白正說來的不是時候轉身要離開，卻不經意聽到了古董的話音。

「你好，我想請問一下明天演唱會的門票還有嗎？我想預定四張。」

「哦，要用 APP 訂票啊？姑娘妳看，我不怎麼會操作這些玩意兒，能不能先替我預定幾張，我一會去你們店裡給你把錢送過去。」

「啊？你們沒有店？那怎麼辦？郵局匯款可以嗎？」

「喂？喂？怎麼掛電話了？」

這演唱會的門票原來不是什麼上頭分配的，不過是古董自掏腰包買給大家的，李墨白聽到這裡，也不知道該說什麼，思來想去，終於敲開了辦公室的門。

古董剛剛被掛了電話，正有些慍怒，自己一個半截身子進土的人了，哪裡懂什麼這團那票的，以前看電影都是到窗口買票，這十幾年過去了，沒想到買票都買出新花樣了。

「所長，我剛剛都聽到了，謝謝您。」

　　古董愣了愣，突然有些緊張，雖說自己做的不是什麼見不得人的事，可是自己怎麼總有種做賊心虛的感覺。不過既然已經被手下這個小鬼頭聽到了，自己也沒有什麼好遮掩的了，乾脆把不明白的地方也一起問了他算了。

　　「咳咳，那個，小李啊，你來的正好，剛剛買票的櫃員告訴我得用什麼美群網訂票，這怎麼操作？」

## ▬ 二次約會

　　也不知道是不是良心發現，白煙煙今晚竟然主動攬下了本該屬於唐海城的工作，這下子可好，唐海城終於解放了。同樣解放的，還有李墨白，原因相同，因為明晚的執勤，小顧和白煙煙主動擔起了今晚的任務。到了下班點，唐海城這下了可按捺不住了，拉起李墨白就往燒烤攤上湊。李墨白考慮這幾天也真是把兩個人徹底累壞了，想著放鬆一下也無妨，便勉為其難，半推半就依了唐海城。

　　「老闆，今天給我來一百個烤串，兩大盆小龍蝦，另外蹄子肘子也給我們上他兩個，對了，米飯也來一桶……」

　　「你是不是加班加地腦子壞了？點這麼多，吃的了嗎你？我告訴你，一會結帳時候你自己付款啊。」李墨白見如果再不拉住唐海城，指不定一會選單上的所有菜都得上一遍，趕忙遏制住了唐海城的瘋狂行為。

　　「嗨，你這幹嘛啊，好不容易出來一趟，不吃個盡興怎麼對得起自己？我想這一頓都快想瘋了。」唐海城也不樂意，嘟囔了半天，到最後還

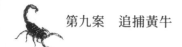 

是聽著李墨白，換成了兩碗小麵十個烤串。

「李墨白，我發現你現在真是越過越摳了，上大學時候都沒見你這樣，現在自己上班賺錢了反而對自己這麼小氣了。下子我可不和你出來吃了，還是大龍好，我兩吃啥都吃的到一起去。」唐海城委屈巴巴，一邊嗦囉著烤串籤子上的汁一邊抱怨起來。

「得了吧，大龍都胖成那樣了，你還跟他一起吃？你不怕吃成個球你就跟著他胡吃海塞去。」李墨白眼前浮現出大龍那顆堪比十月懷胎的肚子，忍不住再次警告起來唐海城。

「你不知道我怎麼都吃不胖？大學到現在你記著我胖過一點？」唐海城看李墨白還在囉嗦，趕緊悄悄從李墨白盤子裡捎了兩支烤串來，忙不迭就把嘴湊了上去。

「沒胖，不過也沒長高，還那麼矮。兩串羊肉串，一會帳算你頭上。」李墨白也不多廢話，埋頭吃面。

「你怎麼這樣啊？兄弟我大學時候是不是請你擼串請的少了，至於嗎？你這，這比古董還小氣過分了啊。」

說到這裡，李墨白想起來下午在辦公室裡的事，想了想，還是把來龍去脈都告訴了唐海城。不出所料，唐海城聽完以後下巴都快掉到桌子上了。李墨白見狀，不急不慢從唐海城盤裡取回了自己剛剛丟了的兩串肉。

「你是說古董自己花錢我們買演唱會的票？他不是說上級分配的嗎？」

「誰知道呢？不過我一開始就猜不可能是上級發給我們的，這不是相當於徇私舞弊了嗎？你大概不知道，這個叫什麼燚的樂團可是火得不得了，現在網上一張票都快五六百了。就這樣還是一票難求呢，我們幾個人的票也是最後的幾張了。」

　　唐海城翻了翻白眼，滿不在乎的抱怨：「現在人的審美，可真是不敢恭維，你說那主唱，長得跟個髮型總監似的，那臉，白過牆皮，那嘴，紅的像是吃了死胎，我看著都害怕，大傢伙怎麼都好這一口啊？」說罷，他還沾沾自喜加了一句：「像我這種男人，現在可不多，真正的爺們兒，由內而外的帥！」

　　李墨白一把扔來了好幾根籤子：「你再噁心我我一碗麵湯蓋你頭上。說正緊的呢，這次演唱會門票，古董可花了不小的價錢，四張票兩千多快錢了都。」

　　唐海城這下子更吃驚了：「我半個多月的薪資了都快！這古董怎麼這麼大方！無事獻殷勤，非奸即盜，我有種不祥的預感，古董別是讓我們最後快活一次，等消遣完了就提刀殺豬了要。」

　　「沒錯，像你這麼蠢的豬，是該早點被殺了吃肉。」李墨白雙手抱胸，都已經再懶得多罵唐海城一句。

　　「問題這真的太反常了，完全不像是古董的做派啊。」

　　李墨白其實也有些驚訝，不過這麼久的相處，他還是對古董有了一些了解的，這個老頭子，看似性格古怪，甚至有些乖張，其實從本質來說，他絕對是一名合格的長輩，長官，只不過一直以來他們都只看到了古董的嚴厲。

　　「其實他是個好人的，不說別的，就單單說你犯錯這麼多次，他最多不過是臭罵你一頓，吼吼你，真正實質上的懲罰卻從來沒有。」李墨白解釋給唐海城。

　　「拉倒吧，那還不算是懲罰？又是罰我加班，又是罰我抄這抄那，還讓當著那麼多人的面給我難看。」聽李墨白這麼一說，唐海城感覺似乎還

真是那麼回事，不過卻還是嘴硬了一下。

「我看你就是煮熟的鴨子，什麼都爛了，就是嘴硬。」看來知唐莫若李，一語中的，唐海城也沒法再偽裝下去了。

「切，一張演唱會票就把你們收買了，鄙視你。」做了最後一下無謂的掙扎，唐海城已經決定放棄了。

「哦，那你不稀罕，把票給白煙煙啊？怎麼自己還留著？」

「我……是她自己不要的，怎麼，我還扒開人家口袋塞進去啊！」唐海城又被戳到了軟肋上。

此時，白煙煙正在辦公室裡奮力完成著最後一點工作。不過此時的她，卻有些心不在焉。明晚的演唱會，自己是一個人去呢，還是叫上胡之銘一起呢？

想到這裡，白煙煙臉有些紅了。想什麼呢自己，請老同學看場演唱會不是很正常嗎，自己怎麼還害羞了，不過看演唱會一般都是情侶一起，也不知道胡之銘有沒有女朋友。白煙煙突然發現自己越想越多了，忙不迭面紅耳赤的甩了甩腦袋。

旁邊小顧今晚也很是興奮，明晚自己不用執勤，手機又有自己的和李墨白給自己的兩張演唱會門票，帶著前幾天相親認識的那個姑娘去，一定很浪漫，也不知道她會不會答應自己，會不會喜歡。

就這樣，兩個各懷心思的男女坐在辦公室裡滿腦子浮想聯翩，一邊亂想一邊工作，直到了快九點才結束了工作。

離開之前，小顧還熱心詢問白煙煙要不要自己送她，白煙煙卻一口回絕了。礙於白煙煙的「威名」，小顧也就沒有多客氣，自己先走了。

「哎，這麼晚了，自己回家還真是有些不敢。」白煙煙又在心裡打開了

小想法，平日裡天不怕地不怕，連凶案現場都恨不得近距離接觸的她，今晚怎麼就突然膽怯了呢？

「也不知道胡之銘現在有沒有空，上次說好了請人家吃飯，最後也還是人家結帳，這次我是不是應該回請一次了呢？」白煙煙臉上一陣紅暈，說著打開了手機，準備打給胡之銘，臨到關鍵時刻，卻怎麼都不好意思把電話撥出去了。

「這……我一個女孩子是不是太主動了，到底打不打呢？」

憂鬱間，白煙煙的電話卻響了，還真是說曹操曹操到，來電顯示的備註，止是胡之銘，按捺住激動不已的心情，白煙煙趕緊接通了電話，末了因為太過激動，一開口竟然嗓音還有些變調。

「喂？煙煙嗎？」

「啊，嗯，是我，是我。」

「剛剛怎麼了，聽聲音還以為不是妳呢，是感冒了嗎？」

白煙煙感覺面子都丟光了：「沒有，我就是嗓子有點乾。」

「哦，妳不會又在加班吧？」

「你怎麼知道啊？哎，別提了，我連飯都還沒吃呢，這幾天真是快累壞我了。」

「妳也沒吃啊？巧了，我也沒吃呢，怎麼樣，我去接妳，我們一起吃個飯？」

白煙煙驀的有種受寵若驚的感覺，趕緊回答道：「你方便的話就行，我現在也剛好下班。」

「那好，上次碰頭的公車站等妳，我現在就趕過去。」

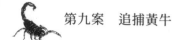 

結束通話電話，白煙煙感覺自己整個人都快飄了起來，難不成這就是心有靈犀一點通？自己沒吃飯，他也沒吃飯？自己剛要打給他，拿起來電話就看到他的來電？這究竟是什麼神仙緣分，完了，自己淪陷了。

一番拾掇之後，白煙煙趕到了公車站，熟悉的車，熟悉的人，已經在一旁等候不知多久了。白煙煙趕緊迎了上去。

「之銘，真不好意思，讓你等久了吧。」

「沒有，我也是剛到。咦，今天妳好像和上次見有點不一樣了？」

「不一樣了？哪裡不一樣？」白煙煙瞬間緊張了起來，該不會是自己今天妝化的太過了吧，自己平常不怎麼折騰這些，沒想到關鍵時刻竟然掉鏈子了。

「好像有點瘦了，還有點白了，是不是這幾天加班太辛苦了？不行，今晚我得帶妳好好去吃一頓，不補一補怎麼行。」

白煙煙鬆了一口氣，和胡之銘敘了幾句之後便上了車，一路隨著胡之銘的帶領到了本市一家上等的西餐廳裡。

「之銘，怎麼來這種地方？太奢侈了吧。」頭一次到這種上等場所就餐，白煙煙有些緊張。

「不會啊，我只是來處配得上妳的餐廳。」

白煙煙感覺像是被蜜糖當頭澆下，霎時間連話都不會說了，只是抿著嘴偷笑了半晌。

「對了，你怎麼現在還沒吃？不會也是找到工作了，加班加到現在吧？」

胡之銘很紳士的替白煙煙拉開座椅，等白煙煙坐下自己才回座位坐下

回答：「沒有，我剛從鄰市回來，送一位遠房親戚回家，回來了晚了，想到妳平時工作忙，飯吃得也晚，就打給妳試試。」

白煙煙聽著胡之銘的話，卻被選單上眼花凌亂的菜品搞得有些頭痛，這些英文菜名加上一大堆不知所述的中文描述，自己還真是一竅不通。胡之銘似乎看出了白煙煙的尷尬，微笑著示意白煙煙把選單遞給自己。

「今晚我推薦這道菜，這是他家的招牌菜，你可一定不能錯過。」

說罷，胡之銘熟練的為自己和白煙煙點下了菜品，又為兩人各自點了一杯飲品。餐廳上菜的速度很快，不一會兩個人的菜品就上齊了。不過這時候白煙煙才想起來，自己對於西餐餐具的使用好像也是一竅不通。還好胡之銘接過了自己的餐盤，細心把裡面大塊的事物仔細切開，才有遞了回來。白煙煙剛剛建立起的好心情此時已經丟的差不多了，完了，自己今晚肯定在胡之銘面前丟人丟人發了。

一餐無語，白煙煙埋頭苦吃，胡之銘也沒有過多搭話。等待酒飽飯足，白煙煙才回想起自己一開始想和胡之銘約定的事，但經過這一餐，白煙煙不知道胡之銘還願不願意和自己去看演唱會。思前想後，白煙煙最終還是大膽開了口。

「之銘，明晚，你有空嗎？」

胡之銘正端起桌上的水杯喝水，聽到此處，趕忙放下杯子嚥了一口水：「有啊，怎麼了？」

「明天聽說市裡來了一支樂團，叫燚，好像還挺有名的。」

「這個我知道，我還特別喜歡這個樂團呢。」

「真的？」白煙煙眼睛裡瞬間放出光來，「那明晚要不要和我一起去看燚的演唱會，我這裡有兩張演唱會的門票，自己去有點孤獨。」

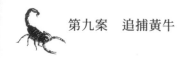 

胡之銘想也沒想，乾脆的答應了下來：「可以啊！那明天妳下班我去接妳，我們一起吃個飯然後一起去看演唱會？」正說著，胡之銘的電話響了，「不好意思，我接個電話。」

「沒關係，你去吧。」白煙煙心裡早已翻湧成海，心奮不已。

她沒注意到，胡之銘看向電話的時候，表情突然變得有些不自在。


## ■ 群魔亂舞

如果說昨晚是白煙煙這些日子來最高興的一晚，那麼今天就是白煙煙這些日子來最沮喪的一天。計劃趕不上變化這句話，真的是計劃趕不上變化，原本以為自己今晚能和胡之銘一起度過一個值得紀念的演唱會夜晚，沒想到自己竟然失算了：訂票網上顯示，演唱會的門票竟然已經被一搶而光！

這可就難倒了白煙煙，要知道自己手裡只有一張票，自己本想著把這張票送給別人，再從網上預定兩張座位連在一起的票，可是沒想到人算不如天算，票竟然一張都沒有了！這下子自己可真的要丟人了，昨晚上答應好了胡之銘今晚去看演唱會，可是現在票沒了，還怎麼進的去。

不過，好像唐海城手裡還有一張，昨天看，好像自己的票和唐海城的票還是連在一起的兩張座位，要不，自己和唐海城厚著臉皮開一嘴？看著飲水機旁抖抖嗖嗖的唐海城，白煙煙是被逼上絕路，沒有絲毫辦法。

唐海城這邊正喝水呢，突然感覺背後一涼，湊過來個什麼東西，猛地回頭，竟然是白煙煙，這可把唐海城嚇得不輕：「你幹嘛呢這是？人嚇人，

嚇死人，你不知道啊。」

要給平時，白煙煙絕對忍不了這個傢伙，不過今天有求於人，就另當別論了：「唐海城，你今晚是要去執勤嗎？」

唐海城喝了一口水，斜著眼點了點頭：「怎麼了？昨天不是商量好了嗎？怎麼，妳要替我去執勤？」

「我……」白煙煙被唐海城這麼一噎，還真不知道下面怎麼開口了，想了想，她還是換了個切入點：「你說今晚這演唱會有啥好看的，那麼多人都去看。」

唐海城一聽這話音不對啊，明顯有事憋著沒說，遂心生一計，決定逗一逗白煙煙。

「是啊，什麼演唱會，貼錢讓我看我都不看，哎，昨晚那張票也不知道怎麼處理。扔掉吧，挺可惜，送人吧，還沒人要，你說這演唱會這麼爛，誰看呢你說是不是？」

「是是是，不過吧，還真有人喜歡這種音樂，我有一個朋友，她昨天聽說我有演唱會的門票，可是激動壞了，非要和我買這張門票，還說要是多幾張就好了，你看，你這張要是不要，就賣給她……」

「哦？白警官，我聽著怎麼不對勁啊，我有一個朋友，這話聽著太耳熟了，這朋友。不會就是你自己吧？」

白煙煙愣了愣，完蛋了，忘記這小子也算是個人精了，自己偽裝不成，最後還是被揭穿了。

「不會，怎麼可能呢？我真有一個朋友，不信的話我替你連繫她，讓她和你說？」

「好哇好哇，正好經你介紹多認識幾個朋友，要是投緣的話我晚上請

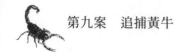

個假一起陪她去看好了。」

「你！」白煙煙被唐海城套路了一番，氣急敗壞卻沒處發洩，只能乾瞪眼。

「白警官，妳這是怎麼了？」唐海城裝作一副無辜的模樣看著白煙煙。心底卻已經樂開了花。讓你昨晚笑話我，還說什麼讓我留著票自己做個紀念，那時候給你你不要，現在反而過來討票了，哼，不經過我些考驗我怎麼能給你？

白煙煙看著小人得志的唐海城，真是無可奈何，最後還是一跺腳走了。

白煙煙一走，唐海城也想起來了正事，說了半天有關票的事，自己似乎也好久沒見到自己這票了。咦？怎麼回事，怎麼好像自己也找不到票了？啊？完蛋，該不會是票丟了吧？唐海城那心底叫一個拔涼。

李墨白看著唐海城把白煙煙氣走了，上前來勸說：「行了，差不多得了，一個大老爺們兒和小姑娘鬥氣，丟人現眼，你反正也用不到，就送給她吧。」

唐海城這裡找票半晌找不到，心煩意亂，被李墨白這麼一說，更是忍無可忍，扭過是一句吼：「我給不給管你什麼事啊！多嘴！」

這一句下去，聲音不大不小，整個所裡都聽到了，白煙煙也不例外，這下子白煙煙可真有些受不了了，眼淚在眼眶裡來回打轉，憋了好久，轉身出了所裡。唐海城感覺到自己有些過分了，也不再說話，李墨白更是無話可說，搖了搖頭，也直接走開了。

這票哪去了？唐海城現在比誰都煩心，本來這張票就是預備送給白煙煙的，但現在自己這麼一鬧，事好像就不是那麼回事了。去道歉吧？去解

釋吧？自己還拉不下來臉。但是如果就這樣無聲無息，豈不是更過分，最終唐海城還是起身出去尋了白煙煙。

白煙煙可沒那麼脆弱，剛剛那一句確實過分，不過還沒到讓自己哭出來的地步，冷靜片刻，白煙煙正打算回去工作，卻碰到了前來尋找自己的唐海城。這下子可好，白煙煙連看都不想看到他，只是哼了一聲就要離開。

「白煙煙，對不起。剛剛是我過分了，但是我不是有意的，我就是想逗逗妳玩兒，票我　早就準備好給妳了，可是剛剛哪裡都找不到，票丟了我一時著急，這才⋯⋯」

「沒關係，我不需要，沒什麼事我就去工作了。」白煙煙倒是很客氣，繞開唐海城進了辦公室，留下唐海城自己在原地懊悔不已。

一直到晚上，唐海城都還惦記著這張票，可是票好像是自己長著翅膀飛走了，怎麼找都找不到。唐海城一陣天幹什麼都心不在焉，犯了不少錯。相反，白煙煙卻心寬不少，不就是一場演唱會嗎，大不了自己不看了，胡之銘那邊自己多解釋解釋，他也不會不原諒自己⋯⋯吧？

想來想去，白煙煙想到了一個算不上主意的主意，晚上下班就去會場門口堵著，看有沒有臨時不去的人，能不能找到退票的人。於是白煙煙先給胡之銘打了一個電話，告訴他下班不用來接自己了，自己也是一下班就直奔目的地，守在了會場周邊。

不過事實證明，這不是一個好主意，白煙煙守在會場門口將近一個小時，不僅沒有等到一個退票的人，反而是招惹過來了一大堆自己的「同類」。

這些同類，可不是警察，也不是等待別人退票的觀眾，他們，正是臭

名遠颺的黃牛一族，也就是我們俗稱的黃牛。

最先上來搭訕的是一位大媽，這位大媽長得慈眉善目，可不像是壞人，白煙煙起初還沒反應過來大媽是職業黃牛，只是以為大媽為了家裡孩子過來求票，正感嘆這年頭父母不易，沒想到卻被大媽的一句話雷的體無完膚。

「嗨，姑娘，你這樣子是拉不到客人的。」

「什麼？拉客人？大媽您說什麼？我是過來買票的。」

「我知道啊，要不然大媽跟妳說呢，妳這樣子可不行，妳看這麼半天了，哪有一個人過來找妳？」

白煙煙愣了愣，這才明白原來大媽是黃牛，不由得激動起來，一把攥住了大媽的手，直把大媽嚇得直哆嗦。

「我說姑娘，妳這是幹什麼，我不過是怪妳占了我的地盤，妳也不用打我啊，我這一把老骨頭了，可撐不住，萬一出點什麼事，姑娘妳可得對我負責啊！」

白煙煙此時卻雙眼放光：「大媽，您是不是有今晚演唱會的票？」

「是，是啊，怎麼著？姑娘妳沒有？合著妳不是來賣票的，是過來賣票的啊！」

「大媽，兩人座連在一起的，有嗎？」

「有，姑娘妳要的話我便宜點賣給妳。」

「好，多少錢，我要了。」

「大媽打個折，兩千二兩張，包妳滿意！」

「什麼？」白煙煙以為自己聽錯了數字，又以為是自己記錯了票價，

特意翻出了自己的票瞄了一眼，竟然是翻了一倍價錢還多。

「大媽，您這是坑我呢？原票價不過五百多啊，這怎麼突然貴這麼多啊？」

「呦，姑娘妳這就不懂規矩了，我們販票成本可不小啊，起早貪黑，不就為了轉手賣個好價錢嘛，你看看現在網路上哪裡還有這演唱會的票？妳要是不從大媽這裡買，其他人那裡可是更貴，到最後買不上票都是有可能的。」

從前不知道黃牛是幹什麼的，也對黃牛談不上什麼喜愛厭惡，如今自己真正碰到了一回，白煙煙終於明白為什麼大家那麼討厭黃牛了，搶票屯票，哄抬票價，乘人之危，這種行為怎一個無恥了得？身為警察的白煙煙剛剛竟然也差一點助長了黃牛這種囂張氣焰。

不過挺大媽剛剛那樣說，貌似寫一片的黃牛還真不少，看來如果現在貿然行動，必定只能抓得到這麼一位，白煙煙思索片刻，心生一計，決定來個放長線釣大魚，將他們一網打盡。

「大媽，你這麼說，我怎麼感覺妳在框我？萬一人家其他人賣的價錢比妳便宜呢？」

「嘿呦，姑娘，妳大媽我是那樣的人嗎？這樣，妳轉悠一圈問問，要是有一個比我便宜的，我這票白送妳！」

「您這麼說我可得較真了，看樣子您對這一片賣票的熟悉，這麼著，您帶我去看看，要是他們比您貴，我從您這裡多買幾張，把我幾個小姐妹也一起帶過來，反正便宜，不買白不買。」

「哎，哎，好嘞姑娘，你就跟著大媽走，我保準大媽這裡絕對讓你滿意。」眼看有大生意來了，大媽可是興奮，拉著白煙煙就走。這可正中白

煙煙的下懷，她一邊暗中通知所裡，一邊跟著大媽尋找黃牛。靠著這種「騙法」，白煙煙不一會身後就跟了三四個黃牛，猛然一看，還以為白煙煙是這黃牛頭目。

　　這邊白煙煙忙著抓黃牛，李墨白和唐海城這邊可也不輕鬆，眼看演唱會進行在即，卻出了個小問題：一群狂熱的粉絲不知道怎麼地，竟然談過了保全警察的重重包圍，溜進了會場後臺。

　　「真是怕什麼來什麼，人怕出名豬怕肥，我看啊，還是安安穩穩做個普通人的好，你說這成天提心吊膽的，有什麼好。」唐海城一邊配合工作人員尋找闖入人員，一邊發表著自己的見地，「哎，小白，我看這粉絲其實和恐怖分子沒啥區別，為達目的不擇手段，還時不時地引起些擾亂。」

　　「差不多得了，有你囉嗦的時間別說是粉絲了，就是老太太都逃跑了。」李墨白現在沒啥心思應付唐海城，只想完成今晚的任務。

　　「得嘞，我這後招人嫌的。」唐海城也放棄了嘮叨，專心開始尋找闖入者，不過他心裡還存著另一件事，那就是早上那張沒找到的票，也不知道白煙煙買到票沒有。

　　想來想去，唐海城越發感覺沮喪，今天真是太喪了，早知道這樣昨天把票就給了白煙煙還哪有這麼多問題？到底還是自作自受，怪不得別人。唐海城嘆了口氣，轉身繼續尋找著可疑人員的蹤跡。

　　「站住！別跑！」這突如其來的一嗓子把專心致志的唐海城嚇得不輕，不過聽聲音，應該是逮住闖入者了！唐海城一陣興奮，衝著聲音的方向匆匆跑去。

# ▬ 追捕黃牛

「站住！你別跑！」

會場門前，此時正上演著緊張刺激的一幕，一名女子奮力追逐著一名頭戴鴨舌帽的男子，別看這場景看起來似乎對女子極為不利，但實際上，此時萬分緊張的不是身後緊追不捨的女子，而是前面被追到無路可走的男子。

這名女子，正是白煙煙，那可想而知，前面的男子，無疑也是一名黃牛票販了。

要說這一幕還得從半小時前說起，那時候白煙煙發覺會場外充滿了黃牛黨，於是心生一計，要裝作購票者把這些黃牛聚集在一起，最後一網打盡。不得不說，白煙煙這個方法還是很管用的，不出十幾分鐘，白煙煙就差不多摸清楚了整個會場外黃牛的分布。

最初過來和自己搭訕的大媽，其實是這一片黃牛中的領頭人之一，她手下管理著兩三號黃牛，不過她並不是這一片唯一的黃牛帶領人，其餘還有兩名，一位是名中年女子，她似乎手下只有一人，另一位則是名年輕男子。

從她們的交談中，白煙煙聽出來，兩名「母黃牛」對那頭「公黃牛」極為不滿，甚至有種敵人的敵人就是朋友的感覺。

「花姐，今天妳們賣出去幾張？」

「還沒開張呢！你呢？」

「我也一樣，不過看那邊黑子那小崽子今天已經賣出去好幾張了。」

「啥？他今天都賣出去好幾張了？怎麼回事？」

「還能怎麼回事，搶客人唄，一下午就在我地界上晃，拉走我不知道幾個顧客了！」

「這次了得？不行，回去了我得和孔哥好好說說，要不然這生意還怎麼做的下去！」

白煙煙就站在她們旁邊，沒想到她們倒是一點都不避嫌，白煙煙聽到這裡，乾脆又生出一計來，反正支援的隊友已經到了，看著眼下攢住的這一夥人也不少了，乾脆先把他們帶上車去，剩下一個自己也好收拾。於是白煙煙對著那個被叫做花姐的大媽發起了牢騷。

「大媽，妳這果然不厚道！還有一個賣票的，怎麼不帶我去問問？是不是人家賣的比妳便宜，妳怕我買了他的票？」

「啊呀，怎麼可能，姑娘我不帶妳去他那邊是因為他那人不厚道，大媽這不是怕坑了妳嘛。」

你本身做的事就不是什麼厚道的事，還好意思在這談厚道，白煙煙心裡一陣冷笑：「這樣吧，大媽，我去問問他，你們在這裡等著我，要是他比你們還貴，我立刻回來。」

兩個黃牛一聽白煙煙這麼說，急的那是不得了，都快跳起來了：「姑娘，別，別，我們給妳便宜點，妳就在我們這裡買了算了，這還不成嗎？」

白煙煙假裝思考，故意等了幾秒鐘，這才答應：「好吧，你們還有幾張票？」

「沒剩下多少了，就十張了，一張一千塊，姑娘妳看行不？」

十張票原價不過五千不到，這一下子就被你們賺了五千多！真是做的

一手好生意！白煙煙忍住怒氣，裝出一副滿意的模樣：「成，那走吧，我們去我車上取錢，這些票我都要了！」

一聽花姐票都賣出去了，另一名中年女子也急了：「小姑娘，姐姐這裡還有幾張，妳要嗎？我給妳再便宜點，買九送一，一張九百，怎麼樣？」

好嘛，開始內戰了，不過你們戰來戰去不也是徒勞，白煙煙冷笑，趁著花姐還沒發作，趕緊回應了上去：「還有啊！太好了，我都要了，走！我們取錢去！」

這下子兩人都皆大歡喜了，屁顛兒屁顛兒地就跟著白煙煙走了，不過到了車前面，兩個人這才傻眼了 —— 怎麼是警車？警車車門也很是應景，嘩啦一下打來，從裡面出來了三位身強力壯的民警。

「大媽，聽說，您有票？」一位民警打趣著問到面前兩人。

白煙煙這才攤出來真實身分：「大媽，身為一名警察，也作為一名社會公民，我奉勸您一句，這種破壞社會秩序，違法亂紀的事，以後還是不要做了，您倒賣票是賺錢了，可是您想沒想過，這種行為給大眾帶來了多少不便？大家因為你們買不到票，市場秩序規則也因為你們大亂，您認為這是一位公民應該做的嗎？」

幾位黃牛齊齊低下了頭，不知是因為懊悔撞在了警察槍口下，還是因為懊悔做了此等違法的事情。不過白煙煙沒時間糾結這些，她還有一位目標人物黑子沒有成功捕獲，簡單從幾人口中詢問黃牛的外貌特徵後，白煙煙和一名警務人員一起前去會場繼續進行抓捕。

不得不說，最後這位名叫黑子的男人確實有些棘手，相比其他幾名落網的嫌疑人，他身強力壯，同時反偵查意識也極強，還沒等白煙煙兩人採

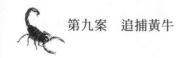

取措施，黑子便發覺了不對勁，當白煙煙發現黑子蹤跡時，他正打算逃離現場。

不過黑子雖然機敏，卻仍然不敵白煙煙，再怎麼說，白煙煙也是警校中的佼佼者，單憑他那點三腳貓功夫，可是差遠了。徒勞掙扎片刻後，黑子選擇了束手就擒。

真是沒想到，不過來看個演唱會，自己竟然還意外協助抓獲了不少嫌疑人。不過，這演唱會，看來是徹底泡湯了。白煙煙擦了擦額頭上的汗，心有不甘，卻著實沒有辦法了。

會場中，唐海城和李墨白也剛剛歇下，經過一陣子的鬥智鬥勇，逃竄進會場裡的粉絲總算是被找了出來，相比於白煙煙驚心動魄的追捕，唐海城他們的行動說起來其實更像是在哄小孩子，你有見過一群警察保全趴在地上連哄帶騙軟硬兼施告訴櫃子底下的粉絲出來「束手就擒」的嗎？

也難怪，櫃子底下的粉絲，確實還是個孩子，從櫃底出來的時候，他還穿著放學沒來得及換下來的校服。據他所說，他一直狂熱的痴迷著這支樂隊，得知樂隊要來海城市開演唱會。自己更是激動的好幾天沒睡著，好不容易等到今天了，卻被告知演唱會結束之後不會舉行偶像簽名握手會，這讓他失望至極，眼看偶像就在眼前，自己卻觸碰不到，這可如何是好，於是他憑藉自己身材弱小的優勢，成功溜進了會場內部，這才有了後來的一幕。

聽完這一切，大家是哭笑不得，警報得以解除，也算是任務成功完成，小粉絲認識到了自己的錯誤後回到原位，等待演唱會開始。一切看似都進入了正規，只不過又好像有些什麼不對。

唐海城看著陸陸續續進場的觀眾，眼前又浮現出早上白煙煙眼淚汪汪

的模樣，懊惱不已，蹲在地上狠狠拍了自己一巴掌。

「你啊你啊，真是不作就不會死，這下子都晚了。」

這一拍不要緊，唐海城的帽簷後面轱轆一下掉出來了一卷東西。

「這是？門票？」唐海城驚訝的看著地上的門票，突然想起來昨天自己手賤，李墨白替自己取回門票後自己就隨手把門票捲成了一條塞進了帽簷裡。這一天好找，弄了半天原來是遠在天邊近在眼前。

唐海城這下子可顧不上什麼了，拔腿就往會場外跑去，也不管李墨白在身後衝著自己狂吼。

「她在哪呢？猜想還在入口處等著呢吧。」半晌電話沒有打通，唐海城只能在會所門口東張西望，祈禱能剛好碰到準備入場的白煙煙。半晌，他終於在人群裡看到了白煙煙，他揮了揮手裡的票，剛要張口喊白煙煙，卻發現旁邊站了一位熟悉的身影。

「這不是那天那個胡之銘嗎？他怎麼也來了？」唐海城狐疑，念頭一閃，這才明白原來白煙煙要票是為了和胡之銘一起來看。

「搞了半天原來是為了帥哥，虧得我一天內疚。」唐海城有些不悅，但是還是準備走上前去。不過還沒等唐海城擠上前去，就看到兩人手裡各自握著一張門票。白煙煙似乎很開心，正和胡之銘滔滔不絕的說著什麼，胡之銘也耐心的聽著，不時也露出一個會心的笑容。

對比之下，唐海城手裡那種皺巴巴的門票似乎有些不值一錢了。唐海城感覺那張門票太過醜陋了，甚至都有些扎眼，他把門票揉成了一個團，隨手扔在地上，轉身垂頭喪氣再次走進了會場中。

這邊的白煙煙絲毫沒有注意到唐海城，今天也算是不幸中的萬幸，雖然門票沒買到，但是卻抓到了一大票黃牛，而白煙煙知道這些黃牛黨會被

依法處罰，至少處 5 日以上 10 日以下拘留，可以並處罰款。

因為黃牛黨落網，與白煙煙同行的警員得知她想看演唱會沒有門票，還特意送了她兩張連座門票。這樣一來，還真是兩全其美，皆大歡喜了。演唱會很棒，所有人都達到了自己期望的目標，除了唐海城。他的心裡，似乎有出現了一片空洞，從外面吹來的冷風陣陣刮入，很涼。

此時，位於海城市商業中心的一棟高級辦公室高中，一位頭髮花白的老人正站在落地窗前，他雖然歲數不小，卻顯得十分精幹，一身中山裝更是襯托的整個人乾練無比。身後，是一間豪華無比的辦公室，幾名黑色西裝男分列左右，似乎再等待著老人的吩咐。

「少爺去哪了？」

「回老爺，少爺今晚說是去看演唱會了。」

「哦？他還有這愛好？同誰一起去的？」

「這屬下的就不知道了……」

「飯桶！讓你把少爺平時的諸事都向我仔細報備，你就是這樣做的？」

「對不起，老爺，是屬下無能，屬下甘願受罰。」黑衣男子沒有過多表情變化，只是垂頭立正，一副準備好受罰的模樣。

「罷了，再有下次，我肯定不會饒了你。聽說，最近么雞出事了？」

「是，老爺，么雞出事是少爺吩咐做的。」

「這件事倒是該做，不過也太冒險了，不值當。」老人喉嚨裡發出古怪的呼嚕聲，似乎在笑，又似乎是要咳嗽，見狀，屋裡角落一名護士裝扮的女子趕緊上前替老人拍了拍背，又送上一杯水。

「等少爺回來，讓他來我這裡一趟，我有話跟他說。」

「是，老爺。」

「好了，我要休息了，你們都出去吧。」

眾人聽此，均站立頷首，恭恭敬敬後退著走出了房間，只留下老人與護士。

「當年把你帶到身邊，就是為了你有朝一日能替我排憂解難，現在看來，時候也快到了。」老人望著窗外，充滿皺紋與斑駁的臉上分辨不出究竟是什麼表情。

須臾後，他轉身走到那張檀木雕花桌前，拉開抽屜取出了一張照片。照片上，老人正與一名男子開懷大笑著。看著照片，他臉上終於舒展開來，露出了讓人能辨別出的笑容。看過照片，老人小心翼翼的將它再次放進了抽屜。

「時間差不多了。」老人渾濁的眼睛裡，似乎流露出一絲悲哀，中山裝領口不知何時開了一道釦子，裸露出的皮膚上，半隻蠍子圖案似乎比老人更加滄桑。

第九案　追捕黃牛

# 番外篇

為寫好本書我還專門認識了幾位真實的警察朋友，從這群熱血的警察身上，我看到了什麼叫一入警校終身無悔，從警為民不辭辛勞。

其實本系列的所有故事跟人物均有真實原型，在此特別感謝警察們提供相關的素材，因某些特殊原因不能一一寫出他們的名字跟詳細任職單位，但沒有他們的幫助就沒有這套書，為了讓書中的人物更加立體，特此專門開設番外篇。

**特殊案件 1：《古玩造假》**

案件提供者：古董

性別：男

年齡：38 歲

任職單位：現任海城市青山區派出所所長，前任市局刑偵一隊大隊長

2014 年 8 月 23 號晚上十點三十分，古董當時跟自己的小徒弟郭凱茂還在市局刑偵隊的值班室輪流值夜班，郭凱茂透過美團外賣點了兩份湯米粉剛簽收，本想著能和自己的師父吃個宵夜。

師徒二人分別打開裝米粉的外賣盒，古董先用筷子把瘦肉夾給了自己的徒弟。

郭凱茂呵呵傻笑道：「謝謝師父，一會湯粉該涼了，您也趕緊吃呀，下半夜由我來值班。」

古董微微點頭吃了口米粉，他的手機突然響起，看看螢幕是他一個特

殊朋友打來的檢舉電話。主要檢舉內容為在今晚的十一點左右，會有一批假古玩運到城西的廢舊停車場進行交易，讓他趕緊帶隊去停車場抓人！

古董還沒仔細問，對方快速結束通話電話，留下他一人呆若木雞般看著手機。

郭凱茂察覺師父的神情不對勁，停下手中的筷子問道：「師父，你怎麼了？」

古董收好手機對身旁的徒弟說：「凱茂，我們要趕緊帶隊出發去抓人了！」

郭凱茂還有點不太相信，面帶疑惑道：「師父，檢舉人可靠不？別是忽悠咱的呀。」

古董停下手裡的動作大罵道：「趕緊滾蛋，檢舉人絕對可靠，我拿這身警服擔保！」罵完徒弟之後，古董掏出褲子裡的哨子，跑到操場中央邊吹邊喊，「緊急行動，刑偵一隊全員便裝集合！」

郭凱茂見狀大吃一驚，他清楚師父沒開玩笑，雖說從警的時間不長，可也清楚這是有突發案件的狀況。二話不說丟下手裡的筷子，跑到自己的單身宿舍拿放在櫃子裡的槍，也快速換好出任務的便裝，當他再次跑出來時發現別的隊員早已武裝完畢，他反而成了最後的那個人。

古董在整隊發現徒弟遲到，皺眉喝道：「郭凱茂集合最後一名，任務結束後跑操十圈！」

郭凱茂自覺臉上無光，他給師父丟人了，便抬手敬禮回答道：「是，保證完成任務。」

另外幾名同隊的警察心中暗想古董不愧為鐵面閻王，對自家徒弟都如此嚴格，為不洩漏身分，自然不敢使用正規警車。於是整個刑偵隊的人身

穿便裝，陸續上了兩臺黑色的福特車，依次往城西的廢舊停車場趕。第一輛車由古董負責駕駛，郭凱茂跟另外一名警察江峰坐在後邊聲都不敢出。

古董看了眼頭頂的後視鏡，不禁感到有些好笑，後面兩個小夥子實在過於緊張，反而不利於出現場。他定了定神主動開口道：「你們倆別太緊張，咱今晚出警就是去抓一夥造假的古玩販子，不算啥重大案件。」

郭凱茂舔了舔嘴唇問道：「師父，如果等會那夥人反抗怎麼整？」

古董知道徒弟的擔憂，笑罵道：「你個豬腦子，身上不帶著槍呢？還怕個啥？」

江峰深吸一口氣也提出心中疑慮：「古隊，必要時刻咱能開槍不？」

古董邊開車邊思考道：「可以，在匪徒持有危險武器的情況下，我們能開槍自衛。」

說完之後，車內陷入了短暫的沉寂，古董算了算路痴距離到達停車場還有幾分鐘，他知道鐵定能趕在犯罪分子交易前將之一網打盡。不過，古董為確保萬無一失又加快了車速，在即將抵達前，他命令隊伍把車停到隱蔽的地方，隊員們則自動分散在停車場各個關鍵的出口處蹲守。

古董的身旁蹲著郭凱茂，他望了望夜空，小聲嘀咕：「今夜天氣不錯，抓捕應該會很順。」

郭凱茂沒聽懂師父這句話啥意思，撓撓後腦勺問道：「師父，抓人跟天氣有啥關係？」

此時蹲在郭凱茂身後的江峰插話道：「笨死算了你，若下雨這群人可能會取消交易。」

古董衝江峰比了個大拇指，又訓著自己的徒弟：「聽見沒？你個笨小子多跟人學學。」

郭凱茂尷笑著回答道：「好，以後我多跟大夥學習，畢竟我入隊最晚。」

古董抬起左手腕藉著月色看了眼手錶，現在恰好十一點，交易假古玩的人員還未抵達停車場。時間悄然流逝，直到十一點十分左右，總算有一臺黑色麵包車從停車場的西南處駛入，車牌為本地牌，車子熄火後下來兩三個戴著口罩的人，各自都點燃一根菸在抽，其中一位瘦弱到像吸毒過度的傢伙，從褲兜裡掏出手機貌似在連繫買家。

郭凱茂有點小激動，衝身旁的師父說道：「師父，這夥人還真來了，檢舉人真神了！」

古董差點沒氣暈過去，瞪了徒弟一眼，小聲警告道：「你給老子閉嘴，要沒了你負全責。」

江峰輕拍郭凱茂的肩膀，比了個安靜的手勢，示意千萬別讓壞人們發現打草驚蛇。

郭凱茂微微點頭，屏住呼吸看著不遠處的幾個人，他發現了一個很奇怪的地方，這夥人的脖子上都紋著一個蠍子圖案，多半是典型的犯罪集團作案。不過一會兒，眾警又瞧見從另一側的遠處駛入一臺白色麵包車，車上也下來四五個人，為首之人是一個大胖子，脖子上掛著大金鍊子，像個笑面虎那般走到瘦子面前，給對方來了個熊抱。

隨後，大胖子揮手示意身後的一個小弟提了兩個皮箱子，把箱子放地上打開，裡頭鋪滿了現金。瘦子找來後頭的小弟，初步點了點裡頭的錢，點了點頭把兩箱子錢全部提上，緊接著大胖子大手一揮，讓自己的人帶上幾個大麻袋去黑色麵包車下貨。

古董很清晰的看見，其中一名小弟拿著一尊金色的小佛像，在手裡看

了一會兒，才裝入麻袋中。他知道是時候該收網了，右手往前一比劃，幾名警察舉著槍從四周衝出來，紛紛喊道：「全都不許動，誰動打誰，子彈可不長眼啊！」

那名胖子還打算反抗，結果被江峰一記左勾拳打到鼻梁上，鼻血往外狂噴個不停。

郭凱茂則拿出腰上的手銬把胖子反擒在地少了銬子，並罵道：「老實點，不然還揍你！」

另外的一些小弟還沒緩過神來，連逃跑和上車拿傢伙的機會都沒有，就被一群警察給迅速制伏了。古董順帶把造假的古玩與裝錢皮箱全部收繳，將罪犯和贓物全裝入車尾箱，扭送回市局等候審訊。

兩臺車子火速朝市局前行，坐在古董車內副駕駛位上的郭凱茂還有點興奮，揮舞著拳頭問道：「師父，你覺得我今晚帥不帥？」

古董深吸一口起，額頭的青筋突起，破口大罵：「帥個屁，歹徒有刀捅你一下怎麼辦？」

郭凱茂不敢繼續往下說啥，江峰坐在後頭小聲竊笑，明顯他知道郭會挨訓。

因為是兩夥人同時被抓，為了防止雙方互相串供，其餘的小弟們全部暫時拘留。

不出片刻，兩臺車相繼抵達局裡的停車場，兩位領頭者分別被關在不同的審訊室內，古董讓郭凱茂把那個胖子押入審訊室，他即通知了自己的老搭檔齊大軍參與審訊。等齊大軍趕到之後，二人坐在椅子上經過商議決定先故意晾一晾，讓這群傢伙處於精神頹廢，又累又渴的情況下才去審。

很快半小時過去了，古董站起來手抄桌上的黑色噴劑道：「老搭檔，

咱去開審吧。」

齊大軍也聞聲而起，還順勢拿了桌上的火腿腸，憨憨一笑：「審訊必備品。」

郭凱茂見這兩位都準備出發了，小跑到自己師父跟前說：「師父，我能觀摩學習？」

齊大軍先古董一步笑著說：「可以，畢竟你小子好歹也學過犯罪心理學。」

於是三個人由古董領頭走入審訊室，其次則是齊大軍，最後一個負責帶上門的為郭凱茂。

審訊室內的布置很簡單，兩三張椅子，嫌疑人坐在審訊椅上，審訊人坐在其對面，郭凱茂主動打開審訊室的監控，站在自己師父的身後，他負責觀察嫌疑人的面部和神態變化，由此來判斷他是否撒謊。齊大軍打量了一眼審訊椅上的人，正是先前現場給現金的那個胖子，當下他的鼻孔還殘留著血跡。

齊大軍把手裡的火腿腸放在審訊桌的右側，微微一笑道：「想吃不？」

大胖子聽到這話之後，他早都快餓暈了，連連點頭道：「想，你能給我吃？」

齊大軍親自把火腿腸給撕開，然後餵大胖子吃了一口，就立刻撤了回來。

齊大軍手持火腿腸，半瞇著眼睛問道：「好吃不？還想吃就回答我的問題。」

大胖子吃完之後又不開口了，換成一副死豬不怕開水燙的模樣。

　　古董也不著急把手裡的黑色噴劑掏出來，對著胖子一噴緩緩說道：「我噴點殺蚊液。」

　　大胖子開始還不以為意，可他很快就覺得身上奇癢無比，質問道：「你到底噴了啥？」

　　又幾十分鐘過去了，古董回頭對自己的徒弟說：「你去泡三桶麵和拿瓶礦泉水過來。」

　　郭凱茂不太清楚用意何在，既然師父吩咐照做便是，出了審訊室一口氣泡了三桶麵，然後分三次把面端到審訊室內，還從口袋內取出了礦泉水放在桌上。不到一曾兒，泡麵的香味四溢讓人狂吞口水，郭凱茂看著那個胖子也在不斷舔下嘴唇。

　　古董掀開第一桶麵，用叉子挑起吃了一口麵，砸吧著嘴問道：「想吃不？你只要配合我們的工作，自然讓你吃麵。」

　　大胖子的肚子也恰好發出咕咕響聲，在寂靜的審訊室內特別響亮，身上又很癢可惜根本撓不到，郭凱茂一下沒憋住笑了出來。他打心底佩服師父跟齊大軍這樣的老警，對付嫌疑人實在太有招數了，也是首次見到這般另類的審訊手段。

　　隨後，齊大軍也開始吃起了第二桶麵，邊吃邊對郭凱茂招手：「傻小子，你攔哪裡傻站著幹啥？大晚上為了抓這群傢伙餓壞了吧？趕緊過來吃麵呀！」

　　郭凱茂趕緊應聲好，衝過去就端起審訊桌上的最後一桶麵，大口吃了起來。他其實在自己師父吃麵時就嘴饞了，但由於沒收到命令不敢吃而已，只能傻傻望著，那滋味可讓他難受了。

　　古董見狀搖了搖頭，對老夥計齊大軍說：「看看，現在的小年輕，整

天就知道吃喝。」

郭凱茂衝師父嘿嘿傻笑，然後低頭繼續吃麵，然後頗為可憐的看了那個大胖子一眼。

古董喝了口泡麵湯，笑吟吟地問：「你想的怎麼樣？反正今晚時間還長，我們慢慢耗。」

大胖子此刻可謂是飽受折磨與身心俱疲，他萬萬沒想到面前的兩個老警太損了，反正就不動手，專門攻心和精神打擊。他最終還是被迫妥協，開口哀求道：「警察同志，我啥都說，趕緊給我止止癢，我這都快受不住了。」

古董也不忍對方繼續受折磨，扭開一旁的礦泉水，往被噴的地方倒了點，大胖子頓時呻吟了一聲，那感覺就像大夏天喝了口冰水。古董則喝道：「行了，別嚎啦，一會兒我問啥你答啥知道不？」

胖子連連點頭道：「知道，保證實話實說，若我如實回答能給我泡個麵吃不？」

齊大軍聽了之後指著胖子，憑空點了兩下說：「行，第一個問題，說下你的姓名和職業。」

胖子沒有絲毫的猶豫，猜想是餓怕了，脫口而出道：「我叫張帆，目前在搞海外貿易。」

古董先對正在吃麵的郭凱茂命令道：「你等會兒吃，趕緊去幫張帆泡個麵。」

郭凱茂早預料到自己要當小跑堂，他早把麵吃完了，單手端著自己的麵，扭開門把手從自己的辦公桌的櫃子裡取出一桶麵，泡好之後才重新端回審訊室內。他把麵放在張帆的眼皮子底下說道：「好好配合工作，我們

當警察的言出必行。」

古董衝郭凱茂擺了擺手，繼續審訊張帆：「等麵完全好了開始算，答一個問題吃一口麵。」

張帆一臉委屈之色道：「警察同志，我手還打著銬子呢，就算打了問題也沒法吃麵。」

一旁的齊大軍則指了指郭凱茂笑道：「放心，你答了問題，我讓這小子餵你吃。」

審訊室內的人都異常有默契，猜想全在等第三桶麵泡好，才打算繼續往下審。

古董接過話，繼續追問張帆：「你們一共交易過幾次？千萬別跟我這是初犯！」

張帆早就餓到眼冒金星，自然不敢說假話：「我初步算了一下有六七次了，為安全起見全都現金交易，地點都是在交易半小時前隨機約定，這樣一來能避免走漏風聲被警察抓，或遇上黑吃黑的同行。」

說完之後，郭凱茂把第三桶麵打開，親自餵張帆吃了口麵，旋即又將麵放回原處。

齊大軍轉頭對郭凱茂笑道：「小傢伙，多學著點，以後審犯也可以試試。」

郭凱茂自然連連點頭，他知道這是兩位老警，專門在傳授自己特殊的審訊技巧。

張帆把嘴裡的麵吞下之後，又亮眼發光盯著面前的泡麵，明顯還想繼續吃。

　　於是，在接下來的時間之中，齊大軍連問好幾個關鍵問題，張帆為填飽肚子均認真回答了。很快張帆已經吃完小半桶麵，口乾舌燥的不行，他對古董提出要求：「我要喝水，趕緊給我水。」

　　「行，最後一個問題，跟你接頭的傢伙叫啥？屬於啥犯罪組織？」古董厲聲問道。

　　「警察同志，這個我也不知道呀，我們都是互相稱外號而已。」張帆回答道。

　　突然，郭凱茂矮下身子在古董耳邊道：「師父，他在撒謊，我見他瞳孔有變化。」

　　古董知道自己的徒弟肯定沒說笑，他一拍桌子喝道：「張帆，你居然還敢撒謊？」

　　張帆很驚訝地看了一眼郭凱茂這個小年輕，他訕笑著說：「警察同志，那個您別忙著生氣，其實我跟劉德成最初是在一個叫毒蠍的網站上認識的朋友，後來漸漸熟絡才知道毒蠍那邊在造假古玩想去賣，然後因為我公司主業是搞海外貿易，我們倆一商量決定合夥出一批貨，好藉機大賺一筆。」

　　齊大軍相當生氣，他惡狠狠地說道：「你們這是在走私和犯罪，若情況嚴重會判刑！」

　　張帆自知這次難逃制裁，低著大腦袋：「警察同志，我錯了，我願意接受制裁。」

　　一干人等審完買家張帆後，奔著第二間審訊室而去，那裡頭所關之人正是賣家劉德成。負責打頭陣的人是古董，他扭開審訊室的門步入其中，發現劉德成居然睡著了，呼嚕聲震天不說，嘴角還在流口水。

古董跟齊大軍相繼拉開椅子坐下，後者伸手敲敲桌子，屬聲喝道：「喂，劉德成，趕緊醒醒，以為這是酒店呢？快別睡了！」

劉德成悠悠從夢中醒來，看到坐在對面左側的古董咬牙切齒地罵道：「老傢伙，我知道你肯定有什麼黑色線人提供線索，好好祈禱這傢伙別被我的兄弟們揪出來，不然讓你吃不了兜著走！」

「你怕是沒這機會了，劉德成，張帆已經全部都說了。」古董非常平靜地講出這句話。

「我無所謂，不管你怎麼問，反正我都不會說。」說完之後，劉德成閉上了雙眼跟嘴巴。

「不用你說，現場人證跟物證俱在，不容你抵賴！」古董知道對方鐵了心不想說。

「劉德成，我知道你背後的犯罪集團叫毒蠍，總有一天我會把它連根拔起！」齊大軍丟下這句話起身和古董師徒，一併走出了審訊室。可離開的這三人並不知道，毒蠍集團會讓他們付出多大的代價。

**特殊案件 2：《致命遺產》**

案件提供者：白煙煙

性別：女

年齡：24 歲

任職單位：海城市青山區派出所警官

2020 年 2 月 26 日下午四點四十三分，海城市青山區派出所接手了一個離奇案件，案發地點在萬鼎酒店 T 字路口處，事故起因是一輛白色大眾車與麵包車相撞，造成的一起特大交通事故，車主均不同程度受傷，大眾

車主傷勢較重，已送往醫院搶救。接到報案後，派出所的幾位成員只剩白煙煙一人了，另外的成員被臨市請去查一起特人的連環殺人案。

於是在這種人手極度緊張的情況下，白煙煙先將自己全副武裝，身上背著出現場的專業工具，叫上剛從警校畢業分配過來實習的周通，二人火速趕往現場，白煙煙也因此徹底忘記中午和朋友事先約好的晚餐。

萬鼎是海城市規格最大的酒店，坐落在市中心繁華地帶，人車流量在海城市均屬於高峰路段，外帶酒店處的路口特殊，T字形的急轉彎路口被本市司機更名為鬼遮眼，是典型的交通事故高發地。在去現場的途中，周通坐在副駕駛位給白煙煙講述他收集的資料，不久前正好發生過一個類似的案子，一名喝醉酒的晚歸青年步行途經萬鼎酒店時闖紅燈，被行駛中的計程車撞到身亡，最終結果自然是青年負全責，雙方達成賠償協定後，一樁人命官司就這麼結束了。在周通說話期間，白煙煙又提高了車速，過了好一會才抵達現場。

白煙煙將警車停穩後，在車裡佩戴好自己的證件，又從後座的揹包裡取出警用相機掛在脖子上，跟周通二人依次推門下車。此刻的現場早已是人山人海，擁擠的人流甚至阻礙了交通，這樣下去，絕對會引發新的交通事故。白煙煙皺著眉頭，開始和周通一起疏通圍觀群眾。新入職的周通看著歲數不大，不過好在是個小機靈鬼。

周通靈機一動喊道：「案發現場很血腥，請大夥都讓讓道，配合一下我們的工作。」

周通這話的潛臺詞很明顯是別妨礙警察工作，不然請你回去喝茶，果然人群很快讓開了一條道，他跟白煙煙拉開警戒線步入案發現場。現場一片狼藉，白煙煙看著車頭和前擋風玻璃完全粉碎的小車，不禁連連搖頭，

心裡開始為車主擔憂。

一旁的周通也忍不住感嘆道：「這一下子，沒練過幾年鐵頭功的可真頂不住。」

不過，另外那臺麵包車也沒是慘不忍睹，正側翻著倒在地上，後座上幾箱子酒都摔了個稀巴爛，空氣裡瀰漫著一股子二鍋頭味。車身中間被大眾車撞的凹了進去，推拉車門都變成開關式的了，唯一一點比大眾車好點的就是車主沒遭什麼撞擊，只是受了點皮外傷，現在正摀著腦袋發傻。

白煙煙走到麵包車車主的面前，大致掃了一眼，發現對方並無大礙，就開始了盤問工作。

「您叫啥？詳細講講到底發生了啥事？」白煙煙看著面前的男人問道。

麵包車的車主搖頭晃腦地回答道：「我叫梁天，警察同志，我那車和幾箱子酒怎麼辦？這司機把我撞死了沒事，可這車和酒是我東家的呀，我回頭怎麼交差？」

一旁的周通聽了心裡很不是滋味，頭一次見出了車禍的人不管有沒傷，上來就問錢的事。他又打量了一下對方的穿著，才意識到眼前的這個人應該很不容易吧，生活的重擔壓在他身上，早已讓他將自己的生命視若草芥。

周通伸手拍了拍梁天的肩膀說道：「梁大哥，你先別擔心，等我們交通定責後如果不是你的問題，自然會仲裁出一個賠償方案，不過你也要有個心理準備，如果這場交通事故責任在你這，那你自然就要承擔相關責任。」

結果周通話剛說完，梁天眼睛就已經瞪的像銅鈴一般大，反駁道：「憑啥呢？我說警察同志，不對啊，我可是嚴格遵守了交通規則的人，我還沒

開到路中間這小車就橫著衝過來把我給撞了，他是直接闖的紅燈啊！」

白煙煙發現情況有點不對，連忙出言安撫道：「梁大哥，你放心吧，只要不是你犯的錯，我一定想法幫你討個公道，現在先把案發經過講講，這樣我才能結合附近的監控畫面去判斷事情的真假，畢竟監控這東西不會說謊，保準不讓你受委屈。」

梁天聽完白煙煙這番話後，他的情緒才漸漸穩定下來，將整個案發經過娓娓道來。

大約四點半左右，梁天駕車到了萬鼎酒店附近，準備去附近的酒行給老闆送貨。到了紅綠燈路口，正好是紅燈，梁天就停了下來，等待訊號燈轉換。幾十秒後，綠燈了，梁天腳轟油門，打算繼續直行，而當時那臺大眾車給他的感覺就是司機把油門當煞車踩了，直接將他的麵包車給撞翻在地。敘述完案件經過，梁天有點情緒低落，嘴裡不停唸叨著：「我要是被炒魷魚了可怎麼辦？」

看著眼前這個老實巴交的中年男人，白煙煙心裡有些同情他，畢竟養家餬口不容易，結果還遇到了這種事。想到此處，白煙煙走上前去，又耐心安慰了他一下，讓周通帶著梁天主去測試血液酒精含量，她則拿著自己的警用相機在進行拍照取證。不出一會兒，根據測試結果顯示梁天並沒酒駕，光衝這一點梁天的工作應該是保住了。

案發現場最讓白煙煙懷疑的是那臺白色大眾車，大眾車的主駕駛位早已是血流成河，但駕駛座前本該彈出來的安全氣囊卻失靈了，導致車主大量失血，目前人已送到醫院還處於昏迷狀態。氣囊失靈這個事讓她很是疑惑，不禁在腦海中開始迅速思考各種可能性，但因為她並沒跟大眾車主溝通案發時的具體情形，現在自然也無法分析出真實的原因。

白煙煙想了想，讓周通連繫人調下監控，希望能從中找到新線索。

周通用微信連繫了市交警大隊一個叫趙虎的人，這傢伙是他在警校的哥們，正巧目前在交警隊任職，幾分鐘後他才收到趙虎發的萬鼎酒店 T 字路口監控壓縮包。

周通用手機軟體解壓後，跟白煙煙一同看完監控內容，結果二人卻大失所望，因為拍攝的畫面確實如梁天所說，白色大眾車直接闖過紅燈撞向麵包車，絲毫沒有減速的跡象，反而有種司機把油門當煞車踩了的意味。

白煙煙又翻來覆去看了好幾遍，仍然沒有收穫，當她一籌莫展之際醫院方面傳來一個好消息，送院救治的車禍當事人高國智已脫離生命危險，還恢復了基本意識。

白煙煙當即決定駕車趕往醫院，坐在副駕駛位的周通用手機點開一份個人檔案，開始向白煙煙彙報：「大眾車的車主名叫高國智，今年 34 歲，海城市本地人，目前是無業遊民一個。」說到這，周通有很不解地撓了撓頭，「說來也邪門，這傢伙前幾天才遇上個案子，跟我們局裡的人也打過交道。」

白煙煙聽著眉頭一皺，她放慢了車速問道：「什麼案子？」

「就是前幾天的那場車禍，一名計程車司機撞死了醉漢。根據我們局裡案件存檔顯示，這個高國智是死者高國棟的哥哥。」周通說完還搖搖頭感慨，「煙煙姐，妳說這家子人也真夠倒楣，不到一個月兄弟倆都出了車禍，還有一個直接提前去見了閻王爺。」

白煙煙聽聞冷哼道：「你一個警察，別給我說什麼邪門倒楣之類的廢話，我們破案是靠真憑實據，如果都往怪力亂神上靠，你別當警察了，改行業茅山道士吧！」

　　周通被訓之後，訕笑著點點頭，又開始繼續研究手頭的資料。二十分鐘後，白煙煙把車停到海城市第二醫院的停車場，二人在護士站表明身分之後，在護士長的帶領下，一同往高國智的病房走去。

　　途中護士長對白煙煙說車禍對高國智造成了極大的傷害，因為安全氣囊並沒及時彈出，導致高的頸部挫傷嚴重，另外胸部也因受壓迫導致多處骨折。

　　護士長把白煙煙跟周通帶到病房門口時，就先自己去忙了，結果白煙煙推門進去後發成屋內有一名中年少婦，她正在照顧病床上的高國智。少婦見到推門而入的白煙煙時，眼裡明顯有一瞬間手足無措，但片刻之後又恢復了平靜，一副唯唯諾諾的模樣，雙手緊握著站起來退到了一旁。

　　「你們好，我是國智的妻子梁鳳儀，你們找他有什麼事？」中年少婦看著白煙煙問道。

　　「我們是警察，找妳先生了解案情。」白煙煙亮出了自己的證件。

　　「白警官，您有問題問我也行，他說話不太方便。」梁鳳儀說道。

　　白煙煙微微頷首，她從踏進這間病房就感覺不舒服，因為她發現高國智的胸口還殘留著一大片液體，嘴角也黏著不少黏液，看來梁鳳儀對高國智也不是特別有耐心。然而，高國智看梁鳳儀的眼神居然滿是怨恨之色，甚至讓梁鳳儀怕到想躲在一旁，徹底遠離他。

　　白煙煙看著病床上的人問道：「高國智先生，我今天來主要是想了解一下昨天車禍的一些細節問題，車禍的大致經過我們已經清楚，目前有幾點疑惑需要向您考核，您如果講話不方便，可用咳嗽來回答。」

　　高國智本想開口回答，經過一番努力後，最終還是咳了一聲。

　　白煙煙看了一眼周通，周通趕緊從自己的褲子裡拿出一根錄音筆，按

下錄音功能問道：「您的車在案發前不久是否做過檢修？尤其煞車與安全氣囊這方面？有的話請咳一聲。」

高國智很快就咳了一下，表示自己的車有過檢修。

「您的車除了自用之外，還借別人開過？如果沒有就咳兩聲。」

高國智閉眼思索了一會，咳了兩聲，看來這車一直只有他在使用。

「那您最近有和什麼人產生過糾紛嗎？沒有就咳三聲。」

這個問題明顯讓高國智有些不自在，他不知想起了什麼東西，居然開始劇烈咳嗽，一旁的妻子梁鳳儀趕忙上來，手忙腳亂的不知如何是好，好在咳了一陣高國智就沒咳了。最後，梁鳳儀轉過頭對白煙煙寒喧了幾句，表示高國智身體狀況不佳，現在需要休息，等他稍微好些再問也不遲。

白煙煙也沒多逗留，簡單表示歉意後帶著周通走出了病房。

周通一出病房就長嘆了一口氣，對著白煙煙道出心中的疑惑。

「煙煙姐，這家人也真怪，根本不像夫妻，我覺得像是仇人。」

「臭小子，不錯呀，連你也看出來了？」

「我又不瞎，這高國智要是不小心癱了，他老婆絕對拿錢單飛。」

這話讓白煙煙沉思了一下，對身旁的周通說：「這個案子先停一停，再重新查一下高國棟的案子。」周通雖說一臉疑惑之色，但也沒多問，緊跟著白煙煙上了車。

二人回到所裡之後，周通迅速找出了高國棟案的卷宗，交給了白煙煙。白煙煙在辦公室裡翻閱完所有資料後，發現高國棟的案子其實很簡單，在 2 月 15 日的晚上，高國棟醉酒之後獨自步行回家，途徑萬鼎酒店路口時誤闖紅燈，被駕車行駛至此的司機康曾撞倒，因傷勢過重當場身

亡。事後司法部門仲裁，判定高國棟負事故全責，同時當事人直系親屬，也就是高國智同意私下解決，不追究肇事司機的責任。

　　表面上看就是一宗簡單的交通意外，但白煙煙仔細一想，案件背後又很是蹊蹺，她連忙找來周通要求一起去看看高國棟案的監控，就這樣二人一起進了監控室。

　　周通用電腦調出當天的監控畫面，雖然不是特別清晰，但一直能看見有一輛車停靠在路邊，而這就是康曾的那臺車，十幾分鐘後，康曾發火車輛，駛出了監控範圍之中。約半個小時後，康曾的車再次出現在了案發地的監控內。這次，康曾並沒在附近停留，而是直接駛出了畫面。五分鐘之後，康曾再次出現。

　　就這樣康曾的車在監控裡出現了六次，直到第七次出現時，監控畫面中也多了一個人的身影 —— 死者高國棟。畫面顯示，高國棟在路口等待紅綠燈變換後，準備橫穿馬路，就在此時，康曾的車從監控下方駛出，而且速度極快，直接衝著高國棟飛馳而去，對比前幾次的康曾駕車速度，這一次明顯加速不少。很快畫面中高國棟被撞飛了幾公尺遠，倒在地上一動不動。

　　康曾最終雖然剎住了車，從車上下來小跑到高國棟躺著的地方，好像是在確認什麼，圍著高國棟轉了好幾圈，半晌之後，康曾掏出手機在打電話，具體打給誰就不清楚了。

　　「煙煙姐，我感覺他太不正常了，一般人肇事後不都是立刻逃離現場？他怎麼還打起了電話來？」周通怕說錯話又挨訓，停下來想了一下，才又開口，「而且我看那個高國智也不是一個很好說話的人，居然這麼簡單的就放過康曾了？」

白煙煙沉思片刻也開口說道：「我看這案子不簡單，抽時間請肇事司機回來問話，也開始查一下高家兄弟的社會背景和人際關係吧，尤其注意調查他們倆之間的關係，調查要暗中進行，千萬不能走漏了風聲。」

周通連連點頭答應，立刻去安排後續調查工作。白煙煙則盯著螢幕上已經暫停的監控，愈發感覺撲朔迷離，不過她有預感，真相就要浮出水面了。

次日，白煙煙就被周通的電話給吵醒了，電話中，周通聲音激動，顯然有了重大發現，白煙煙聽了幾句之後，趕忙穿衣盥洗，以最快速度趕到警局。

周通早就在辦公室等候，見到白煙煙來了便說：「煙煙姐，我們查了高家兄弟的社會背景。他們雖然同胞而出，可為人處世方面完全相反。哥哥高國智為人心胸狹窄，對家裡人也不好，左鄰右舍也不喜歡她。他平時待業在家，除了炒股之外，還經常去賭博玩彩，給家裡欠下了一大筆錢。就前不久，債主還找上了門，把高國智妻子堵在屋裡要債，聽說還打了她。」

白煙煙對此並不意外，她點了點頭道：「繼續講啊！」

「弟弟高國棟，大學本科畢業，在一家金融公司上班，收入雖然不算高，但養活自己沒問題。他為人坦率大度，對父母也孝順，高家二老前面剛去世，臨終前把一套房和幾十萬存款都給了他。」

白煙煙瞬間抓住了這一點，追問道：「沒鬧什麼遺產糾紛？」

周通聽著不又搖搖頭道：「鬧了，最凶的一次都報警了。」

白煙煙也是一聲長嘆：「唉，這次可能會是一宗遺產謀殺案了。」

「煙煙姐，這有兩份通話記錄，看完妳就知道怎麼回事了。」周通把剛

影印出來檔案遞給白煙煙。

白煙煙接過檔案開始翻閱，一旁的周通補充道：「上面用筆圈出來的是梁鳳儀的手機號，通話記錄顯示，號碼主人和梁連繫很頻繁，幾乎三兩天就有一次長時間的通話。但這個電話的主人是高國棟，並非高國智。」

白煙煙翻到第二份通話記錄，這份記錄很乾淨，只用筆圈出了一個電話號碼。她還沒弄明白是啥意思，看著周通問道：「這是誰的號碼？」

「煙煙姐，這是康曾的號，但記錄是在高國棟出事的前三天。」

「周通，你懷疑高國智早就與康曾認識？」

「對，我懷疑高國智有用別的方式和康曾連繫。」

「周通，趕緊通知之前的案件負責人，立即傳訊康曾！」

一個小時之後，白煙煙帶著一份通話記錄檔案，周通拿著一臺膝上型電腦，二人相繼走入審訊室。在前頭的白煙煙進去時發現康曾坐在椅子上小聲碎碎念，具體是念叨什麼她也沒聽清楚。

康曾發現有人來了，開口問道：「警察同志，這次找我有啥事？」

周通跟白煙煙拉開面前的椅子依次坐下，白煙煙主要是負責審訊，周通則用筆記本進行相關記錄。周通建立打開電腦建立好文件後，對白煙煙說道：「可以開始了。」

白煙煙微微點頭，她先是盯著康曾看了十幾秒，才將周通列印好的那份通話記錄檔案翻開，推到了康曾的面前說：「高國智都招了，根據你們的通話記錄，他說你是殺死高國棟的主謀。」

康曾聽到這句話，破口大罵道：「放屁，他才是真正的主謀！」

很快康曾罵完就後悔了，這是典型的不打自招，但他知道事情已經露

餡，索性也不頑強抵抗了。他開始講述整件事的始末，原來康曾和高國智是牌友，二人相識兩年多。不久前的一個晚上，高國智專門約上康曾吃燒烤，跟他說了一個奪取遺產的計畫，只要讓高國棟在回家的途中看起來死於交通意外就好，事成之後高國智會給康曾遺產的三分之一。

康曾因為錢而起了歹心，案發當日他根據高國智提供的訊息到達指定地，多次踩點直到高國棟出現，就立刻把對方給撞了，還專門下車看人是否當場死亡。然後這起交通肇事案的結局就像二人事先商量的那般，高家不追究肇事方的責任，雙方同意私了。

聽完之後，白煙煙才明白監控中的那些詭異畫面原來是在踩點。

康曾繼續破口罵道：「高國智才是真凶，這個混蛋根本沒給我錢！」

此話一出，原本正在用電腦同步記錄的周通，直接被打亂了敲擊鍵盤的節奏，他抬頭問道：「高國智答應給你的錢，為何你最終沒有收到？」

康曾咬牙切齒地說：「他就是耍無賴不給，我恨死他了！」

話音剛落，白煙煙立刻接荐追問道：「恨死他了？難道高國智的那場車禍也是你所為？因為他沒給你錢，還抓到了你的把柄，所以你想殺人滅口？」

康曾連忙替自己辯解：「沒有，我只撞死了他弟弟。」

白煙煙冷哼一聲沒有繼續追問了，她把裡面的一切都交給周通負責，自己則帶人駕車趕往醫院，她想到了那個看起來跟案子完全無關的女人，也許突破口就在那個女人身上。

半小時後，白煙煙帶人進入病房，對病床上的人說道：「這次我來是為了高國棟的那個案子，犯罪嫌疑人康曾已經徹底招供，高國智先生我會派人全天候監視你，等你康復了我們局裡見。」

高國智聽了白煙煙說的話面如死灰，他知道一切都完了。

白煙煙沒理他，而是看著站在牆邊的梁鳳儀，發現對方正在微笑。

梁鳳儀面帶笑意走到白煙煙眼前，十分淡定地說：「帶我走吧。」

白煙煙拉著她走出了病房：「就在這說吧，妳愛的是高國棟？」

梁鳳儀長嘆一口氣：「你的眼睛很厲害，想聽聽我跟國棟的事？」

白煙煙點頭回答道：「說吧，反正就當我是在了解案情。」

梁鳳儀整理了一下情緒，開始講起她跟高國棟的事，二人最早是大學同學，一直以來，她的心都屬於高國棟，但高國棟一直沒有真正愛上梁鳳儀，他一直只當對方是自己朋友。但高國智將這一切看在眼裡，他心中超級嫉妒自己的弟弟，於是他打著弟弟的旗號，約梁鳳儀出來喝酒，最終還侵犯了她。

事後梁鳳儀想過報警，想過復仇，甚至想過自殺。可是當高國棟求她放過高國智時，她心軟了。她委曲求全，為了高國棟，為了高國棟的家人。看著高國棟和母親跪在自己面前求情時，她徹底妥協了。可她覺得自己不完整了，不再配得上自己深愛的高國棟了，她不知如何是好，最終，只能委曲求全，成為了高國智的妻子，在這個家裡待了下來。

但婚後，高國智對她並不好，毆打，辱罵，彷彿自己就是用來發洩的物件，她不知道怎麼辦，也許她還愛著高國棟，所以這一切，她選擇了接受。她以為，天長日久，日子會慢慢好起來的。但好景不長，高國智瘋狂炒股，家裡所有的積蓄如牛入泥潭，而大量的欠債也讓這個家更加風雨飄零。一次討債的人上門，找不到高國智，逼迫張豔還債。

張豔臉色露出悲痛的神色：「爸媽把遺產全部留給了國棟，那個畜生不服氣。從小到大國棟都比他優秀，他在國棟面前不過是個陪襯。這麼多

年，他一直都不過是靠著爸媽活，爸媽一死，他就沒了經濟來源。你說，這種人不是人渣，不是垃圾嗎？」

張豔摸了摸滿臉的淚水：「他在外面欠了不少債，就動了遺產的主意，只要國棟死了，遺產就都是他的了！僱人撞死自己弟弟。他害死了國棟，我要讓他血債血償！他讓國棟在車禍裡死去，我就讓他以同樣的方式向國棟以命謝罪！他的車，是我動的，只不過我沒想到，那個混蛋命還挺大，沒死了不成還害了別人。」

**特殊案件 3：《別墅亡靈》**

案件提供者：李大龍

性別：男

年齡：25 歲

任職單位：海城市警局刑偵重案大隊刑警

不久前，李大龍接到警校死黨白餘生的跨區域出警支援，他現在要開警車趕往西城區崖平鎮萬鼎莊園三號樓別墅，因為在那裡發現了三具屍體。他出發前先用手機查了一下相關的資料，發現萬鼎莊園屬於高級住宅區，其中住戶大多是富商及臨近縣市高管。

一個小時之後，李大龍才抵達現場，他下車後將自己全副武裝，在警戒線外圍已經有不少警員在忙著疏散群眾跟維持現場秩序。他亮了一下自己的證件，拉開警戒線步入現場，無意間瞄到現場角落裡站著一名面無血色的中年婦女，她長相一般，穿著也很樸素，身子還有點微微顫抖，明顯是受了很大的驚嚇。

李大龍看了一圈沒找到人，便大喊了一句：「白餘生，你在啥地方？

小爺我來幫你了。」

原本正準備分析凶手犯罪手法的白餘生聽罷，站起身子破口大罵道：「死胖子，你膽子肥了不少，敢直呼你白爺爺的名號，趕緊給我滾過來，這次的案子特別棘手，這凶手也太他媽殘忍了，一家子全都給弄死了。」

李大龍總算看見自己的死黨了，連忙拎著痕跡提取箱走過去，開口問道：「報案人呢？」

白餘生抬手指了指之前李大龍瞄到的中年婦女說：「她是報案人，叫王紅梅，也是這戶人家的保母，每天都來給這家人做飯打掃環境，早上來晚上次，有別墅的鑰匙，就是她今天早上報的警。」

白餘生說完看了李大龍一眼，才繼續說：「死者身分已經確認了，分別是別墅主人劉玉喜，妻子張然，以及劉玉喜父親劉家富，母親李彥婷。死者和他的妻子身上有刀傷，凶器初步推斷是彈簧刀，我也安排了幾個兄弟在住宅中和周圍尋找凶器，別墅內部有被人翻動過的痕跡，屋內大部分值錢的東西都不見了，圖財殺人的可能性較大。但奇怪的是受害人父母的屍體外表並無明顯創傷，死因暫時不明。」

李大龍聽著白餘生的講述，一邊觀察著別墅，一邊說道：「那我大概明白了，可按照你剛才的說法，這一家子可能是在保母晚上離開後慘遭殺害，但目前的一切都還是推測而已，具體要等驗屍結果才能確定，你帶我去看看屍體吧。」

白餘生二話不說帶著人便上了二樓，這是一座三層樓的別墅，底樓是會客廳和廚房，二樓是死者父母的臥室跟棋牌室，三樓則是死者與妻子的臥室和書房。據王紅梅描述，死者與妻子的屍體最初是在二樓臥室中被發現，而受害人父母的屍體則在三樓臥室中。

　　李大龍在門邊從外套口袋裡拿出一雙手套戴好，也給白餘生遞了一雙手套，二人方才相繼進入了臥室，雖然李大龍看過很多犯罪現場，當他聞到空氣中濃烈的血腥味時，還是有點反胃的跡象。而臥室裡的兩名死者此時平躺在床上，身上居然還蓋了一床被子，初看之下二人的致命傷均位於脖頸處，血跡呈噴射狀，大量噴濺於臥室和床邊。

　　李大龍走到兩名死者面前，用手掀開被子之後，又拍了拍男死者的面部肌肉，結果肌肉組織並沒太多變化，顯然是已經開始僵硬了。可這樣一來就很奇怪了，死者的表情過於平靜，假設是遭凶手強行割喉，面部表情會很痛苦才對。還有一個詭異之處，透過現場血跡噴濺的方向跟凌亂程度來看，若凶手是想入室劫財，臥室中肯定會留下搏鬥痕跡才對。

　　此時的李大龍開始在腦海中思索著案情的來龍夫脈，假如凶手此時正拿著凶器，一步步逼近兩名死者，真能在死者完全不反抗的情況下殺人？他扭頭看了看床上的兩具屍體，又繼續在屋中搜查起來，希望能找出關鍵性的新物證。

　　李大龍在房中觀察時發現，凶手具有很強的反偵察經驗，房中大部分痕跡已被刻意清理了。可惜凶手還是百密一疏，在紅色地磚上留了一枚不太清晰的血色腳印。當他走過去打算提取痕跡之際，意外發現床底處竟有一張紙條，便把紙條撿起來，結果上面的字早已模糊不清，無奈之下，他只能藉助專業的顯現藥水，將字跡復原了。

　　李大龍從痕跡提取箱裡拿出一小瓶顯現噴霧，把紙條放在地上往上頭一噴，發現上面居然是一個電話號碼，將紙條遞給還在一旁蒐集線索的白餘生，並吩咐道：「小白，你趕快安排人查一下這號碼的主人。」

　　白餘生接過後走到門口，招來一個小警員，把紙條遞給對方：「讓訊

息調查科的查一下。」

　　小警員領命離去，李大龍也走出了房間，他對白餘生道：「走，去看看死者父母的房間。」

　　說話間，二人就上樓到了受害人父母的房間，他們倆走進去之後才發現與樓下案發現場截然不同。房間中沒有滿屋血跡，東西也不凌亂，兩位老人背對背側躺在床上，床頭放著老花眼鏡，床頭櫃的小桌上還有一個白色的保溫杯。

　　李大龍打開保溫杯聞了聞，裡頭還有一些殘留液體，他對白餘生：「這杯東西有問題。」

　　白餘生拿過保溫杯也看了幾下，接荖反問道：「你懷疑這對老人死於中毒？」

　　李大龍神情嚴肅地說：「這個要經過物證化驗分析才知道，我初步懷疑是中毒。」

　　話音剛落，李大龍將自己的工具箱放到床頭櫃上打開，從裡頭拿出一張類似白色測試紙的玩意，以及一根很普通的白色棉花棒棒，在白餘生的注視下只見他右手握著棉花棒棒去沾染保溫杯裡的殘留液體，成功吸收液體後又將棉花棒棒在測試紙上來回滾動。

　　白餘生看了個一頭霧水，耐不住好奇便問道：「你小子搞啥呢？怎麼看著像在變魔術？」

　　李大龍邊滾棉花棒棒邊笑道：「對，我就是在變魔術，只要紙變成了黑色就是有毒。」

　　不出片刻，白餘生親眼看著那張測試紙變成了黑色，他追問道：「現在能知道是啥毒？」

李大龍看了看死者的面部表情，又聞聞杯子裡的味兒才說：「應該是安眠藥。」

白餘生聽著點了點頭，沒有繼續追問下去，因為他知道後面還是要靠屍檢，才能證明死者的胃裡是否有殘留安眠藥。另外一旁的李大龍則用物證袋把保溫杯裝好，剛想跟白餘生討論一下案情，結果門外突然出現一個人，正是不久前拿了紙條去調查的小警員，他快步走到白餘生面前說道：「白隊，經過確認了，紙上的號碼是本市的一家摩托車行。」

白餘生點了點頭，繼續問道：「好，另外一隊人把死者生前的社交圈子查清楚了？」

小警員深吸一口氣，才說道：「查清楚了，劉玉喜平時沒有正規職業，經常和社會上的混子來往，人際關係比較複雜。聽聞本市的地下賭場中，劉玉喜也有參與投人股份，平時除了賭場分紅外，他還靠放高利貸賺錢。」

李大龍聽著插了一句嘴：「原來如此，難怪可以住別墅，那劉玉喜最近有跟人結仇？」

小警員聳了聳肩道：「放高利貸的人，基本上可以說是仇家滿天下，一般借高利貸的都是窮瘋了，借了不一定能按時還上。因為一般放高利貸的和催債的是兩波人，放款的只管放出去，能不能按時收回就不好說了。」

白餘生聽完小警員的話之後，將他給支到了樓下去，又想起剛才李大龍檢測出來的中毒結果，腦中不禁浮現出樓下的另一個血腥現場，對比之下心裡更加迷糊了，他皺著眉頭反問道：「我總覺得這裡頭有問題，你說這對老夫婦死於中毒？可劉玉喜夫婦身上的刀傷又怎麼解釋？」

　　李大龍拎著剛整理好的工具箱感嘆道：「小白，這你只能去問凶手了，不過透過目前僅有的線索，我們應該先從保母的身上入手，現在已經能初步斷定這對老夫婦是中毒身亡了，她自然是最大的嫌疑人。」

　　於是二人經過一番商量趕到了樓下，準備唱一出雙簧來對保母王紅梅進行突擊審訊。

　　白餘生看著沙發上強裝鎮定的保母說：「王紅梅，麻煩妳詳細講一下早上的經過好嗎？」

　　王紅梅用右手摸著沙發的皮料，先是閉著眼回想了一會才說：「早上我像往常一樣，開門後準備工作，沒想到一開門就聞到一股子很重的血腥味。於是我聞著味上了樓，沒想到就看到主人一家子都死了。」

　　李大龍看了一眼眼神閃爍的王紅梅，頓時計上心頭，決定下一劑猛藥，他接荏問道：「昨晚劉玉喜一家人的晚餐吃了啥？還有剩餘的飯菜嗎？我需要取樣化驗，麻煩妳配合一下，帶我們去採個樣。」

　　王紅梅聽後大驚失色，連忙開口說道：「昨晚這家人在外面下館子，沒讓我做飯。」

　　李大龍自然也看出了她心中有鬼，故意問道：「原來如此，那帶我們去廚房看一下行？」

　　王紅梅找不到新的理由了，唯有帶著二人去廚房。他們倆進入廚房後，各自分頭巡視一圈，白餘生看似隨口問道：「妳的工作很辛苦吧？除了做飯外還要幹別的家事？妳家離這裡遠嗎？每天都怎麼回去？」

　　王紅梅見白餘生問起，便接荏回答道：「我這活其實挺辛苦，每天一日三餐，但主人一家吃過飯我才能回去，白天一大早就要來，會先打掃，然後才繼續別的工作，不過還好，我家……」

一旁的李大龍聽到這，冷笑一聲打斷了王紅梅：「那就是說，妳今早是先打掃完衛生才報的警？我剛才看了一下，廚房裡的垃圾桶也太乾淨了吧？！」

王紅梅聽到李大龍的話之後，整個人瞬間癱坐在地，明顯是謊言穿幫了。

白餘生順勢走到她面前，大聲質問道：「妳還不說實話？非要我請妳回局裡一趟才行？！」

王紅梅一聽要被抓回警察局，心理防線立刻就崩潰了，用手死死抓住白餘生的褲腿大聲求救：「警察同志，我不是殺人凶手，我只是聽了他的話，在這家人吃的東西裡放安眠藥，我真沒動刀子殺人啊！」

李大龍和白餘生相視一眼，都抓住了話中的重點：還有一個指使保母下藥的第三者。

於是白餘生加強了審訊力度，王紅梅因懼怕牢獄之災，很快就把事情始末全盤托出。

王紅梅的丈夫張四海，是一個超級大賭鬼，每日遊手好閒，還常找她要錢，若不給就大打出手。最近張四海在外面欠了一大筆賭債，每天都有人上門追債，甚至被威脅不能按期還就剁掉他一條腿。

張四海想到王紅梅在富人家裡做保母，於是起了歹念，命令她和自己串通好，來偷盜主人家中財物。王紅梅開始是寧死不從，結果遭到張四海的各種毆打威脅，無奈之下只能順了對方的意。

按照張四海的計畫，王紅梅只需在吃的東西裡下安眠藥，讓主人一家都睡死一些，然後自己潛入別墅，偷取財物後就溜之大吉。等到第二天主人甦醒了，也只以為是自己夜裡睡太死遭了賊而已。可萬萬沒想到，張四

海給王紅梅的安眠藥，她壓根不知道怎控制用量，竟然將所有的藥打磨成粉，分別放到了食物跟茶水裡，最終導致劉玉喜一家人服用過量身亡。

白餘生知道真相後，立刻通知局裡的警員去王紅梅家裡抓人，很快張四海就被抓捕歸案。

經過白餘生的審訊，張四海承認了自己的犯罪事實，但否認用刀刺傷受害者，張四海夫婦被依法拘留，二人最終將會受到法律的制裁。但張四海的否認也讓李大龍極為迷惑，案件雖說看起來像破了，但疑點卻還沒有完全解開。

白餘生想了想，將自己的小隊分成了兩組，從兩個方面共同推進案情，第一組從劉玉喜的社會關係下手，調查最近和劉玉喜有衝突的人。第二組從案發現場的紙條入手，去走訪摩托車行。

次日一早，白餘生和李大龍就召開案情討論大會，彙總了昨天兩個小組蒐集回來的情報。

首先發言的是第一組的小組長張棟，他看著白餘生說道：「白隊，經過我們的線人暗中調查發現劉玉喜這傢伙風評還行，比別的放貸人員而言更好相處，賭徒們借款之後還貸時限也比較寬鬆，平日裡也沒和人結怨。」

張棟說完後便坐回了原位，很快第二組的小組長李兵站起來補充道：「白隊，昨天我們也走訪調查了那家摩托車行，發現摩托車行才開業不久，店主並不認識劉玉喜。但也提供了一個重要線索，說是最近有人到店裡，想要買一臺摩托車，並且指名要價值七萬八千多的哈雷 street750，但由於這個牌子的車價格昂貴，店雷根本沒有現貨，店長感覺對方是個大主顧，於是留下一個電話給那人，告知對方到時連繫自己，現場找到的那張紙條就是店長親手所寫。」

　　李大龍見二人發言結束，他的手裡拿著一份剛出爐的相關報告，他清了清嗓子，翻開報告說道：「屍檢結果出來了，劉玉喜與其妻的死亡時間較為靠前，主要致命傷為刀傷，死因為失血性休克。而劉玉喜父母死亡時間在後半夜左右，死因為服用過量安眠藥。換句話說殺劉玉喜的凶手不止剛剛落網的嫌疑人，而是另有其人。根據現場血跡中發現的腳印來看，凶手為男性，身高大約在 172 到 175 公分之間，身材總體偏瘦，穿四十一碼的皮鞋。」

　　白餘生聽完之後，順勢接過李大龍手中的報告，又補充了一句：「當然，我個人建議我們要縮小排查範圍，可以考慮從購買哈雷摩托車的車主身分入手，走訪本市其餘摩托車行，看能不能有什麼新發現。」

　　哈雷摩托車的價格昂貴，願意花高價買的人不多，警方決定先從近期本市購買哈雷摩托車的人中下手調查。功夫不負有心人，經過一下午的走訪調查，警方很快將視線放在了一個名叫張鴻飛的人身上，此人近期購買了一輛價值近八萬的哈雷 street750，他也是一名不折不扣的無業遊民兼機車發燒友，平時常在賭場中游蕩，妄圖靠賭博維持生計，常常是運氣好，一百變一千，運氣不好，負債好幾萬。此人也在局裡留過案底，曾因打架鬥毆致人重度傷殘，才剛從裡頭放出來不久，結果最近又因為沉迷賭博而負債累累。

　　李大龍用手機翻閱著下邊回饋回來的結果，抬手摸著下巴，自言自語道：「這小子遊手好閒，還欠了一屁股賭債，怎麼還有錢買哈雷摩托車呢？小白，我看他的嫌疑很大，要不派人把他給弄回來？」

　　白餘生點了點頭道：「聽你這麼一說，他確實存在嫌疑，先提回來審審。」

　　當天下午，局裡就逮了張鴻飛來配合調查，這傢伙到審訊室後一點都不慌張。

　　張鴻飛今年 30 出頭，乾瘦的像個紙片人，長相頗為凶悍，一雙倒三角眼目露凶光，鷹鉤鼻掛在面孔上更加陰險狡詐，就算坐在審訊室裡也不老實，還時不時往地上吐痰，一副極不耐煩的模樣。

　　白餘生和李大龍相繼踏入審訊室，為首的白餘生就不小心踩中了痰，他抬頭一看張鴻飛正坐在椅子上用眼睛瞟自己，那樣子特別欠收拾，看著白餘生就想走過去給他一個耳光，自然被身後的李大龍攔下了。

　　李大龍勸解道：「小白，算了，這種人就是死豬不怕開水燙，先辦正事要緊。」

　　白餘生冷哼一聲，他才跟李大龍一起拉開面前的椅子坐下，開始進行審訊。

　　「張鴻飛，知道我們為什麼請你來嗎？」白餘生單刀直入道。

　　「我怎麼知道？反正你們是老大，你們說了算。」張鴻飛冷嘲熱諷道。

　　白餘生見狀一拍桌子，怒吼道：「注意你的態度，我問什麼你就答什麼！」

　　張鴻飛聳了聳肩，不耐煩地催促道：「行，那你趕緊問，問完了我好回家補個覺。」

　　白餘生強忍著心中的怒氣，開口問道：「前天晚上你在幹什麼？」

　　張鴻飛歪著腦袋，想了想才說：「我在家喝酒，這個應該不違法吧？」

　　坐在一旁的李大龍接茬道：「有人能證明？」

　　「警官，我活這麼大還是頭一回聽說在自己家裡喝酒，還需要找個人來圍觀？」張鴻飛說著不禁翻了個白眼，隨後又補了一句，「對了，我剛

想起來，那晚我還找鄰居鄭雲借過酒瓶起子，要是不信你可以去問他。」

李大龍知道這樣問下去沒用，對白餘生使了個眼色，繼續追問：「劉玉喜你認識嗎？」

張鴻飛連忙搖頭回答道：「聽說過，但我不認識，我可不和這種放貸的人來往。」

見張鴻飛耍無賴，白餘生從褲子口袋裡拿出了物證：「這張紙條你認識？」

看到紙條的剎那間，張鴻飛的眼中閃過些許慌亂之色，很快就又恢復正常了，他半瞇著眼睛問道：「一張很普通的紙條而已，它跟我有啥關係？」

白餘生知道這傢伙在裝瘋賣傻，便大聲喝斥道：「演技不錯，這是在劉玉喜家裡發現的東西，你也別和我說不認他，我們之前調查過了，車行老闆對你的印象很深，紙條就是他親筆所寫。」

張鴻飛自然也不會坐以待斃，他的心中早已有了一套說詞，很淡定地為自己詭辯道：「我說警官，反正我跟這紙條無關，這是車行老闆為了提高自己生意的手段，你們知道他留過電話給多少人？」

李大龍彷彿早料到他會這麼說，冷笑著從褲子口袋裡拿出了一張有鞋印的照片，指著照片說道：「我們在現場還發現了一枚帶血的鞋印，等下會用你的腳來進行專業對比，如果不吻合的話就立刻把你無罪釋放。」

張鴻飛看到照片後額頭開始冷汗直冒，人都有點陷入癲狂狀態，他破口大罵道：「不可能，你這是偽造證據，我明明把痕跡都清理乾淨了，你們還怎麼可能找到腳印！？」罵完就後悔了，因為他說漏了嘴，而且現場提取的腳印痕跡注定是鐵證如山，無法讓他能繼續狡辯了。

　　白餘生看著張鴻飛問道：「老實交代，你是因為和劉玉喜有債務糾紛，逼急了才殺人？」

　　李大龍用手拍打著桌子說：「你打算全扛嗎？如果你說出真相，我們給你爭取寬大處理！」

　　張鴻飛知道自己這次不說猜想要牢底坐穿，很快就全部招供了，原來這背後是一個叫黃海龍的傢伙僱他去殺劉玉喜一家，答應事成之後給自己二十萬辛苦費，他已經先收了十萬定金，這十萬的很大一部分都用來買了哈雷摩托車。同時黃海龍還告訴他說自己上邊有人，就算東窗事發也能把他從裡頭撈出來。

　　白餘生當即讓張鴻飛提供黃海龍的相關個人資訊，局裡迅速出警到黃海龍家中抓人。

　　經審訊，黃海龍對僱凶殺人一事供認不諱，這宗慘案的起因是他與劉玉喜分帳不均。

　　因為黃海龍與劉玉喜本為同鄉，了解放貸這個行業中的門道之後兩人便聯手，一起搞這種不見光的營生。二人分工明細，由劉玉喜負責放款，黃海龍則是收款，中間產生的利潤對半分。可是最近兩年，劉玉喜逐漸有了些人脈，見多識廣之後對黃海龍心生不滿，認為自己放貸出錢多，拿到的錢也應該更多。

　　劉玉喜則跟黃海龍提出了三七開的要求，黃海龍聽後果斷拒絕了，因為他只分三個點根本沒錢賺。誰知劉玉喜竟然聯手另外一些人，暗中開始排擠黃海龍，企圖把對方踢出去，要挾他答應自己的要求。

　　黃海龍當時為求生計，只能暫時答應下來，但心裡早就恨透了劉玉喜。

　　後來劉玉喜靠放貸分紅買了上等別墅和名牌轎車，小日子也是有滋有

味。黃海龍知道後眼紅不已，壓抑許久的怨恨爆發了，尋覓人選許久後鎖定從劉玉喜處貸款的張鴻飛，一來張鴻飛有過前科，二來張鴻飛極為缺錢，也是個爛賭鬼。

黃海龍先給了張鴻飛一半的訂金十萬元整，另外還承諾事成後會把剩下的十萬元補上，同時還拍著胸脯說上面有人，可免他受牢獄之災。張鴻飛一聽頓時心動不已，他自然也清楚道上的那一套規矩——拿人錢財，替人消災。

於是在前天晚上，張鴻飛來到了劉玉喜家，可以說是無巧不成書，因為王紅梅的丈夫張四海慌忙逃離不久，他就剛好趕趟從張四海忘關的門裡成功進入別墅。到別墅之後張鴻飛並沒發現劉玉喜大婦當時已經服用過量的安眠藥，而是以為兩人熟睡，直接持刀行凶。

案件到此正式偵破，李大龍跟白餘生都鬆了一口氣，但也揪心不已，將相關的一干人等全部抓獲後，還根據黃海龍提供的線索，成功搗毀了本案背後的那個地下賭場。結案的當晚李大龍和白餘生就心生感嘆，在這個社會多少人因為賭博家破人亡，如果相關的幾名當事人都勤勤懇懇，不走賭博放貸這條邪路，這一宗別墅亡靈慘案還會發生嗎？他們倆對此深感無奈，衷心希望世上的人能遠離黃賭毒，過著平凡且幸福的日子。

### 《海城片警 2：獵蠍》劇情預告

青山區派出所所長古董暗中察覺到毒蠍集團，想對他手下的幾名小警採取行動，於是找上級申請啟動獵蠍計劃，由齊大軍和他本人親自布控跟設局，表面上是加大偵查跟打擊罪犯的力度，暗地裡則是以此來一步步瓦解毒蠍犯罪集團的外圍成員，最終揪出內部核心人員。

毒蠍集團的成員包哥已徹底將派出所的三位菜鳥片警視為眼中釘，他

也想把派出所的成員們一一解決或擊潰，可到底毒蠍集團會怎樣出擊呢？
而派出所的眾警能否成功反擊，反過來借獵蠍計劃將毒蠍集團連根拔起？
同時，突然出現的神祕老爺子和少爺又是什麼人？二者與毒蠍集團是否有
所關聯？

# 海城保警——捕蠍：
## 於公是為維護群眾打擊罪犯，於私是為祭奠徒弟在天之靈！

作　　　者：王文杰
發 行 人：黃振庭
出 版 者：複刻文化事業有限公司
發 行 者：複刻文化事業有限公司
E - m a i l：sonbookservice@gmail.
　　　　　　com
粉 絲 頁：https://www.facebook.
　　　　　　com/sonbookss/
網　　　址：https://sonbook.net/
地　　　址：台北市中正區重慶南路一段
　　　　　　61 號 8 樓
8F., No.61, Sec. 1, Chongqing S. Rd.,
Zhongzheng Dist., Taipei City 100, Taiwan

電　　　話：(02)2370-3310
傳　　　真：(02)2388-1990
印　　　刷：京峯數位服務有限公司
律 師 顧 問：廣華律師事務所 張珮琦律師

-版 權 聲 明
本書版權為淞博數字科技所有授權崧燁文化
事業有限公司獨家發行電子書及繁體書繁體
字版。若有其他相關權利及授權需求請與本
公司聯繫。
未經書面許可，不得複製、發行。

定　　　價：375 元
發 行 日 期：2024 年 08 月第一版
◎本書以 POD 印製
Design Assets from Freepik.com

## 國家圖書館出版品預行編目資料

海城保警——捕蠍：於公是為維護
群眾打擊罪犯，於私是為祭奠徒弟
在天之靈！ / 王文杰 著 . -- 第一版 .
-- 臺北市：複刻文化事業有限公司，
2024.08
面；　公分
POD 版
ISBN 978-626-7514-17-7( 平裝 )
857.7　113010779

電子書購買

爽讀 APP

臉書